Cruz de cinza

ANTOINE SÉNANQUE

Cruz de cinza

Tradução de
Ivone Benedetti

1ª edição

2024

CIP-BRASIL. CATALOGAÇÃO NA PUBLICAÇÃO
SINDICATO NACIONAL DOS EDITORES DE LIVROS, RJ

S477c
    Sénanque, Antoine, 1959-
        Cruz de cinza / Antoine Sénanque ; tradução Ivone Benedetti. – 1. ed. – Rio de Janeiro : Record, 2024.

        Tradução de: Croix de cendre
        ISBN 978-85-01-92256-4

        1. Ficção francesa. I. Benedetti, Ivone. II. Título.

24-93237
        CDD: 843
        CDU: 82-3(44)

Meri Gleice Rodrigues de Souza - Bibliotecária - CRB-7/6439

Título original:
Croix de cendre

Copyright © Éditions Grasset & Fasquelle, 2023

Este livro, publicado no âmbito do Programa de Apoio à Publicação ano 2024 Carlos Drummond de Andrade da Embaixada da França no Brasil, contou com o apoio do Ministério francês da Europa e das Relações Exteriores.

Cet ouvrage, publié dans le cadre du Programme d'Aide à la Publication année 2024 Carlos Drummond de Andrade de l'Ambassade de France au Brésil, bénéficie du soutien du Ministère de l'Europe et des Affaires étrangères.

Texto revisado segundo o Acordo Ortográfico da Língua Portuguesa de 1990.

Todos os direitos reservados. Proibida a reprodução, no todo ou em parte, através de quaisquer meios. Os direitos morais do autor foram assegurados.

Direitos exclusivos de publicação em língua portuguesa somente para o Brasil adquiridos pela
EDITORA RECORD LTDA.
Rua Argentina, 171 – Rio de Janeiro, RJ – 20921-380 – Tel.: (21) 2585-2000, que se reserva a propriedade literária desta tradução.

Impresso no Brasil

ISBN 978-85-01-92256-4

Seja um leitor preferencial Record.
Cadastre-se no site www.record.com.br
e receba informações sobre
nossos lançamentos e nossas promoções.

Atendimento e venda direta ao leitor:
sac@record.com.br

A Quilina e a Pal Vadas

"Cobre-me com o manto de teu longo desejo",
Deixa meu corpo nu morrer no frio do mundo,
Não o retires de sua dor,
Deixa-o tornar-se sombra de tua dor,
Madeira de tua cruz, tutor de teu corpo morto.
Vara-me com os pregos que vararam tuas mãos,
Que meu corpo transformado em cruz te carregue após ser carregado.
Acolho os pregos de tua carne.
Acolho o sangue de tuas chagas.
Acolho o sofrimento de teu dorso e de teus ombros.
Acolho o grito de teu desespero,
A dúvida pela qual morres.
Acolho minha solidão após teu sepultamento,
Minha infinita solidão, separada de teu corpo ressuscitado.
E te carregarei ainda no fogo que me consumir.
Eu te carregarei como uma cruz de cinza,
Uma cruz de vento e nada.
Eu te carregarei no cerne de meu fim, em minha noite,
Até o ponto em que, desfeita de matéria e de tempo
Só restar de mim o longo abraço de tua graça.
E, no coração desse abraço,
O segredo de teu amor e de minha eternidade:
O longo desejo.

Mathilde, beguina de Ruhl, 1324

Capítulo 1

Laudes

Languedoc. Mosteiro de Verfeil. 11 de fevereiro de 1367.

— Faz um frio de congelar os colhões, frei Antonin.
— Isso não é palavreado de frade.
— Não é o palavreado que faz o frade, mas a verdade... e a verdade é que faz um frio de congelar os colhões.
— Está fazendo muito frio, efetivamente.
— "Muito frio, efetivamente..." Está na cara que não fomos criados nos mesmos estábulos, frei Antonin. Maldito frio inglês.
— Eu acharia melhor dizer "frio franciscano".
— Aqueles merdinhas.
— Pare com isso, Robert.
— Ainda bem que Deus os protege tanto quanto a nós e dá boa recompensa às suas lições de miséria. Inverno maldito, mas justo, dizem que estão morrendo como moscas, com as bênçãos de sua querida mãe natureza, essa bruaca...
— Ande depressa, estamos atrasados.
— Não estaríamos atrasados se você não tivesse ficado uma hora na privada.

— Meus intestinos.
— É verdade que a boia é um nojo.
— É você quem prepara...
— Não posso fazer milagre com o que me dão. Não sou Jesus, Antonin, não posso transformar estrume em licor de rosa.
— Escute... Estão nos chamando.
— Puta merda, o sacristão!

A voz severa atravessava a cerração. Eles apertaram o passo, cruzando o claustro. Lágrimas de gelo pendiam dos ninhos de andorinhas congelados nos cantos dos arcos. Eles ultrapassaram um velho frade que ia mancando pelo caminho da capela para o primeiro ofício do dia, as *laudes*, louvores à aurora e à ressurreição.

Três e meia. O sol estava longe de nascer. As *laudes* eram o primeiro martírio dos frades.

— É a essa hora que eles devem chegar...
— Quem?
— Os demônios que vêm buscar a gente no dia da morte... Nas *laudes*.
— Cale a boca, ele está logo ali...

A silhueta negra avançava na direção deles. Robert diminuiu o passo para dar passagem ao ombro do companheiro, que recebeu o primeiro golpe. Sempre o mais violento. Ele recebeu o segundo, menos seco, na escápula. O cajado do sacristão se ergueu de novo, e eles saíram correndo para a capela.

— Obrigado — arquejou Antonin.
— Eu lhe concedi a honra.
— Do cajado?
— Cristo sofreu por você.
— E pelos traidores também.
— Amém.

Os círios tremeluziam. Sua luz amarela vacilava, retendo raios friorentos que não se afastavam de sua fonte. Atrás, a noite erguia um muro que cortava a capela em duas.

Atrás do muro, o prior.

Uma camada fina de gelo estalava debaixo dos joelhos dos frades, e do silêncio escapavam tosses que depois voltavam a mergulhar nele. A meia hora de prece interior devia transcorrer sob o olhar vigilante do sacristão, que ficava em pé para espreitar os dorminhocos. Do fundo escuro, onde se extinguia a claridade de uma lamparina, subia uma respiração difícil, estranha e inquietante, como um gemido vindo de outro mundo. O silêncio e o frio provocavam pensamentos de morte. Os frades tremiam de solidão.

A voz do prior elevou-se para erguer os louvores.

— *Alleluia laudate dominum in sanctis eius laudate eum in firmamento virtutis eius.**

Antonin olhou de relance para Robert, que orava a seu lado. Estranho frei Robert, o mais rebelde de todos nos trabalhos diários, porém o mais ardoroso na prece. Com corpo dobrado até o chão, as mãos entrelaçadas, murmurava as palavras do salmo com a mesma paixão que usava para blasfemar contra os ofícios do amanhecer, os franciscanos e os ingleses que batiam os campos.

Tinha uma fé tão dura quanto a cabeça.

Ela não lhe fora ofertada de presente pelo céu. Ele a conquistara na privação e no sofrimento. Seu pai não lhe dera escolha. Aos 12 anos, levara-o aos frades e, como despedida, selara sua vocação com estas palavras: "Como você não serve para nada, vai servir a Deus."

O prior virou as páginas do livro e cantou o salmo, que as bocas sonolentas repetiram em coro a seguir. Os cânticos puseram os círios a brilhar, e suas chamas recuperavam a confiança com o sopro dos frades. Uma, mais forte, tocou com sua luz o ouro de uma iluminura e fez o livro brilhar como um cristal. *"Alleluia laudate"*, lançaram as vozes. A garrida do sacristão as calou para um novo ato de penitência interior.

Ao saírem da capela, a noite estava um pouco aberta. Do leste, uma claridade vaga revelava os sulcos do frio que castigava o mosteiro. A água do poço se congelara, e sobre os ladrilhos do claustro, recobertos pelo

---

* "Louvai o Senhor em seu santuário, louvai-o no firmamento de seu poder."

gelo, os frades velhos patinavam. Os casacões deixados junto à porta da capela haviam adquirido a geada e a palidez das batinas dentro das quais os irmãos deviam tremer sem se queixar. Os capuzes endurecidos apontavam retos para o céu, como os dos bufões de feira. As silhuetas desequilibradas sobre o gelo poderiam fazer parte de sua trupe ridícula.

Robert e Antonin enveredaram de novo pelo caminho das celas.

Uma hora de sono na enxerga, depois duas de labuta, antes do próximo ofício.

— E se eu dissesse que o prior não sabe ler?
— E daí? Eu também não.
— Na verdade, ele não lê como nós — emendou Antonin.
— Como você sabe?
— Não há luz suficiente na capela para enxergar uma única letra sem lupa. Mesmo assim, ele segue as linhas e vira as páginas quando é preciso.
— Ele sabe os salmos de cor, então por que iria fingir que está lendo?
— Ele não finge, ele usa os dedos, como se fosse cego.
— E o que é que isso tem a ver?
— Fala-se de leitura, é importante.

Robert abafou um bocejo.

— Você foi escalado para lavar a cozinha comigo.
— Amanhã?
— Sim, e a semana inteira.

Antonin ignorou a olhada maliciosa do companheiro.

— Para arear panelas, ela não vai lhe servir muito...
— O quê?
— A leitura.
— Por que você fica nervoso por eu saber ler?
— Porque você é um filhinho de papai.
— Não posso esquecer minha cultura para lhe agradar.
— Ela lhe dá um ar arrogante.

Separaram-se junto à porta das respectivas celas depois do tapinha amistoso de Robert no ombro de Antonin, ainda dolorido da cajadada do sacristão.

— Deus guarde tua mísera hora de sono, frei Antonin.
— Deus te guarde, Robert.

Elevando-se tão alto quanto os corvos do céu, o antigo mosteiro cluniacense, que se tornara convento dominicano, apresentava-se como era. Transitório. As florestas formavam um oceano negro em torno daquele seixo branco que emergia de uma clareira. A maré sombria daquelas subia na direção desta. Os frades, no meio, pareciam caranguejos de comportamento razoavelmente sereno em seu rochedo. A vantagem de estar embaixo era poder permanecer cego para o próprio destino. De lá de cima, cada um sentiria estar próximo de ser engolido.

Apesar de sua vocação de pobreza, a Ordem Dominicana não via obstáculo em enviar os seus para ocupar as belas ruínas das ordens ricas do século anterior. Aquelas tinham edificado seus muros para serem vistos, em colinas ou promontórios, jamais em vales ou em depressões como comandava a humildade suja das comunidades mais evangélicas. No entanto, os dominicanos desprezavam as regiões rurais incultas e preferiam as cidades, onde era mais fácil ensinar. Multiplicavam-se fundações para aqueles monges não enclausurados que preferiam ser chamados de "frades", mais inclinados à ação no mundo do que à meditação solitária. Nem cônegos ligados a uma igreja nem monges prisioneiros de celas, mas frades de pregação. Feitos para levar a palavra de Deus pelos caminhos.

Um convento rural como o de Verfeil era uma exceção. Mas sua grandiosidade convinha ao espírito da comunidade. Os frades dominicanos haviam guardado a memória dos guerreiros fundadores e de seus conventos construídos como praças-fortes. Assim queria sua história, iniciada um século antes. Com sangue. Os fundadores haviam granjeado a estima do papa graças ao massacre dos hereges, ou melhor, graças à bênção dos braços dos soldados que lhes cortavam a cabeça.

Naqueles tempos, as heresias atacavam as raízes da Igreja tanto quanto os frades corruptos que nela proliferavam, gordos, cobiçosos e depravados. Às ordens mendicantes, franciscanos e dominicanos, incumbira o encargo de reabilitar a imagem dos clérigos e de esmagar as víboras que faziam sermões cheios de peçonha.

A boa vontade dos dois fundadores se fundia. Não nas maneiras. Francisco dera o exemplo de uma vida de pobreza e amor, e Domingos inspirara a Santa Inquisição, que convertia os indecisos por meio do fogo.

A voz de Francisco falava ao coração dos homens desgarrados, a de Domingos, às suas cinzas. Era a dele que mais ecoava.

A promessa da fogueira repovoara as igrejas e corrigira os erros teológicos. Os debates haviam sido simplificados, e rogava-se às boas almas que se interrogavam sobre uma religião purificada e liberta da autoridade do papa que meditassem em seus erros no silêncio e no isolamento. Conselho de amigo.

O mosteiro tinha servido de fortaleza aos cátaros sitiados pelos cavaleiros franceses. Suas pedras haviam sido batizadas com o sangue dos renegados que tinham pretensão a uma pureza ímpia.

Portanto, as duas ordens, oriundas da mesma ninhada, não tiveram o mesmo destino. Um século depois de nascerem, os mendicantes franciscanos causavam piedade, e os dominicanos causavam medo.

O muro de defesa tinha sido protegido, e o mosteiro de Verfeil devia ser o único na Europa com um adarve pelo qual os frades perambulavam como soldados sem armas. As construções que formavam um quadrado em torno da igreja, por sua vez adossada ao claustro, transmitiam uma imagem de força bruta e autoconfiança. Um pouco à parte, descortinava-se a plantação de símplices, onde eram cultivadas as plantas medicinais que os frades distribuíam durante a pregação. E, mais adiante, o cemitério, onde umas quarenta cruzes marcavam a idade do convento que fora habitado por três gerações de frades. No meio, uma fossa coberta por um teto de bronze estava cheia de cal, cujo nível era verificado no início de cada mês.

Pois a peste estava em todas as memórias.

Capítulo 2

Missão

— Antonin, na sala do prior.

O jovem frade largou a panela que estava areando e deu um pontapé amistoso no companheiro, que cochilava perto da chaminé que devia limpar.

A cozinha fazia parte das boas fainas. Tirando os ratos, que pululavam, mas não amedrontavam mais ninguém com sua presença. Robert os empalava nos dentes de um forcado, que ele manejava como um cavaleiro.

Antonin preferia a biblioteca e o *scriptorium*, aonde a regra convidava os frades a ir com frequência, deixando de lado os trabalhos manuais que os clérigos das outras ordens eram rigorosamente obrigados a realizar. Os frades dominicanos deviam saber ler. Os mais recalcitrantes, como Robert, eram fraternalmente rebaixados na escala da consideração mútua. Mas Robert mantinha sua cozinha com orgulho. Tendo consideração apenas pela opinião de Deus, a de seus confrades o deixava perfeitamente indiferente.

Quando chegava o dia do *scriptorium*, era mandado aos trapos para a fabricação de papel. Ele precisava molhar, marretar e retalhar os panos para extrair uma pasta que ia recobrir os tamises em forma de página.

Depois de bem batida, a pasta devia ser espremida para secar, coisa que Robert fazia com ardor. Ele afirmava que talvez fosse mais útil construir livros do que os ler. Pelo menos naquilo se vertia suor.

— Você pode continuar enquanto me espera?

Antonin apontava para as frigideiras engorduradas.

— Posso mais é esperar você vir para continuar — bocejou Robert.

O prior recebia na sala do capítulo onde os frades se reuniam todo dia para a atribuição dos trabalhos o registro das reivindicações e a exposição dos conflitos.

O sacristão anunciou Antonin lançando-lhe um olhar sem benevolência. Era um dos mais antigos ocupantes do mosteiro. Havia enterrado uma geração de frades. Modelo de piedade rude e rigorosa, parecia não gostar de ninguém, provando, assim, que o amor ao próximo não era condição necessária para exercer o ofício de frade.

Na escala de suas antipatias, Antonin ocupava posição elevada. Sua origem opulenta não estava em causa, a questão era mais importante. Antonin lia em francês e latim bem melhor que os outros frades e, apesar dos exercícios diários do sacristão, bem mais depressa que ele. Acontece que a leitura era o maior motivo de orgulho do sacristão. O jovem frade já havia ocupado duas vezes o lugar dele no *scriptorium* para decifrar manuscritos que os doadores ricos ofereciam ao convento em prol da salvação da própria alma. O sacristão não guardava nenhuma outra reprovação, mas o perdão tinha limites.

O prior esperava sentado perto do atril de carvalho esculpido que chegava à altura do peito. Nele repousava o livro precioso, tesouro do lugar, ornamentado por mestre Honorato, célebre iluminador do século anterior. Tirando os franciscanos, inimigos do esplendor, todas as ordens da região veneravam a bíblia de Verfeil por sua beleza.

— Aproxime-se.

O prior dispensou o sacristão e apontou para uma cadeira vizinha à sua. Antonin notou o inchaço das pernas dele, deformadas pelo edema. Ele as deixava pendentes. Eram como ramos de uma velha árvore, empoladas por tumores e da cor de cortiça morta. Os pés descalços já não suportavam o contato de calçados. Os dedos estavam cobertos por manchas violáceas. Ele abaixou o cobertor para escondê-las.

— Preciso lhe pedir um favor.

Um favor? Antonin jamais imaginaria ouvir essa palavra sair da boca do prior Guillaume, um dos homens mais respeitados da ordem.

Os priores provinciais se inclinavam diante dele, e corria o boato de que ele havia conhecido aquele de quem ninguém devia falar e cujo nome fora martelado nas lápides sagradas das capelas nas quais estava gravado o dos ilustres dominicanos. A cripta de Verfeil tinha as suas. Antonin sabia em qual delas não se devia orar.

Do maior de todos os mestres, segundo corria voz, não restava mais que uma cicatriz branca numa pedra. E, na memória do prior Guillaume, lembranças sagradas como relíquias. Ai de quem quisesse saber mais.

"Um favor..." Robert precisava ouvir essa.

Antonin inclinou-se com humildade, esperando a continuação. O prior o observava. Sua respiração era pesada, e os movimentos do peito, espasmódicos.

— Quem você escolheria como companhia para ir procurar peles para um pergaminho, tinta em quantidade e plumas?

— Frei Robert — respondeu Antonin, sem hesitação.

— Ah, frei Robert... Não sei se ele fez penitência suficiente para sair do convento.

— Ele faz penitência todos os dias, padre.

— Você fez a pregação junto com ele?

— Sim, em Toulouse e em Albi. Ele até salvou minha vida em Lombers, quando achei que aqueles filhos de cátaros iam nos queimar vivos.

— Já não existem cátaros, Antonin.

— Ele salvou a vida de nós dois, padre.

— Sei disso, e também sei que precisei usar de minha influência para tirá-lo da prisão quando ele espancou um frade franciscano em praça pública.

— Ele ora para obter o perdão de Deus e se confessa.

Um sorriso aflorou aos lábios do prior.

— Você é um amigo fiel, Antonin.

Ele voltou à leitura do livro iluminado. Seus dedos seguiam os relevos das letras de ouro. Muitas vezes, na capela, Antonin tivera a sensação de que os dedos do prior tinham o dom de enxergar. De que eram tão preciosos quanto os olhos para penetrar o segredo dos livros.

Era um homem sombrio. Às vezes, contemplava alguém com benevolência, às vezes com intensa dureza. Era temido. Suas punições eram aplicadas de acordo com regras estritas de severidade, mas tinha a estima dos frades, daqueles mesmos que ele podia deixar de jejum três dias, nus em suas celas, por pecados da carne.

— Sabe qual é a diferença entre um franciscano e um dominicano?

— O dominicano prega a palavra de Cristo e defende sua Igreja.

— Não, Antonin. Nada os distingue e nada deveria separá-los. Nosso pai Domingos fundou nossa ordem ao mesmo tempo que o pai Francisco fundava a sua, para dar o exemplo da pobreza. Eles se respeitavam e se amavam. O que é que seu amigo desaprova nos frades da pobreza?

— Eles se limitam a mendigar e a amar a natureza. Somos nós que pregamos e...

— E?

— Recebemos as pedras que atiram em nós.

— Qual é o valor supremo para um franciscano, frei Antonin?

— O amor a todas as coisas.

— E para nós, dominicanos?

— O entendimento de todas as coisas.

O prior aquiesceu com um ligeiro movimento de cabeça.

— Vocês partem amanhã.

Antonin retirou-se respeitosamente, recuando com precaução, para evitar as depressões irregulares do piso. Servira várias vezes de secretário para o prior na contabilidade do mosteiro e no envio de missivas aos capítulos regionais. O convento provia às suas próprias necessidades para os trabalhos de escrita, e uma pergunta lhe queimava os lábios. O prior percebeu a hesitação que o retinha junto à porta.

— O que foi?

Antonin sustentou o olhar reprovador do sacristão no limiar e pigarreou.

— Padre, por que o pergaminho? É caro, e o papel também serve bem. O capítulo geral o recomenda para todos os *scriptoria*.

O prior marcou a página do livro com um fitilho e respondeu com seriedade:

— Porque, para o que preciso escrever, frei Antonin, necessito de couro.

Capítulo 3

Na estrada

— Três dias a passo de burro para trazer umas peles fedorentas.

— O prior está te deixando sair, você deveria pelo menos ser grato.

— Não estou aqui para fazer compras para ele.

— Então vou sozinho, você fica na cozinha.

— Sozinho? Você se perde até no claustro, imagine lá fora... Não posso te abandonar.

— E, principalmente, você tem vontade de respirar o bom ar do mundo.

— De pregar, frei Antonin, foi para isso que viemos para cá. Estou ficando louco neste convento.

— Tenho certeza de que é uma coisa importante.

— O quê?

— Esse livro.

— Não existe livro importante. O importante é a pregação. Livro não converte ninguém.

— E a Bíblia?

— Quem leu a Bíblia, além dos clérigos? Todo mundo aí, criando calo no cu, copiando mil vezes a Bíblia, enquanto a gente sai correndo atrás dos roceiros que dançam no ritmo do diabo.

— Existem boas almas, frei Robert.
— Não, frei Antonin, não existe boa alma. Pode acreditar. As boas almas estão no céu. Na terra só existem cães.
— Em vez de discursos, você deveria dar ossos, assim converteria mais cristãos.
— Justo, irmãozinho — concordou Robert e aspirou profundamente a bruma que subia do chão da floresta. — Mas você tem razão — murmurou —, é bom...
— O quê?
— O ar do mundo.

Pela janela do capítulo, o prior acompanhara a saída dos dois frades pela estrada de Toulouse.

Havia fechado o livro e pedido a ajuda dos braços do sacristão para voltar à cela.

Suas pernas o torturavam, mas ele tinha acumulado suficientes dores antigas para que as novas não encontrassem nele espaço para se instalar. O lugar estava ocupado. Seus pés escurecidos lançavam milhares de agulhas ardentes através dos tornozelos. "Vocês não valem nada", dizia-lhes, pois muitas vezes conversava com suas dores como se fossem seres vivos, a tal ponto a tenacidade delas se parecia com a vontade humana de existir.

Robert e Antonin afastavam-se em direção ao horizonte do convento, para a floresta que, a duas léguas, se estendia até o céu. Ele a desbravara com seus primeiros companheiros, no tempo em que os campos ganhos das árvores simbolizavam a ordem de Cristo contra o caos do diabo. Nos tempos de antes da peste.

Afastou o estrado de madeira no qual ele padecia suas noites e ergueu com dificuldade a tábua do soalho que ocultava a capa de couro. O manuscrito fedia. Um cheiro de podridão que combinava com seu conteúdo. Ele olhou as primeiras linhas que sua mão começara a copiar dez anos antes, quando apareciam os primeiros sintomas da falta de ar. A tinta formava manchas em torno das palavras, tornando-as grossas, inchadas como seu corpo. O papel no qual ele escrevera se esfarelava no corte e estava coberto pelas volutas marrons do bolor que tomara posse dele. Decididamente, papel não servia para nada, e suas lembranças ali gravadas desapareceriam antes que ele morresse.

Mas que importância teria um punhado de lembranças? É o que poderiam ter perguntado os frades aos quais ele tentava ensinar o desprezo ao tempo.

Importância nenhuma, claro, se as lembranças só fossem saudades.

Importância nenhuma a dar às nostalgias de todos os seres humanos que sobreviviam neste mundo maldito e deveriam ser dissipados pelo mais mísero dos ventos como poeira fria, inútil e irrespirável. Importância nenhuma a dar aos vestígios de nossa insignificante presença. Ninguém merecia o céu e sua eternidade. Nenhum ser bem nutrido desta terra, à qual o mal nos acorrentava, merecia ser salvo.

Na memória do prior Guillaume, as lembranças formavam cruzes, plantadas nos despojos dos atos que ele deixara que se realizassem. O tempo as queimara, mas as cruzes marcavam seu lugar. Todas as memórias estavam recobertas por cruzes de cinza, grandes cemitérios de atos cujas sombras o esquecimento levara embora. Cada um podia pretender renegar a existência deles. Mas as cruzes permaneciam, provavam que não decidimos o destino de nossos atos e que nenhum vestígio jamais se apagava da superfície da terra.

Sua hora estava próxima, seu coração de velho sabia. A prece seria melhor do que a revelação de seu passado. Mas a prece não bastava. As cruzes de sua memória resistiam a ela, velando sobre grandes sepulturas cuja lembrança ele agora precisava entregar ao mundo.

Era preciso vazar aquela memória como um abcesso. E, para isso, as ave-marias não eram suficientemente incisivas. Era necessária uma lâmina de verdade, tão cortante quanto a ponta das penas que ele afilava todo dia antes de escrever. Nenhum trabalho exigia tanto suor. Mas nenhum cansaço podia impedi-lo de realizá-lo, ainda que consumisse todas as energias de seu corpo. Pois em sua memória sobrevivia um monstro do qual ele precisava se libertar para não queimar no inferno por dez eternidades.

Percorreu com o indicador as primeiras palavras do texto. A pele de seus dedos sempre tinha sido necessária para decifrar palavras escritas.

Vozes de infância ressoavam nele:

"Você nunca vai saber ler nem escrever, Guillaume."

Eram suas primeiras lembranças de escola. As letras não ficavam imóveis diante de seus olhos. Dançavam. Misturavam-se numa ordem diferente, num caos amável que não se deixava penetrar facilmente. Só os dotados de grande desejo podiam conseguir, pois todas as forças da mente precisavam ser convocadas para colocá-las no lugar.

Desejo era algo de que o prior Guillaume sempre abundara.

Queria ler. Tinha lutado durante anos contra aquele transtorno que alguns eruditos atribuíam ao diabo. Era chamado de "fogo dos livros"; as letras se agitavam diante dos olhos como chamas.

Mas o diabo podia ser vencido. Ele tinha precisado de anos para dominar o método. Seu pai, filho de cego, lhe ensinara. O segredo era simples. Havia a necessidade de identificar o verbo e marcá-lo com uma espessura de tinta que a polpa do indicador pudesse sentir. A dança das palavras girava em torno desse ponto fixo em relevo e então ficava suficientemente coerente para que o significado das frases se desvendasse. Sem a marca sobre o verbo, os livros eram líquidos. As palavras navegavam sobre eles.

De onde vinha aquela ondulação que transformava as letras em vagas? Ele não sabia. Mas aprendera que o segredo da imobilidade das frases se escondia naquela pequena espessura deixada pela pena, como uma âncora que as prendesse ao dedo que as lia.

"Deficiência", tinham declarado os professores, destruindo suas esperanças universitárias.

Foi, porém, graças àquela escrita deficiente que sua vida enfadonha e fadada a um destino insípido ganhara o percurso tumultuoso de uma torrente.

— Vamos fazer uma boquinha? — perguntou Robert depois de duas horas de caminhada.

Sem esperar a resposta, abriu seu alforje e dele tirou uma larga fatia de pão, toicinho e um patê de carne de lebre.

— Somos frades mendicantes, Robert.

— E?

— E os frades mendicantes mendigam comida.

Robert estendeu uma coberta no chão da floresta e apontou para as árvores que os cercavam.

— Peça a elas, os esquilos dizem que são generosas.

Antonin olhou os carvalhos ao redor com um ar tão desesperado que arrancou uma risada de Robert.

— Vamos, sente-se.

— Nunca vamos chegar ao povoado antes de anoitecer.

— Então chegamos amanhã. Vai ser nossa primeira noite ao luar. Relaxe, irmãozinho.

— É presente do sacristão o toicinho e o patê?

— É. Um homem de grande coração.

— Você os declarou no registro da cozinha?

— Não se preocupe, eu tenho uma conta.

Os dois se aproximaram do calor do asno. Antonin pensou por breve momento no pecado da gula, agravado pelo roubo de comida, mas resolveu suas dúvidas considerando que a culpa recaía sobre os ombros de seu companheiro, não sobre os seus.

Mais tarde, juntaram os ramos secos necessários ao fogo e estenderam um cobertor acima da cabeça. Robert pegou a pederneira. O ferro do fuzil percutiu a superfície dura da pedra que lhe arrancou fagulhas suficientes para inflamar a mecha de isca. Ele soprou no ponto de brasa. O ninho de ramos inflamou-se em alguns segundos em contato com a mecha. Os dois instalaram a bagagem ao redor.

— Antonin?

O sono já o dominava. Antonin resmungou, virando-se debaixo do cobertor, mesmo sabendo que essa manobra seria inútil. A noite desatava a língua de Robert. Ele não cederia antes de receber resposta.

— Onde é que a gente vai achar pele de cabra?

— Dorme.

Robert soprou o fogo e preparou sua cama. A floresta falava baixo. Um vento amistoso embalava a folhagem alta. O sono descia mansamente com ele das árvores.

— Onde é que a gente vai achar pele de cabra? — ruminou.

— No curtidor — acabou por responder Antonin —, e não vamos procurar cabras, mas bezerros.

— Bezerros?

— É. Natimortos.

— Natimortos? Perdeu o juízo?

— Não, é com pele de bezerros natimortos que se faz o mais belo dos pergaminhos: o velino.

— O prior ficou louco. Quem escreve em velino?

— Quem tem alguma coisa importante para escrever, imagino.

Robert analisou demoradamente o argumento, tempo que bastou para seu companheiro adormecer. Pesou os prós, depois os contras, como a escola dominicana lhe ensinara a fazer.

— Bezerro morto, que nojo! — concluiu, fechando os olhos.

Capítulo 4

Velino

Desnecessário qualquer mapa para encontrar oficinas de curtidores. As cidades os exilavam fora de seus muros. Para topar com um, bastava circundar as muralhas e seguir, entre os fedores do mundo, aquele que predominava sobre todos: o fedor do couro.

Eles passaram por uma carroça de matadouro, cheia de carcaças atacadas por moscas. O magarefe concordou em carregá-los na traseira.

— Como você pode suportar isso? — gemeu Antonin, quase botando pelo ladrão.

Robert colocou seu alforje em cima de uma carcaça e deitou-se confortavelmente, levantando uma nuvem de moscas.

— Relaxe, irmãozinho. Cristo veio à carne.

— Não à de bezerro podre.

— À de crucificado, dá na mesma. Descanse.

É verdade que as seis léguas do dia pesavam muito nas panturrilhas. Entre carcaças, no caminho que levava ao curtume, Antonin se perguntava o que se impunha com tanta força à vontade do prior Guillaume. Não havia ninguém mais parcimonioso nos gastos de seu convento, cujo único tesouro era constituído pelo produto do trabalho dos frades e pelas esmolas. Os raros caramínguás destinavam-se aos alimentos para a única refeição diária e para a madeira do inverno, quando se observava o conselho da ordem, de só aquecer em janeiro; nos outros meses fazia-se penitência, e era santo tiritar.

A letra de câmbio que lhes fora entregue prometia trinta e cinco escudos de ouro pelos velinos. Trinta e cinco escudos cintilavam no meio sono de Antonin. Uma fortuna que só os grandes senhores podiam gastar.

"Traga-me as peles e depressa."

Ao lhe entregar a letra sem esconder seu conteúdo, o prior o despedira com voz firme, que não autorizava nenhuma pergunta.

Nas proximidades do curtume, Robert o sacudiu para despertá-lo. As moscas cobriam Antonin sem o distinguir das carnes mortas. Ele entreabriu um olho e sobressaltou-se. Duas caras de sarracenos o enquadravam.

— O que é isso?

— Turcos.

— Turcos?

— Isso, irmãozinho, você acordou em Jerusalém.

Antonin espantou as moscas. Os dois homens que conduziam a pé a carroça deles em direção à pelaria usavam turbante. O magarefe olhava para sua escolta de mouros com a expressão mais desdenhosa do mundo. Sua cusparada passou raspando por eles.

— Um cruzado — brincou Robert.

Fazia cinquenta anos que os maiores curtumes da Europa comerciavam com os turcos, pois ninguém os superava na habilidade do tratamento das peles. Após anos de faturas "não honradas", os comerciantes de Constantinopla tinham considerado preferível transacionar com gente como eles e mandaram para o continente representantes do seu próprio povo. Os peleteiros turcos tinham invadido a periferia das cidades, onde, em tempos de epidemia, eram escolhidos como vítimas expiatórias, em companhia dos usurários judeus. As fogueiras reuniam tais pecadores e reconciliavam suas crenças nas chamas. Desde os anos da peste, elas eram acesas por toda parte. Os profetas das ruas conclamavam para uma grande purificação, pois os últimos dias da Terra estavam para chegar. Estava escrito que nenhum judeu nem nenhum turco veriam o fim do mundo na Europa, a tal ponto os massacravam para privá-los do apocalipse.

Os curtidores turcos muitas vezes eram assassinos ou ladrões tirados das masmorras em troca de serviços. Ao saírem dos calabouços da Anatólia, a forca ou a fogueira pareciam-lhes uma fatalidade aceitável. Aliás, parecia que não se comoviam com mais nada. Carregavam a resignação como uma carapaça que os protegia de insultos e cusparadas. "Homens tartarugas" que avançavam lentamente e sumiam em si mesmos diante do menor rumor estranho.

— Está pregando para as moscas, fradinho?

Uma camponesa jovem acompanhava a carroça. Robert a contemplava sorrindo. Antonin desviou o olhar. Era de uma beleza espantosa e ia em parte desvestida, com o corpete aberto, deixando à mostra as primeiras curvas do peito, cabelos pretos até as ancas, ombros descobertos sob a transparência de um xale amarelo. Uma chuva fina brincava de revelar seu corpo em pequenos retalhos do pano que o vento colava em suas formas. Ela andava descalça, o vestido estava sujo, mas a claridade da pele dissipava a sujeira.

— Não fique vermelho, Antonin, é uma cristã.

Uma cruz lhe pendia do pescoço, ela a tomou entre os dedos e a beijou, fixando em Antonin um olhar provocador. O magarefe que guiava a carroça voltou-se para ele.

— Se quiser a rameira, pode pegar. Você vai poder confessar o rabo dela. Que tem muita coisa para contar.

A risada gargarejante do homem penetrou Antonin e sumiu com o resto do mundo.

— Está sonhando, irmãozinho? — disse Robert, escarranchado sobre as peles como numa cama de hospedaria.

Antonin não respondia e fechava os olhos. A beleza daquela mulher impunha silêncio e atenção. Ele não teria acreditado que era capaz de sentir tamanho desejo. Este lhe cortava a respiração e lhe cavava a alma como uma dor desconhecida e penetrante. No âmago das preces mais exaltadas na capela do convento, nenhuma brasa o queimara daquele jeito, com crueldade suficiente para fazer sentir a paixão de Deus. E ele se dizia que a vida poderia parar naquele instante e a morte eternizar aquele abrasamento, tão ardente era seu calor. Mas a morte era menos bela que a rameira. E ele a dispensou.

Entravam na pelaria. Os cheiros do ambiente percorriam a carroça e os impregnavam como água pútrida. O magarefe enfiou uma cogula para se proteger deles.

Os turcos emborcaram a carroça para descarregar as carcaças.

Na entrada da caverna malcheirosa apareceram dois homens. Um deles, com jeito de tártaro, crânio pelado, baixo e gordo, vociferou ordens ininteligíveis em direção aos que carregavam as carcaças. A seu lado, um rapaz pálido e sorridente lhes fez sinal para os acompanhar.

— Fradinhos, venham cá.

O jovem curtidor apresentou-se como artesão de velinos, ofício que os turcos subempreitavam, confiando a obra a mãos mais delicadas que as deles. Convidou-os a atravessar a pelaria em direção ao subsolo dos pergaminhos. A encomenda do prior estava pronta. As cubas que serviam para conservar as peles de molho estavam cobertas por um limo marrom, perlado por bolhas achatadas que estouravam, exalando todas as fetidezes do universo. Os dois companheiros cobriram o nariz com um lenço para controlar a náusea.

O curtidor aconselhou:

— Para suportar, é preciso sentir.

— Merda sempre tem cheiro de merda — objetou Robert.

— Não se você estiver o tempo todo com ela debaixo do nariz.

Apontou para uma cuba cheia até a borda com uma massa escura coberta de moscas.

— Sabe o que amolece melhor o couro, fradinho? Cocô de cachorro. É por isso que há tantos ao redor e ninguém ousa comê-los. Os romanos mijavam em cima.

Eles pararam diante das molduras onde as peles estavam esticadas. Dezenas de cruzes em forma de X contendo os restos dos bezerros escorchados. Antonin aproximou-se de uma que era atravessada pela luz como um véu. Estendeu a mão e sentiu a maciez do couro transformando religiosamente sua carne perecível em pergaminho eterno. Impossível transmitir sua emoção a Robert, que olhava as peles como se visse pedaços de cadáver.

— Você faz um trabalho de corvo, amigo — disse.

— Eu não cuido das carcaças — respondeu o curtidor, que exigia respeito à sua arte.

Antonin atraiu o companheiro para o couro translúcido.

— Olhe esta pele, Robert, parece um vitral.

— Um vitral? — O outro suspirou. — Decididamente, de nada adianta você sair do convento.

O curtidor acompanhou Antonin até as molduras do fundo, deixando Robert sozinho, atrás.

— Aqueles são velinos — disse, apontando os quadros nos quais algumas peles de tamanho pequeno secavam no escuro.

Aproximou uma lanterna dos velinos. A claridade da chama deslizou pelas peles, difundindo sobre elas uma coloração de mel.

— A gente reconhece desse modo, a luz desliza por cima delas.

Antonin roçou a superfície ainda úmida. Sentiu a camada de ar quente que envolvia a pele e a mantinha viva. O velino era como uma mão junto à sua.

— Por que a acaricia? — murmurou o curtidor, que o olhava com intensidade.

— Porque não consigo evitar — respondeu Antonin.

A pelaria, com suas lanternas e suas sombras, não era tão diferente da capela de Verfeil, de seus círios e de seu livro. Mas Robert não ia lá rezar.

— E a encomenda do prior? — perguntou com voz cheia de autoridade.

O tártaro tinha se insinuado atrás deles. Contemplara com desdém a viagem dos dois frades por entre as peles. As batinas deles emanavam um cheiro de incenso bem mais nauseabundo que o das carnes em decomposição. Depois de medir os dois, pareceu-lhe que Antonin, encantado com o velino, era indigno de interesse. Então se dirigiu a Robert, como se ele estivesse sozinho.

— Tem dinheiro, fradinho?

— Dinheiro na estrada para dar de presente aos bandidos? Não, tenho uma letra do prior Guillaume, e isso deveria ser suficiente, turco.

Estendeu-lhe a letra.

— Trinta e cinco escudos por cinquenta peles é caro — disse Robert.

O turco deu de ombros.

— O resgate pela pele de vosso rei João era de quatro milhões de escudos.

— Ninguém desejava escrever em cima — respondeu Robert.

O turco soltou uma risada malvada que exibiu seus dentes, mais estragados que os de um velho. Os ácidos que decompunham as carnes mortas também apreciavam as carnes vivas, e os dentes e as unhas eram digeridos primeiro. Robert imaginou que um dia a pele do turco poderia muito bem ser esticada nos quadros do curtume, sem ver nisso nenhuma objeção teológica. Não sendo um convertido, o destino de um ateu não lhe inspirava nenhuma compaixão, fosse ele da terra de nascença ou de sua terra de pregação. Em se tratando de um sarraceno então... Os incréus da França já demandavam bastante trabalho, podia-se muito bem deixar os do Oriente secar nas pelarias.

Eles desceram alguns degraus em direção a uma sala abobadada, onde as mais belas peças estavam trancadas à chave.

O pacote do prior estava pronto. Robert pediu que o abrissem para verificar o estado dos pergaminhos.

O jovem curtidor os iluminou com uma vela. A visão deixou Antonin maravilhado.

— Nunca vi tantos.

Robert deu de ombros.

— Pergaminho não é complicado. Você deixa de molho, descarna e deixa curtir. Qualquer um pode fazer isso.

— Não os velinos — disse Antonin.

O turco disse com raiva:

— De qualquer jeito é pele, fradinho. Trabalha-se com faca e ácido. Pronto, agora deem o fora.

Mais tarde estavam na hospedaria próxima ao curtume, onde o hospedeiro, que se dizia pecador, ofereceu-lhes pousada em troca de uma confissão.

Eles precisavam partir de madrugada, rumo ao mercado de Toulouse, onde se negociavam penas e nozes-de-galha para fazer tinta de escrever. Confessaram em troca de uma sopa e um pedaço de pão para dividir. Receberam duas enxergas no subsolo que não diferiam das que tinham em suas celas, tirando os piolhos. As paredes vertiam água estagnada e insetos. Robert se arrependeu de ter dado a absolvição ao hospedeiro e preparou no íntimo uma prece corretiva que ressuscitava os pecados absolvidos.

O cansaço da viagem pesava em seus ombros. Antonin circundou o saco de velinos com uma corda e a amarrou em torno de um gancho. Os dois foram mijar num canto do subsolo, e Robert apagou a vela e enrolou-se no cobertor, depois de um pai-nosso que se perdeu num bocejo.

Antonin não pegava no sono. De longe chegavam os barulhos das carroças, o tilintar dos chocalhos no pescoço dos bois, as canções dos bêbados e os latidos incessantes dos cães.

— Por que não está dormindo? — perguntou Robert.

— Por nada.

— Há outras rameiras, Antonin.

— Não sei do que você está falando.

— Então pare de se mexer como um sarnento.

Antonin esperou alguns minutos. Robert estava pegando no sono. Então Antonin se levantou e o sacudiu.

— Está pensando no diabo, Robert?

— Não é o diabo que ela pode te transmitir, é doença venérea — resmungou Robert.

O sino de uma igreja tocou. Já passara a hora das vésperas, o sol tinha se posto e os barulhos das imediações se acalmaram subitamente, como se o eco plácido do sino tivesse fixado a atenção do mundo. Antonin achou que talvez estivesse na hora de voltar a ser o que sempre tinha sido.

Murmurou sua prece de coração, o cântico de Nossa Senhora, o *Magnificat*.

"*Magnificat anima mea dominum*. Minha alma glorifica o Senhor", repetia, pensando na rameira. Fazia tempo sabia que era inútil lutar contra os pensamentos impuros, pois a luta lhes dava mais força. E por que rechaçar a imagem daquela mulher se o *Magnificat* abria seus braços para a beleza terrena e ela não expulsava Deus de seu coração?

Robert já não estava dormindo. Agora era ele que se virava, enquanto Antonin recobrava a paz.

— Sabe por que as mulheres não me olham? — perguntou.

— Porque você é frade — respondeu Antonin.

— E você não?

— É de se crer que sou menos frade que você.

— Isso é verdade — afirmou Robert.

— Por quê?

— Porque se percebe que você é frágil na tentação.

Antonin pensou muito tempo no juízo do companheiro. Queria a regra dominicana que nenhuma resposta fosse precipitada, ainda que as palavras chegassem depressa aos lábios. A irritação antecede a reflexão, ensinavam os professores, e a irritação é a voz do diabo. O tempo de silêncio que abria os discursos dos clérigos garantia a santidade das palavras que viriam.

— Robert?

— Sim.

— Você nunca pensou que, se as mulheres não te olham, é simplesmente porque você tem cara de bunda?

Os dois companheiros soltaram a mesma gargalhada e caíram juntos no sono.

Capítulo 5

Os leprosos

Toulouse era uma cidade de tijolos, o que a tornava uma cidade de cristãos. O tijolo era a marca da pobreza. Por ser menos caro que a pedra, convinha às ordens mendicantes e tinha a cor do sangue dos cátaros que haviam feito da cidade a capital dos dominicanos.

— Gosto bastante desta cidade — disse Robert.

— Por quê?

— Não sei... Aqui a gente sente a fé.

Tinham cruzado com dezenas de peregrinos pelo caminho, vários deles com os pés ensanguentados, manchando os trapos que envolviam seus calçados. Acampamentos improvisados erguiam-se por toda parte, ao longo da via principal, a via Tolosana. Compostela ficava na sua extremidade. Duzentas léguas de caminhada, para quem conseguisse transpor as montanhas. Para os peregrinos velhos, o ponto final se chamava Toulouse. Estes eram enterrados no cemitério Saint-Michel com sua concha sobre o coração. Dizia-se que, na casa de misericórdia que os recolhia, os assistentes falavam com eles em espanhol, para que acreditassem ter chegado a Santiago de Compostela.

Todos os que passavam pelos dois frades, arrastando seus fardos de dores e esperança, no limite das forças, inclinavam-se diante deles.

Os dois companheiros caminhavam entre saudações e preces.

Robert andava em silêncio, retribuindo os olhares que os pobres lhe dirigiam. Seus lábios tremiam de emoção.

— Está vendo? É isso que a gente deveria ser na vida.

— O quê? — perguntou Antonin.

— Peregrinos.

Entraram na cidade pela porta norte. Os guardas lhes deram passagem, a batina branca dos dominicanos valia como salvo-conduto. Dirigiram-se para o centro. Lá imperava o convento da ordem, não distante da praça dos Capitouls, ricos comerciantes que dirigiam os negócios da cidade. Robert quis tomar o caminho da catedral em construção, pela rua Tripière, que ele parecia conhecer tão bem quanto os caminhos de Verfeil. A rua era um amontoado de imundícies sobre as quais brotavam barracas encardidas. Porcos soltos garantiam sua limpeza. Mas era preciso ter o cuidado de não tropeçar neles, pois suas mordidas eram piores que as dos cachorros. Seus focinhos cobertos de merda e vermes infectavam mais que tesoura de cirurgião. Robert desferia pontapés ferozes nos que chegavam muito perto. Antonin ia seguindo com cautela os passos do companheiro.

Santo Estêvão precisaria ter paciência. Sua catedral demoraria um século para sair do chão, mas o canteiro de obras era bonito. A nova nave era o dobro da antiga, que ainda não tinha sido derrubada. O velho madeirame desta ia perdendo vigas, e as raras missas ali realizadas ainda ameaçavam de morte os fiéis que compareciam. A antiga catedral se recusava a desaparecer, e a nova penava para vir ao mundo. Os pilares da nave subiam para o céu, encimados por cimbres, mas, no alto, faltavam as chaves de abóbada, e as pedras dos arcos ainda não se uniam, deixando espaços vazios que se estendiam do pórtico ao coro. Os arcos só sustentavam o ar molhado do Garona, que depositava neles beijos envenenados de vapores e algas. A abside se erguia atrás das linhas mestras abertas do transepto e da nave, como um esqueleto de navio naufragado.

— Parece um galeão — declarou Robert, maravilhado. — Fiz pregação ali antes de Verfeil.

Um exército de operários içava um arcobotante entre um pilar e seu contraforte. O arquiteto, cercado de pedreiros, dirigia a manobra. Acima deles, aprendizes andavam nas grandes rodas de guindaste para fazê-las girar e carregar as massas de pedra amarradas a elas por um sarilho estendido sobre polias. As pedras se erguiam aos poucos, sustentadas pelos braçais que, embaixo, escorregavam na lama para escorar os primeiros metros de subida.

— Todo esse suor, Antonin... — murmurou Robert.
— Acha que agrada a Deus?
— Claro, vale todos os velinos da terra.

Desceram mais para o sul, pela rua Filatiers, onde o comércio florescia. Os mercadores lhes davam esmolas, menos por generosidade do que pela vontade de vê-los logo pelas costas, pois os frades davam azar às transações.

Nas praças, prosperavam os conventos. Dominicanos, franciscanos, carmelitas, agostinianos. Todas essas ordens tinham feito voto de pobreza e o cumpriam em suas capelas majestosas, onde ainda batia um coração de humildade.

— Por que os pobres se reúnem aqui? — perguntou Antonin.
— Porque é o bairro dos ricos — respondeu Robert. — As ordens mendicantes mendigam, irmãozinho. Para receber esmolas, precisam das bolsas que as dão. Você nunca vai ver conventos de mendicantes nos rincões miseráveis.

Um ajuntamento os fez parar. Mais adiante, uma carroça cheia de feno bloqueava a rua. O boieiro que a conduzia vociferava contra os curiosos que impediam o avanço de seus animais. Na frente, uma casa escalavrada atraía um povaréu que se agrupava diante dela. Uma cruz branca pintada com cal barrava a porta. Outra tinha sido desenhada no chão, e ninguém pisava nela.

— Pestosos — murmurou Robert, recuando.

O medo da peste gelava seu sangue. Mas a multidão que se amontoava em torno da casa não era sinal de peste.

— Leprosos — corrigiu Antonin.

Uma voz se elevou atrás deles:

— Abram alas para os homens de Deus.

Eles foram empurrados por entre os curiosos. Robert resistia firmemente ao movimento e procurava uma saída para as ruelas vizinhas. Impossível livrar-se do fluxo que os carregava em direção à casa. No limiar da cruz, alguns guardas faziam recuar os temerários que avançavam demais. Um deles lhes fez sinal para se aproximarem. Antonin puxou a manga de Robert, que tinha ficado na borda da aglomeração.

Um médico, de túnica de couro, confabulava junto à porta com um homem de porte respeitável que vestia manto de veludo cinzento e chapéu forrado de pele branca.

O guarda lhes soprou:

— É o preboste, ele quer resolver a questão dos leprosos.

Várias mãos tocavam a bainha da batina dos dois. Algumas mulheres imploravam a bênção deles.

— Seria melhor ir orar por eles no convento — murmurou Robert com voz insegura.

O médico preparava-se para entrar.

— Chamem os frades — ordenou.

Os médicos de leprosos muitas vezes se valiam da presença de clérigos para evitar o apedrejamento dos doentes.

Eles avançaram. Robert, a boa distância, atrás do companheiro. Os dois frades repartiam bem seus medos: Robert, da morte; Antonin, da vida.

Na entrada, o coração de Robert começou a bater mais depressa. Dizia-se que os leprosos se banhavam em sangue humano para tratar sua pestilência e que eram os guardiões das portas do inferno porque seus pecados eram os mais amaldiçoados pelo céu. Antonin zombava dessas fábulas, mas Antonin não conhecia nada do mundo.

O guarda os apressou, e eles entraram na casa atrás do médico.

Antonin nunca tinha visto um lugar de tanta miséria. As vigas do único aposento cediam em alguns pontos e deixavam entrar a luz do andar de cima. As rachaduras das paredes abriam-se como seteiras no meio de manchas de mofo e salitre. A sujeira era repulsiva, e o cheiro animal, sufocante. Robert fazia o sinal da cruz cada vez que respirava. Uma velha com o rosto protegido por trapos veio ao encontro deles. Sua vela iluminou uma escada desgastada. Eles subiram atrás dela até um quarto malcheiroso que parecia deserto.

— No fundo — disse ela, mostrando um recanto mergulhado na escuridão.

O médico mandou-os recuar. Pôs no rosto uma máscara de couro impregnada de cânfora para filtrar os miasmas que infectavam o ar. Depois aspirou as emanações de um saquinho cheio de flores de escabiosa e espalhou suas pétalas violeta em torno de si. Robert segurou a manga de Antonin, que se aproximava demais daquilo. O médico avançou. A longa bengala de marfim em sua mão direita dava-lhe aparência de cego. Ela provocou um movimento no montículo humano escondido naquele canto.

A velha inclinou a vela. E eles apareceram.

Dois homens e uma mulher, agachados, amontoados uns contra os outros. Bossas do tamanho de nozes erguiam a pele do rosto deles. Seus braços eram inchados e cobertos de escamas acinzentadas, como patas de lagarto. Elas pendiam dos corpos entrelaçados que respiravam juntos, unidos numa única criatura viva e monstruosa. A massa informe desdobrou-se sob a bengala. A mulher foi quem fugiu primeiro, rastejando, tentando alcançar os frades que se mantinham à parte, levantando uma mão mutilada na direção deles. A bengala a enxotou. Ela se deitou, gemendo como um animal amedrontado.

Os homens se levantaram devagar. O mais velho murmurou algumas palavras para o médico. Ele se inclinou, e a velha estendeu o braço em sua direção. Os raios da vela revelaram a imagem horrível de um nariz devorado por um animal, com os ossos à vista. A mão da leprosa apelou de novo para Antonin, que deu um passo em sua direção. A bengala lhe barrou o caminho. Ele ouviu as palavras do homem, cuja voz suplicante lhe partiu o coração.

— O que ele está dizendo? — perguntou Robert.

— Eles se recusam a ir para o leprosário.

Ao ouvir essas palavras, a velha correu para a janela, agitando a vela.

— Eles se recusam a ir para o leprosário!

O grito saiu para a rua, atingiu a multidão, e seus ecos vararam as paredes da casa.

"Para o leprosário!"

"Para o leprosário!"

"O leprosário ou a fogueira!"

O vozerio aumentava. Os punhos se erguiam contra os leprosos, e choviam injúrias contra os guardas que protegiam a entrada.

Encostados na parede, os três miseráveis reunidos gemiam, cobrindo a cabeça.

Robert, tão lastimoso quanto eles em seu canto, escondia-se debaixo de uma janelinha. Sorvia o ar de fora, como água que os miasmas ainda não tivessem envenenado.

Antonin mantinha-se ao lado do médico. O aposento exalava um cheiro penetrante de suor e carniça. O homem do nariz comido destacou-se de novo e implorou com sua voz baixa e rouca. Antonin só entendia algumas palavras articuladas com mais força.

— Não lepra... Não lepra.

Ele se arrastou, lastimoso, para o médico. Sem brutalidade, este pousou a ponta da bengala no ombro dele e, empurrando-o devagar para os outros dois, disse:

— Mande-os descer... A casa vai ser queimada.

Os três formaram novamente uma massa, e Antonin ouviu seus soluços. Nunca tinha sentido tanta consternação.

— Para trás — ordenou o médico.

Antonin foi se juntar ao companheiro, que rezava ajoelhado, de costas para o aposento, virado para a janela. Disse seu nome, mas Robert não respondia a ninguém. O pavor o ensurdecia. Antonin agarrou seu braço.

— Vão abrir a porta — ouviu.

Os leprosos acabaram descendo. A multidão enchia a ruela. Suas ondas cresciam em torno da casa em ruínas. Famílias inteiras apinhavam-se nas janelas. De todos os lados erguiam-se rumores. A cidade inteira gritava contra os leprosos. Mulheres brandiam cruzes e rosários. E cânticos de missa ecoavam nas ruas das proximidades.

Tudo silenciou quando o médico apareceu. Ele encarou a multidão e anunciou com voz forte que os leprosos estavam sob a proteção das autoridades da cidade e da Igreja. Em seguida, assumiu a frente do cortejo.

Antonin olhava as alas abrindo-se a sua passagem. E uma lembrança despertou nele uma dor sutil. Reviu a silhueta do pai atravessar a mesma multidão e, atrás, viu-se seguindo os passos dele, no espaço vazio que a longa capa pendente de seus ombros protegia para ele. Capa que sua mão de criança agarrava, vazio que o isolava dos turbilhões do mundo e de onde escorria a fonte de todas as proteções.

De início os leprosos foram levados à igreja para a cerimônia de exclusão. O preboste os esperava no pórtico. Na ponta de uma lança, seus guardas lhes estenderam a túnica vermelha com duas mãos brancas costuradas sobre o peito, o chapéu de abas largas e a matraca. Fizeram os três ajoelhar-se sob um pano preto esticado entre travessas, e o padre cobriu o rosto de cada um deles com um véu grosso. A mulher e o companheiro do homem sem nariz choravam, ele se mantinha ereto, sem emoção aparente.

A multidão invadiu a igreja. Soou o dobre, e o ofício começou. O padre jogou uma pá de terra do cemitério na cabeça dos infelizes e declarou no silêncio que retornara:

— Meu amigo, é sinal de que morreste para o mundo, mas reviverás em Deus.

Abençoou-os e repetiu diante de cada um:

— "Proíbo-te de entrar nas igrejas, no mercado, nas torres e em outros lugares nos quais haja aglomeração de gente. Proíbo-te de lavar as mãos nas nascentes e nos riachos. Proíbo-te de comer e beber em outra companhia que não seja a de leprosos. Proíbo-te de tocar em crianças, e fica sabendo que, na hora da tua morte, quando tua alma deixar o corpo, serás sepultado num lugar onde ninguém terá direito de entrar."

Os guardas os escoltaram em seguida para o leprosário. A multidão abria alas. Todos recuavam, cobrindo a boca por medo de respirar o ar viciado que roçara as peles corrompidas.

Quando passaram perto deles, Antonin ouviu as palavras que os leprosos repetiam em voz baixa e que o homem sem nariz parecia comandar como um mestre de coro.

"Cães... Diabos... Malditos."

Um movimento da multidão cortou a frente do cortejo, distanciando-os dos doentes. Robert recobrava-se.

— Talvez a gente pudesse... — começou com voz hesitante.

— O quê?

— Procurar o convento dos jacobinos.

— Foi você que quis ir ver a catedral.

Robert concordou, baixando a cabeça.

— Olhe... — disse Antonin.

Na multidão, uma mãe segurava pela mão seus dois filhos, um garotinho e uma menina com os rostos cobertos de pústulas infectas que lhes cobriam os olhos. Não se fazia vazio em torno deles.

— Está vendo ali? É varíola — afirmou Antonin.

— Como sabe?

— Fui filho de médico antes de ser filho de Deus.

— E aí?

— E aí é que eles vêm e vão como você e eu, ninguém reclama porque varíola não é castigo, ao contrário da lepra e da peste.

Antonin continuou indicando a multidão.

— Eles não têm medo da doença, mas do inferno.

— E quem decidiu que varíola não é castigo? — perguntou Robert.

— Não sei. Na certa algum franciscano, você me disse que eles eram todos bexigosos.

— É verdade — concordou Robert com seriedade.

De portas e janelas saíam pedaços de pau. O ódio ia ficando mais atiçado à medida que os leprosos se afastavam da igreja. Algumas crianças apanhavam pedras.

Impotentes, os dois frades contemplavam o caos do mundo, e os minutos seguintes ficaram gravados para sempre em sua memória. Quando os leprosos passaram, a mãe das crianças bexigosas cuspiu no rosto do homem sem nariz. Em nenhum momento ele havia diminuído o passo desde que saíra da igreja, apesar dos golpes e dos paus que lhe interceptavam o caminho. Os outros dois se arrastavam atrás dele, com os braços levantados em cruz para se protegerem.

A cusparada o fez parar, e a multidão se abriu, isolando um espaço amplo ao seu redor.

Sem uma palavra, ele avançou para a mulher, que recuava, escondendo os dois filhos agarrados ao vestido. O guarda continuava à frente, sem ver nada.

Com um único movimento, o homem sem nariz livrou-se do véu e arrancou a pequena das mãos da mãe. Com o braço enfaixado, ergueu-a do chão e aproximou-a de seu rosto. Abafou o choro da menina unindo sua boca à dela. Depois a jogou no chão, na lama.

De repente se abateu um silêncio estranho. Silêncio de cripta, pensou Antonin.

Os urros da mãe quebraram o silêncio, e todas as gargantas despertaram, berrando juntas, como no coração de uma manada em fúria. Um guarda se lançou sobre o homem, que encarava a multidão, jogando-lhe beijos com a mão dilacerada.

Atravessou-lhe a nuca com a espada.

Capítulo 6

Inquisição

Desde o episódio dos leprosos, os dois frades não tinham aberto a boca. Haviam retomado o caminho do convento dos pregadores.

— Veja só... — começou Robert —, a tinta...
— O que tem a tinta?
— É árvore que ficou doente.
— Do que você está falando?
— Você sabe muito bem. A noz-de-galha é uma espécie de bubão na casca dos carvalhos quando ela é picada por um tipo de mosca venenosa. Com isso, eles incham em alguns lugares como a pele daqueles infelizes. E é desses tumores da casca da árvore que se extrai a bela tinta para os velinos.
— E aí?
— Aí, acontece o mesmo com os leprosos. Eles funcionam como tinta. Ela vai servir a Deus para escrever suas vontades. E com a peste é a mesma coisa. E conosco... Tudo funciona como tinta. Nossas lágrimas são pretas, o céu escreve com elas, é para isso que estamos aqui.

Antonin percebeu a emoção na voz do companheiro. Fitou seu olhar brilhante e passou o braço em torno do dele.

Tomaram a direção dos cais para percorrerem a margem direita, rumo ao norte.

O crepúsculo se aproximava. No dia seguinte iriam à oficina do iluminador no mercado Saint-Didier. La se encontrava o necessário para a escrita: penas e nozes-de-galha tratadas. Para a tinta fina, o prior recomendara um mestre na ilha Ramier, afamado pela qualidade de suas preparações. O convento produzia tintas, mas não bastava mergulhar as nozes picadas em potes cheios de água de chuva. As galhas dos frades liberavam um tanino pálido que não aderia bem ao pergaminho. O mestre iluminador tinha um segredo para que a tinta ficasse preta e aderisse, uma cola feita de goma arábica e uma essência rara, que nenhum *scriptorium* podia se dar ao luxo de ter: a caparrosa verde que produzia os pretos profundos.

O prior tinha sido categórico nesse ponto. Não voltar sem os velinos e a caparrosa.

O rio era largo. Antonin, que nunca tinha visto o mar, achava que devia ser parecido com aquilo. Só faltava acrescentar as ondas.

No baixio de Bazacle, alguns homens atravessavam a vau. Não havia necessidade de ponte. Em volta deles, alguns moinhos flutuavam em vários pontos, sem pás. Aqueles moinhos se assemelhavam a grandes barcos ancorados no canal a fim de aproveitarem as fortes correntes que atravessavam suas rodas-d'água imensas para movimentar a mó. Moíam o trigo para um pão que devia preservar em seu miolo os aromas de oceano que subiam o curso de todos os rios.

Perdidos na contemplação dos moinhos flutuantes, os dois companheiros não prestaram atenção aos homens que se aproximavam. Robert os avistou primeiro e, pelo jeito deles, sentiu uma ameaça. Não eram da ralé do cais. Avançavam devagar. Eram dois rapazes e um homem mais velho que arrastava uma perna. Estavam armados, como soldados, com uma espada de dois gumes na cintura. Uma cruz vermelha aparecia no avesso da túnica que usavam.

— Oblatos — murmurou Robert.

Guerreiros, frequentemente feridos, que voltavam dos combates e se punham a serviço dos mosteiros. A oblatura militar datava das cruzadas e oferecia aos cavaleiros inválidos a vida santa dos oblatos monásticos que não proferiam votos.

O velho soldado os cumprimentou e declarou estar encarregado de escoltá-los ao convento dos pregadores. Seu tom era cortês, mas firme. Robert e Antonin se entreolharam, surpreendidos. Uma escolta para dois frades mendicantes anônimos de passagem era uma honra inexplicável. Seguiram os homens pelo labirinto de ruas que os afastava do rio. Robert se assustou. O velho soldado o tranquilizou, afirmando que assim ganhavam alguns minutos de caminhada em relação ao itinerário habitual.

Antonin aproximou-se do companheiro e lhe sussurrou:

— Não é o caminho do convento, estamos indo para o sul.

— Eu sei — respondeu Robert, perturbado.

Viram aparecer as torres do Castelo Narbonense na direção do bairro dos carmelitas.

O soldado parou de responder às perguntas. A preocupação dos dois aumentava. Transpuseram as ruínas da muralha romana e desembocaram numa praça aberta.

Robert estacou.

— Já sei aonde estão nos levando.

— Aonde? — perguntou Antonin.

— Lá — disse Robert, apontando para um edifício sombrio. — Para a casa Seilhan... A casa da Inquisição.

Os oblatos deram empurrões para fazê-los avançar.

Robert fez mais perguntas ao velho cruzado, que continuava calado.

— Eles é que vão responder — soltou, quando ficaram de frente para o edifício.

Dois frades brancos os esperavam à porta daquela casa famosa no mundo dominicano. A ordem tinha sido fundada ali, um século e meio antes. São Domingos havia transposto aquela porta antes deles, mas essa lembrança sagrada não significava nenhum consolo para o coração dos dois. Foram levados para o interior da construção de tijolos. Suas baixas janelas arqueadas eram fechadas com grades. Um vestíbulo escuro encerrado por um portal de chumbo os isolou repentinamente dos ruídos da cidade. Antonin teve a sensação de que a vida tinha ficado para trás.

Atravessaram o pátio interno. Alguns frades que andavam por lá subiram o capuz antes de cruzarem com eles. O recinto principal era profundo. Dois braços abobadados enquadravam pátios secundários interligados por corredores até um claustro, contíguo a uma capela e a um refeitório. O dormitório dos frades, na lateral, dava de frente para a prisão da Inquisição. De fora, nada permitia adivinhar a existência daquele convento estranho, com alas simétricas, uma para a prece, outra para o sofrimento.

Ficaram esperando num saguão gelado, junto à porta da capela-mor.

Um sacristão que faria o sacristão do mosteiro de Verfeil parecer um trovador jovial veio enfiar uma chave na fechadura.

Robert e Antonin não sabiam que se podia trancar uma capela.

Entraram num amplo aposento tão frio e despojado quanto um dormitório de cistercienses. Uma cruz nua ocupava o coro. A grisalha nas janelas filtrava uma luz opalina. Nem incensório, nem cálice, nem bancos num chão sem revestimento, coberto por uma terra batida avermelhada, perfeitamente uniforme. Evidentemente, pensou Antonin, era um lugar onde já não se orava.

No início do século, a velha capela de são Domingos tinha sido transformada em sala de tribunal, onde ocorriam os julgamentos dos hereges. Fazia décadas que nenhum cantar atravessava aquelas paredes, cujas pedras agora só recolhiam gritos e lágrimas.

O inquisidor era gordo. Característica singular nos dominicanos, que consideravam a magreza um dever.

Desde o nascimento das ordens mendicantes, os frades se submetiam à agenda de privações. Robert, que se arredondara desde que começara sua incumbência nas cozinhas do convento, tinha sido repreendido pelo prior. "A cruz carrega corpos leves", dizia, os que não oferecem resistência à subida ao céu.

O inquisidor fugia à regra, mas, nas terras de *langue d'oc*, a regra era a dele. Ao sul do Loire, os inquisidores não obedeciam a ninguém, exceto ao papa. Em outras palavras, só obedeciam a si mesmos, na maior parte do tempo.

Afora seus confrades dominicanos e algumas ordens que eles tinham o dever de respeitar, a seus olhos só existiam cônegos e uma massa de clérigos completamente incultos que obedeciam a bispos um pouco menos parvos que eles, mas cuja avidez e ignorância tinham desonrado a Igreja. Os castigos que mereciam cairiam um dia sobre suas cabeças, quando o coração de todos os hereges tivesse sido arrancado.

"O gordo inquisidor", como era apelidado pelos sacrílegos, acreditava num Deus implacável e magro. Era um homem ponderado, rigoroso e frugal. Impunha-se jejuns e usava cilício para se lembrar dos sofrimentos de Cristo. Mas seu corpo não obedecia às sentenças de sua vontade. Por estranha anomalia química, ele engordava quando alimentado com o pouco que se concedia. Sua carreira na ordem padecera com isso. Para provar boa-fé, seu prior, diante das testemunhas mandadas pelos cardeais de Roma, tivera de lhe impor várias semanas de pão e água, em sua cela trancada. Mas isso em nada afetou seu peso, diferentemente de seu humor, que nunca se recuperara daquela injustiça biológica.

O inquisidor Louis de Charnes tinha a si mesmo em alto conceito, quando esse "si mesmo" abandonava o hábito de carne e se vestia de espírito e de fé. O desprezo que seu corpo lhe inspirava influenciava seus julgamentos. Sua severidade só se abrandava com as mulheres, pois lhe repugnava torturar a carne desconhecida, que ele preferia deixar apodrecer lentamente nos calabouços do poder civil.

Ele não se parecia com os grandes inquisidores das décadas passadas, cuja lembrança ainda aterrorizava o povo. Seu ar bonachão inspirava confiança, ele ouvia a voz dos réus com aparente misericórdia, mas suas condenações eram impiedosas.

Os dois frades, ajoelhados, baixavam a cabeça. Imperceptivelmente, tinham se aproximado um do outro, e seus ombros se tocavam. Ambos estavam dominados pela mesma angústia. Sentiam um aperto na garganta, e espesso suor escorria-lhes pelas costas, apesar do frio intenso. Antonin e Robert percebiam que não se tratava de uma convocação, mas de uma detenção. Nenhum deles atinava com o mal que pudessem ter cometido no caminho dos velinos. Mas sabiam que a Inquisição não lidava com atos cometidos, mas caçava os maus pensamentos que descobria por clarividência.

O inquisidor tinha acesso às consciências. Antonin achava que ia pagar por seu desejo pela rameira, e Robert, pelo roubo da fatia de toicinho.

Deviam ter sido descobertos por delatores. Os *exploratores*, espiões dos juízes, vigiavam tudo e, como cães de caça, desencovavam pensamentos heréticos nas cidades, nos campos, em castelos e igrejas, nos cérebros dos pecadores. O que se podia fazer contra eles, se investigavam até nos cemitérios, onde ordenavam aos coveiros que desenterrassem os esqueletos dos infiéis que lhes tinham escapado. Os cadáveres eram mandados para a fogueira e se consumiam ao lado dos vivos, para que cada um meditasse na lição da Santa Inquisição: o além não será refúgio para os traidores.

O inquisidor estava sentado sozinho numa poltrona ampla de madeira, sem ornamento nem cor, no meio do coro. Cercavam-no três cadeiras vazias, que, durante as audiências, eram ocupadas por seus frades assessores, além da cadeira do notário, encarregado de redigir os autos. O tribunal da Inquisição não estava completo, o que não tranquilizava os dois acusados.

Antonin lembrava-se das palavras do companheiro nos bosques de Verfeil.

— Você já viu alguém ser queimado vivo, Robert?

— Não, mas vi porcos. Não deve ser muito diferente.

Eles estremeceram. A voz do inquisidor ressoou na sala.

— Frei Antonin e frei Robert do convento de Verfeil.

A voz alta escapava de uma garganta espessa. Suas rugas engoliam o queixo quase invisível, e a boca fina, de lábios encarnados, parecia pintada.

— Seu pai era médico, frei Antonin. E o seu, frei Robert?

— Empregado rural.

— Camponês?

— Não — corrigiu Robert —, não camponês, empregado rural. Meu avô era camponês, meu pai tinha terras em Bellugue, que ele administrava para um senhor.

O inquisidor deixou que o silêncio voltasse a reinar. Os jovens frades viam formas materializadas nas poltronas vazias; para eles, lá tomava assento um tribunal de espectros feito para condená-los. A voz melíflua os dissipou.

— Como vai o prior Guillaume?

A pergunta os desconcertou, eles se entreolharam, e Robert preparou-se para responder, mas o inquisidor levantou a mão.

— É a seu confrade que fiz a pergunta.

E aguardou, fixando o olhar em Antonin, de joelhos, olhos abaixados, que não sabia o que dizer.

— É você que trata dos frades? — continuou o inquisidor.

— Eu cultivo as ervas medicinais e preparo os remédios — respondeu Antonin.

— Nenhuma erva-do-diabo em seu jardim?

— Não, padre.

— Frei Robert?

— Jamais, padre.

— Em sua opinião, qual é o melhor remédio para um dominicano? Antonin hesitou:

— O senhor quer dizer a melhor erva?

— Não, o melhor remédio.

— Não saberei dizer — pronunciou Antonin.

O inquisidor, com paciência, repetiu a pergunta.

— Qual é o melhor remédio para um frade?

— A prece — respondeu bruscamente Robert.

Essas palavras pareceram satisfazer o inquisidor. Sua cabeçorra oscilou. Ele pôs a mão sobre as pálpebras e ficou assim alguns instantes, com a cabeça inclinada. Os joelhos dos dois frades começavam a se ressentir.

— Frei Antonin, qual é seu juízo sobre a saúde de seu prior? — perguntou o inquisidor.

Antonin olhou Robert de relance, à espera do socorro. Mas Robert continuava prostrado a seu lado.

— Boa — acabou por pronunciar —, mas tem as pernas inchadas, e a respiração às vezes é difícil.

— Não estou falando dessa saúde.

— Não compreendo, padre.

— Como filho de médico, deveria compreender — afirmou o inquisidor em tom mais autoritário.

Depois, voltando-se para seu companheiro:

— O que acha o frei Robert?

Robert tartamudeou uma resposta inaudível.

— Como filho de camponês, é normal não pensar nada. Quanto a você, frei Antonin, seu pai deveria ter-lhe ensinado que a saúde é uma trindade: corpo, mente e alma. Não estou falando da saúde física de Guillaume, nem de sua saúde espiritual, que sempre foi um modelo para todos nós e que os dois seriam incapazes de julgar. Mas o que me diz de sua saúde mental?

— Não sei, padre.

— Por acaso ele faz às vezes afirmações estranhas ou, digamos, que não combinem com a paz e a harmonia necessárias a uma vida consagrada a Deus?

— Nunca ouvi o prior Guillaume proferir palavras desarmoniosas, padre.

— Conta-se que ele está escrevendo um livro.

— Sim — respondeu Antonin. — É o motivo de nossa missão...

O inquisidor girou o anel de ferro que cingia seu indicador. Nenhuma pedra, nenhuma incrustação, um aro de aço fosco, como uma aliança. Calmo, ele parecia ter tempo, ou talvez o tempo lhe obedecesse por medo de ser julgado com excessiva severidade.

Os dois frades já não sabiam quantos minutos ou quantas horas tinham transcorrido desde sua entrada na capela.

— Onde estão os velinos?

— No curtidor, com nosso asno.

— E esse livro será a cópia de quê?

— Ignoro, padre.

— Será a tradução de quê?

— Não sei.

— Os frades dominicanos ou traduzem ou copiam. Traduzem textos gregos ou copiam os padres latinos. Cinquenta peles, frei Antonin, conviriam para o *Organon* de Aristóteles, mas os velinos são tão caros, por que a ordem não foi avisada? Sabe o motivo?

— Não, padre.

— E você, frei Robert, que não diz nada?

— O prior não fala dessas coisas — respondeu Robert.

— Ah... — retomou o inquisidor, endurecendo a voz. — No entanto, há coisas de que ficamos sabendo sem necessidade de que nos digam. Você, por exemplo, Robert de Nuys, filho de Albert, sei de verdades a seu respeito que você não me teria confessado.

O inquisidor mandou chamar o oblato. O velho cruzado entrou e se aproximou deles. Trazia nas mãos uma corrente ligada a duas argolas de ferro que pendiam para o chão. O inquisidor tirou de um bolso da túnica um rolo de pergaminho e o desenrolou.

— Tenho aqui uma acusação. Em Albi, na primavera passada, um dominicano teria espancado um de nossos frades franciscanos enquanto este pregava a boa palavra. Essa história soa bem a seus ouvidos?

Robert ficou de cabeça baixa, incapaz de proferir uma palavra.

— Veja, Robert de Nuys, a Ordem Dominicana é uma ordem pacífica e fraterna com os membros de todas as outras ordens da cristandade e muito mais com seus irmãos mendicantes, os franciscanos.

Obedecendo a um gesto do inquisidor, o oblato fechou as argolas de ferro nos tornozelos de Robert. O jovem frade mal se defendeu quando dois soldados o agarraram pelos ombros para levantá-lo. Suas pernas adormecidas não o sustinham, e ele teve de se deixar carregar até a porta da capela.

— Padre...

O inquisidor deteve os guardas.

— Quer falar, frei Antonin?

— Sim, padre.

— A favor de seu confrade?

— O bispo de Albi já o julgou, ele fez penitência.

— O bispo? O que é a decisão de um bispo diante do julgamento da Inquisição? Se a sua ordem foi escolhida pelo papa para julgar as questões da Igreja, você, frade de Verfeil, vai me impedir de punir uma ovelha negra que desonra nosso hábito branco?

— Ele fez alta penitência, sou testemunha.

O inquisidor o olhou com um falso ar benevolente e continuou com voz branda:

— Frade, sabe por que nunca há advogado nos tribunais de inquisição?

Antonin negou com um movimento da cabeça.

— Porque é Deus que defende o réu. É ele que decide a graça ou o castigo pelo canal de minha voz.

— Robert não é culpado, padre.

— Chega! — atalhou o inquisidor, batendo no braço da poltrona.

Seu corpanzil tremeu ao se voltar para Robert. Apontou para ele com o dedo ferrado.

— Sou eu que decidirei a altura de sua penitência. Vai ficar em regime de muro estreito, até o dia em que meu tribunal o julgar. Levem-no embora.

Os oblatos fizeram Robert desaparecer, arrastando seu corpo acorrentado. Antonin ficou sozinho diante do inquisidor. Uma raiva irreprimível invadia sua alma, embaralhando suas emoções. Ele apertou os punhos e rechaçou as preces que batiam à porta de seu coração de frade.

Capítulo 7

Traição

— O que é muro estreito?

— O que é que você acha, fradinho? — O oblato interrogado por Antonin riu.

Um soldado acrescentou:

— Uma cela onde você fica bem à vontade. Ali te ensinam a dormir em pé.

A risada indecente deles afastou Antonin para o dormitório.

A noite havia caído, espessa e úmida. As velas da casa Seilhan não iluminavam nada. Nos corredores, uma luz amarelada escorria com a cera que dela manava e caía como ela, em gotas amarelas que guiavam o caminho das baratas. Foi o que o claustro deserto pareceu a Antonin: caminho de baratas. Os frades que giravam por lá seguiam uma linha traçada por clarões tão raquíticos quanto o coração que lhes batia no peito. "Baratas... Baratas...",* repetia Antonin pelo caminho do dormitório e, quando pensava no destino do companheiro, brotavam lágrimas de seus olhos.

---

* A palavra *cafard*, que designa a barata, metaforicamente também pode significar hipócrita e beato. (*N. da T.*)

Acordou ao alvorecer. Um frade veio depositar seu alforje a seus pés. Conduziu-o em silêncio à capela-mor, onde ele era esperado pelo inquisidor, cercado pelos oblatos. Os homens foram dispensados, e os dois ficaram sozinhos.

Antonin não se ajoelhou.

— Mandei entregar as nozes-de-galha, as essências e as penas ao curtume.

As palavras do inquisidor ressoavam, mas ele ainda não entendia seu sentido.

— Ao curtume?

— Sim, com os velinos. Você vai pôr tudo em cima do seu asno e retomar a estrada de Verfeil.

— E Robert?

O inquisidor não respondeu. Antonin sentia que tudo lhe escapava. A sobrevivência de Robert estava ligada à sua obediência, mas ele não fazia ideia de qual seria a vontade do inquisidor. Continuava impotente diante daquele homem glacial, cujo corpo monstruoso transbordava da poltrona e que o observava como se ele fosse um inseto preso na armadilha.

Seu desejo era ver a garganta do outro aberta como a do leproso da catedral, mas acalmou seu ardor, como o prior Guillaume lhe ensinara, criando um vazio dentro de si. Não conseguiu expulsar a imagem de Robert, de pé em sua cela, e isso lhe virou o estômago.

— Não estou entendendo — conseguiu dizer com voz apagada.

— Guillaume deve ter grande afeição por vocês, para lhes confiar missão tão importante. E as afeições em geral são recíprocas.

Antonin sustentava o olhar do inquisidor. Havia coragem em sua atitude, pouco comum num frade de sua idade. Mas o inquisidor tinha longa experiência com a altivez e a coragem. Sabia tratar-se de mercadorias perecíveis que se deterioravam muito depressa no ar fétido de suas celas ou sob o malho do carrasco. Quantas altas dignidades tinham se dobrado a seus pés depois de algumas horas no ecúleo. Ele preferia os covardes, livres de nascença do verniz de coragem e nobreza que aderia tão mal à superfície da pele humana. Esses lhe permitiam economizar esforços e o dinheiro que o tempo de trabalho dos carrascos lhe custava. Por essa razão, ele concedia mais clemência aos covardes que aos bravos.

— Você sabe o que eu quero?

Antonin ficou sem resposta. O inquisidor se inclinou em sua direção. Ele sentiu o seu perfume almiscarado. Dois olhos semicerrados, cor de esmeralda, aproximaram-se para sondar sua alma.

— Quero saber o que ele está escrevendo.

Antonin começava a entrever alguma luz.

— Será que o medo do inferno poderia impedi-lo de mentir para mim, frei Antonin?

O inquisidor fez uma careta de dúvida e, sem esperar a resposta, continuou:

— Eu não acho que o medo do inferno o impediria de mentir para mim. O medo de perder seu irmão Robert, sim. Não o do inferno.

— Mentir é pecado — murmurou Antonin.

— Pecado a gente confessa, frei Antonin. Essa é a força do pecado. A confissão é a armadura dele. Ela o protege, defende, perdoa. Como acreditar que o medo do pecado seja suficiente, se ele pode ser absolvido? Se você me prometer que não omitirá nada do trabalho de seu prior, acreditarei em sua sinceridade, porque seu coração é puro. E você achará de boa-fé que essa promessa garante minha confiança. Mas o que garante a sinceridade de um homem, bem mais que suas promessas, é o irmão dele, quando está detido.

— Eu não tenho necessidade...

— Cale-se! — atalhou o inquisidor. — E preste atenção: tenho nas mãos a vida espiritual de seu companheiro. O tribunal nunca condena à morte, entrega o destino do condenado à autoridade secular dos príncipes. É o mundo terreno que queima os culpados, não o mundo celeste, ao qual pertencemos. Mas eu posso perdoar ou condenar Robert, depende de você. E, se o condenar, ainda que a mão secular lhe conceda a graça, sua alma estará por mim excluída de nossa ordem. Para todos os seus frades, ele não será mais nada. Quem lhe der esmola será amaldiçoado, quem cuidar dele será amaldiçoado, quem falar com ele será amaldiçoado. Ele será como o leproso que você viu ontem. Pior, um leproso espiritual que suplicará aos guardas que o levem à fogueira.

Sua voz se tornou mais dura:

— Quero receber uma carta por semana, com a cópia daquilo que o prior Guillaume lhe tiver ditado. Quero que não esqueça nada, nem uma única palavra, mesmo que não a compreenda. É uma incumbência pesada que lhe confio, mas, se bem cumprida, ela poderá lhe abrir as portas de funções elevadas em nossa ordem, eu cuido disso. E, principalmente, ela vai salvar a vida de nosso caro frei Robert.

Chamou o oblato, que entregou o alforje a Antonin com uma bolsa que continha pão e um cantil cheio. O inquisidor mandou acrescentar um estojo de couro com folhas de pergaminho e penas, que haviam sido preparadas.

— Todo domingo, na hora das vésperas, um oblato irá buscar as cartas.

— O que vou dizer ao prior sobre Robert?

— Que ficou doente e que nós estamos cuidando dele durante a convalescença.

— Posso vê-lo, padre?

O inquisidor contemplou o jovem com benevolência e pediu ao oblato que verificasse se a bagagem estava completa; depois, voltando a Antonin, respondeu com ar compassivo:

— Não.

O oblato fez o frade recuar até a porta. A luz pálida do dia entrava na capela. Antonin lançou um último olhar aos vestígios de seus joelhos e dos de Robert, que ainda era possível adivinhar no chão úmido. Quando transpôs o limiar, ouviu a voz aguda do inquisidor.

— Frei Antonin.

O oblato o deteve. O inquisidor tinha se levantado, seu corpo parecia estender-se por todo o coro. O dedo ferrado apontava para o frade.

— Se me trair, Antonin de Verfeil, mando quebrar cada osso de seu confrade, em seu nome.

Depois, com um sinal de cabeça, ordenou ao oblato:

— Leve-o embora.

Antonin retomou a rota de Verfeil pelo caminho dos peregrinos. Onde estava Robert? Quantas noites de angústia teria de enfrentar no muro estreito? Que destino o inquisidor lhe reservaria? De que torturas ele era capaz? E o que valia o amigo que não compartilhasse os sofrimentos? Era fácil ter pretensões de amizade e parar à porta do muro estreito. Do que você será capaz?, dizia-se Antonin. Sacrificar a confiança de seu prior e de seus confrades para avançar sozinho, até o fim, nesse caminho de traição? Acaso os caminhos da traição não são todos pagos em moeda de alma?

Os peregrinos desciam para Toulouse e tiravam o chapéu ao passarem por aquele frade que voltava para seu convento sem os enxergar. Eles desciam, Antonin subia, trilhava o caminho contrário na via de sua peregrinação. Andava sozinho, de costas para Compostela, em direção a uma igreja que não era a de são Tiago. Único peregrino na estrada do apóstolo que ninguém jamais celebrava e que não redimia nenhum pecado. Único caminhante na peregrinação de Judas.

— Onde está seu amigo? — perguntou o jovem curtidor.

— Doente.

O asno o esperava diante das cubas de imersão das peles, carregado com os velinos e as nozes-de-galha. O curtidor lhe entregou um estojo de couro com os frascos de caparrosa.

— Vai ser o livro mais bonito do mundo — disse, introduzindo uma medalha em sua mão.

Antonin a girou entre os dedos. Numa das faces estava gravado o emblema da ordem, a cruz encimada pela estrela de oito pontas, símbolo de são Domingos. Na outra face, um E maiúsculo em letra gótica ainda aparecia debaixo dos riscos da faca que tentara apagá-lo. A mão do rapaz pousou na dele e dobrou os dedos sobre a medalha.

— Não mostre a ninguém — disse, antes de entrar de volta no subterrâneo dos velinos.

Antonin retomou devagar seu caminho. Ao sair do curtume, cruzou com a rameira, que deu um passo em sua direção, mas parou a certa distância. Ele achava que receberia o mesmo olhar do primeiro dia, mas seus olhos deviam ter adquirido outra cor, porque ela de repente demonstrou enorme indiferença e deixou-o passar, dando-lhe as costas.

Ele enveredou pelo caminho pedregoso do convento no momento em que caía uma chuva forte sobre Toulouse. Avançava devagar, sem proteger o hábito. Ia com os olhos baixos, deixando que o asno guiasse a marcha. Pensativo.

Lembrava-se das palavras de Robert, no subsolo do estalajadeiro. O que desviava o olhar das moças não tinha nada a ver com o hábito ou a boa aparência. O que as afasta de nós é a vergonha de nós mesmos.

Capítulo 8

Órfão

"Na beguinaria de Ville-Dieu, à margem do Reno, em 11 de abril de 1348, eu, Guillaume, preparo-me para realizar a mais banal das missões deste século: morrer.

"Ainda não sofro, mas a peste está em mim.

"Sei disso tão bem quanto os médicos de Colônia, os especialistas chamados pela grande senhora da beguinaria no início da epidemia, todos mortos desde então.

"A medicina não cura a peste.

"Nem ervas medicinais, sangrias, aplicações de ferro candente ou gelo sobre os bubões, jejuns, cevas com decocções nauseabundas, feridas tratadas com água benta ou flageladas, feitiçarias ou preces... nada cura a peste. Até mesmo o sacrifício dos judeus é inútil. Quanto mais judeus são queimados, mais o mal se espalha.

"Pela janela de meu quarto, vejo o rio que tantas vezes atravessei com aquele de quem eu era aluno. Pergunto-me o que aprendi desde seu desaparecimento e, principalmente, o que fiz sem ele. Nada que valha o mínimo orgulho.

"Nunca parei de divagar em minhas reminiscências, assim como divagava na cela. Tentei em vão unir, numa única pessoa, aquele que me *ensinou tudo e aquele que vi viver tão mal. Como poderão ser julgados juntos esses dois homens que meu mestre foi? Como o castigo de um e a graça do outro poderão ser equitativamente distribuídos? Todos os juízos sobre nós mesmos são médias entre o pior e o melhor de nossos atos. Mas, quando o desvio é tão grande, como escolher entre aquele que merece todos os perdões e aquele que deveria padecer todos os infernos?*

"*Ao longo daqueles anos, a messe de meu espírito tão abundantemente semeado só deu frutos amargos. O que será de mim? Meus pulmões queimam. Vou morrer antes de ser levado embora. O que resta dos contaminados quando morrem na cidade, em casa? Uma cruz preta pintada numa porta e a voz daqueles que vão tocando a sineta diante das carroças cheias: 'Quem tem mortos?... Quem tem mortos?'*

"*Eu tenho mortos. Eu, tocando minha própria sineta, tenho como encher uma carroça com o desperdício de minha vida de homem, com o jovem Guillaume que repousa em minha memória, o frade ardente que eu era, aquele que mantinha as mãos limpas na água da fé em Cristo, antes de as sujar de sangue... Quem tem mortos? Eu tenho mortos: todos aqueles homens de bem que tinham meu rosto e não sobreviveram. Aqueles homens justos, aqueles homens brandos, aqueles homens da esperança, que a peste arrancou de mim. Aqueles homens felizes que eu não soube reter, que não soube conservar vivos e cujos despojos guardo numa cova interior na qual repousam, sem paz, todos os homens que fui. Sim, eu tenho mortos...*"

O prior fechou o livro que tinha o couro alterado e as páginas enrugadas pela umidade. A tinta desbotava, e vários brancos tornavam a leitura quase impossível. A nova obra em velino ressuscitaria a antiga, inacabada, e a tornaria indestrutível.

— É um livro de memórias?

— Velinos para a memória de um simples prior? Não, Antonin, não estou escrevendo um livro de memórias, mas de confissão.

Antonin voltara sem obstáculo ao convento de Verfeil. O prior estava satisfeito com a qualidade dos pergaminhos e com a cor preta das nozes-de-galha. A ausência de Robert tinha sido justificada, e ele não se detivera na questão.

Antonin teve a impressão de que o sacristão o fixava com um olhar mais severo quando ele descreveu a febre súbita e a fraqueza que haviam acometido seu companheiro e impedido a viagem. Quanto ao resto, sua história fora simplesmente ouvida, e ele retornara à vida de frade. Desde então, as horas do convento passavam monótonas e vazias. Antonin redescobria o mundo sem a amizade de Robert, e sua escuridão resistia tenazmente ao sol. O dia já não nascia. Sua juventude tinha sido arrebatada de chofre, arrancada por alguém que não lhe queria nenhum mal. Robert a roubara sem saber. Antonin ainda tinha a esperança de que ela continuasse viva nele, no muro estreito, e quem sabe benfazeja para o frade que a guardava. Em sua própria cela de Verfeil, nada restava dela.

O prior o incumbira de trabalhar no *scriptorium*, onde ele passava o essencial de seus dias a preparar sua escrita para o velino que não admitia rasuras. As frases coligidas num pergaminho comum eram reproduzidas num quadro de papel das dimensões do livro, preparando assim o espaço das palavras, sem cortes no fim das linhas. Os dias eram laboriosos, e as noites, curtas.

Os ditados do prior começavam ao alvorecer e paravam ao meio-dia, hora em que Antonin voltava ao *scriptorium* e lá ficava até o crepúsculo. Não terminava o magro repasto do refeitório e logo voltava ao claustro, para retardar o momento em que se visse sozinho na cama, enfrentando o sono. A cela vizinha, de Robert, não estava vazia. Alguma coisa, durante a noite, mexia-se no seu interior. Dela escapavam gritos e gemidos. Aplicar as mãos aos ouvidos não bastava para silenciá-los.

O único momento de repouso era no jardim dos símplices, aonde ele ia respirar os aromas da medicina. Cuidando das plantas, buscava lembranças. Revia a silhueta do pai, que a peste acabara levando, mas sua memória era vazia de infância.

"Melhor não ter lembranças do que as ter ruins", dizia Robert, que sempre cuspia no chão para homenagear as doces figuras familiares que haviam embalado seus primeiros anos, batendo o compasso da canção de ninar com pancadas de um pedaço de pau no crânio.

O trabalho no *scriptorium* o afastava dos outros frades. Para ele, todos haviam se tornado estranhos. Ele sentia o constrangimento dos outros e a distância que o isolava no refeitório e no caminho do claustro. Sua proximidade com o prior atiçava ciúmes, mas havia mais que isso. Ninguém acreditava na doença de Robert, e já corriam rumores sobre seu desaparecimento.

— Como se pode sobreviver à peste? — perguntou Antonin ao prior quando este interrompera o ditado.

Curar-se da peste... Guillaume nunca teria acreditado nessa possibilidade. A epidemia de 1348 matara pouco mais de um habitante a cada três da população da Europa. Jamais, na memória humana, tal holocausto tinha sido relatado. A febre o apanhara alguns meses após seu retorno de uma missão no Oriente.

— Sobreviver à peste? Não sei, Antonin. Só sei que quem recebe essa bênção está protegido e nunca mais tem a doença.

— Com a ajuda de Deus?

— Sem dúvida... e sem querer.

— Sem querer?

— Sim, o querer viver desencadeia o furor da peste. Durante o triste ano de 48, vi centenas de pessoas morrer, irmãos, irmãs, camponeses, burgueses, nobres, por todos os lados. E todos queriam viver, com força, com vigor. Todos tinham a mesma vontade de resistir. Quando fui apanhado, minha última preocupação era sobreviver. Acolhi a doença como uma irmã que viesse confessar a minha alma pecadora. Talvez seja isso que dê a sorte de escapar à peste, o não querer.

O prior tirava um tempo para passear, mais ou menos na nona hora do dia. Antonin o acompanhava ao jardim dos símplices, onde Guillaume gostava de rever as ervas medicinais que plantara pessoalmente alguns anos antes. Iniciava Antonin em seus segredos desde que ele entrara no convento.

— O que é a erva-do-diabo? — perguntou ao prior, que acariciava sorrindo a folha de uma sálvia que, segundo um eremita a quem o convento dava esmolas, podia curar todas as doenças.

— Não é uma erva. Ela se parece com uma alga.

— Uma alga terrestre?

— Sim. É viscosa e verde, e se espalha como uma poça de água. Os camponeses acham que são as garças-reais que a vomitam ao redor dos brejos. É chamada de "escarro-da-lua".* Aparece à noite, depois da chuva, e desaparece como por encanto. É a planta que os alquimistas procuram com mais entusiasmo. Serve para fazer a pedra filosofal.

— É uma planta diabólica, padre.

— As plantas, como todos os elementos da natureza, são obra de Deus, não é, Antonin?

— O senhor não acredita no diabo, padre?

— Acredito, sim. Mas o diabo está fora do mundo, essa é a diferença entre ele e Deus.

— Portanto, o diabo não está nas plantas.

— Nem nos animais, nem em nós mesmos. Nunca fale em erva-do-diabo, pedra demoníaca, água maléfica, pois nada na natureza é posse dele. Diabo é o estranho.

Atravessaram o jardim em silêncio. Antonin via a erva-do-diabo brotar em torno de sua cela e anunciar os pesadelos da madrugada.

Naquela noite, ficou andando pelo adarve. A hora era de prece, mas em nenhuma ele encontrava graça desde a prisão. Nunca teria acreditado que sobre ele poderia se abater uma fatalidade tão injusta. Sua fé de dominicano era forjada para o combate e a obediência, não para a traição aos seus.

Algumas vezes, Antonin achava que Deus estava se lixando para o mundo, como se não tivesse mais o que fazer nele e tudo isto não lhe dissesse respeito. Desinteressado dos filhos, entregues ao grande orfanato da natureza, a esta ele delegava o encargo de criá-los como pudesse. Isso é o mundo, pensava Antonin, um grande orfanato onde se passa o tempo a perguntar por que se foi abandonado. A natureza, que Deus criara esquecendo a ternura pelo caminho, amava "com dureza", se é que tinha coração, coisa de que se podia duvidar.

---

* Trata-se da nostoque (de *nostoch*, palavra criada por Paracelso no século XVI), alga que ocorre em solos alcalinos e úmidos. (*N. da T.*)

Das muralhas Antonin via a noite subir da floresta, como que secretada pelas árvores. Sua seiva preta e grudenta cobria lentamente o horizonte.

Onde estava Robert àquela hora? Em seu calabouço? No ecúleo, sendo torturado? Doente? Morrendo talvez...

Entre suas pernas passavam gatos. O adarve era o território deles. Durante a grande epidemia, correra o boato de que os mosteiros que acolhessem gatos estariam protegidos. O prior Guillaume, que em geral não dava valor nenhum a boatos, havia validado aquele, defendendo-o no concílio regional dos dominicanos.

Ninguém sabia como os gatos expulsavam os miasmas da peste, mas ao menos expulsavam os ratos. Talvez ele simplesmente quisesse se livrar desses bichos, que o apavoravam enormemente. Dava a impressão de que pululavam ratos em suas lembranças, a tal ponto parecia atormentá-lo a repulsa que eles lhe inspiravam.

O prior, portanto, havia imposto aos frades a tarefa de atrair gatos. Pelos corredores foram espalhadas tigelinhas de leite. E dezenas de gatos atravessavam a noite, introduzindo-se até na capela, sem serem rejeitados.

No momento, continuava-se sem saber se os gatos realmente protegiam da peste, mas já não protegiam dos ratos. Os de Verfeil tinham ficado tão gordos que os gatos não se arriscavam a atacá-los. Aos poucos, criou-se uma aliança. Às vezes eles eram vistos a perambular juntos, indiferentes, com frequência lado a lado, como velhos casais, resignados um ao outro.

Um gato gordo, de pelos amarelos e ralos, aproximou-se de Antonin. Dois olhos fendidos como lâminas cortantes no rosto inchado. Lembrava o inquisidor.

Girava, miando, debaixo dos comedouros que os frades enchiam de manteiga para os pássaros do mosteiro. As andorinhas que voltavam na primavera adoravam. No inverno, pegas e corvos montavam guarda ao lado para agarrar os pardais que tentassem a sorte.

Antonin ofereceu uma tigela de leite ao gato, que a desprezou. O que ele queria era a manteiga, gordura para o corpo. Quando recebeu a porçãozinha amarela que Antonin retirara do comedouro, engoliu-a de uma só vez, com a voracidade de um faminto, e depois veio lamber os dedos ainda engordurados. Antonin estendeu a mão para afagá-lo. O bicho se ouriçou na mesma hora e lhe deu uma patada. Suas garras marcaram três riscos de sangue no punho. Antonin não o enxotou; ficou observando o corpanzil em posição de defesa à sua frente, pronto para dar mais uma unhada.

"Não se afaga o inquisidor", pensou, afastando-se.

Primeiro domingo. A hora se aproximava. Oito dias haviam transcorrido. A unhada do gato lhe fizera bem. A dor o despertava. A ferida era superficial, mas ardia. Palpitava como um coração minúsculo, forte o suficiente para alimentar fulgurâncias que subiam até a axila.

Ele atravessara as últimas horas imerso em brumas, titubeando interiormente. Com aquela dor que não o deixava sossegado, ele ia recobrando a consciência devagar e começava a pensar na situação.

Estavam copiadas três páginas de velino. Falavam do passado, da peste que acometera o prior e de sua cura. Ele dava graças a Deus e pedia perdão. Antonin não entendia por que o livro tinha tanta importância. Ele começava como um manual de penitência. Será que prenunciava o desvendamento de um grande pecado, cuja confissão o inquisidor esperava? Mas a verdadeira questão não era o conteúdo do velino. O prior ditava devagar, como se tivesse a eternidade pela frente. O livro demoraria meses para ser escrito. Como Robert poderia resistir?

Saindo da capela, não tomou o caminho da cela, como os outros frades, mas se dirigiu para a plantação de ervas. Sua mão apertava no bolso o rolo de pergaminhos que tinham servido de rascunho do texto, antes de ser copiado na pele preciosa.

O velho oblato o esperava atrás do muro do jardim. Estendeu-lhe a mão sem uma palavra. Antonin perguntou pelo estado de Robert, mas não recebeu resposta. O oblato estava coberto por um manto de lã grossa, com uma cruz vermelha costurada sobre o coração. No lugar do coração.

Era esperado por seus companheiros um pouco mais longe. Antonin ouviu o sopro de seus cavalos. Entregou-lhe os pergaminhos.

— Só isso?

Antonin aquiesceu. O velho soldado aproximou-se.

— Do que trata?

— Da peste — respondeu Antonin.

— Mais nada?

— Não, mais nada.

— De um mestre? — perguntou a voz seca.

— Nunca ouvi falar de mestre.

A cruz vermelha recuou na sombra.

— Quando verei Robert?

— Quando merecer — lançou o oblato.

Capítulo 9

Kaffa

Robert estava em pé.

O muro estreito parecia um corredor. Fechado de um lado por uma parede de tijolos e, de outro, por uma porta repleta de barras de ferro. Um frade a entreabria uma vez por dia para lhe entregar uma tigela de sopa e um vaso limpo para as necessidades. Três metros de comprimento por menos de um metro de largura, com um respiradouro que dava para o nada e pelo qual entrava o ar rançoso dos outros calabouços.

Era possível ficar em pé ou deitado, mas não de costas, apenas de lado, apoiado num ombro. Impossível sentar-se sem que os joelhos se ralassem nos relevos ásperos do muro.

Robert, portanto, ficava em pé e cochilava como um cavalo sobre as pernas, apoiado nas pedras até a exaustão. Mas sua condição lhe era suportável.

Estava habituado à vida dura. O chicote do pai, as noites glaciais de Verfeil e as estradas de pregação haviam curtido seu espírito como as peles que ele tinha vindo buscar uns dias antes. Seu corpo ainda podia padecer. E Cristo havia sofrido muito mais, pensava.

Era frade. Um frade firmava um pacto de sofrimento com seu Deus. Antes do pacto de amor.

O inquisidor permitira que suas pernas não fossem travadas, e os poucos passos que ele conseguia dar sustentavam sua coragem.

— Estou andando — repetia Robert, indo e vindo naquele corredor de muros estreitos. — Assim como os peregrinos em seu caminho, estou andando. De lado, com as costas e a barriga raspando as pedras, arrastando minhas pernas de inválido, mas, como eles, andando. Na noite escuríssima, nenhuma estrela brilha, e Deus não aparece em nenhum lugar. Mas Deus nunca aparecerá para quem não andar por Ele.

Seu corpo era rijo, ele se sabia capaz de resistir às torturas. A todas as torturas?

Dizia-se que cada um tinha a sua. Uma tortura distintiva, que o mais heroico dos homens não podia suportar. Os mestres dominicanos a viam como o direito concedido ao diabo de quebrantar as almas mais seguras de sua força ou santidade. Para abater o orgulho, que é o pecado mais mortal, o Senhor, em Sua sabedoria, decidira que nenhuma vontade seria invencível. Ninguém resistia à tortura do diabo. E Robert também guardava, em segredo na sua consciência, o suplício que o inquisidor nunca deveria descobrir, para não o obrigar a confessar todos os crimes da terra. Nenhum medo superava esse que o assombrava em sua marcha de inseto entre as pedras sujas do calabouço: medo de que chegasse o dia em que o inquisidor descobrisse a tortura capaz de quebrantar sua coragem.

— Vigie a porta, Jean — disse o prior.

Antonin não sabia que o sacristão podia ter um primeiro nome. Estava descobrindo a concordância entre os dois homens, bem mais fraterna do que a demonstrada na presença dos outros frades. Ele a sentira durante as sessões de ditado e cópia às quais o sacristão assistia de longe, vigiando a porta, como se ela ameaçasse abrir-se a todo instante.

O prior Guillaume e o sacristão estavam ligados por uma amizade que Antonin adivinhava ser antiga e forte. Na intimidade, não havia relação hierárquica entre eles; conversavam como irmãos de sangue. Certa vez, chegando antes da hora para o ditado, Antonin ouvira suas vozes através de um postigo. O sacristão recomendava prudência ao prior, e tinha sido possível perceber suas palavras:

"Não diga coisas demais, Guillaume, você tem muitos inimigos."

— Gosta de viajar, Antonin?
— Não sei, padre.

As viagens de Antonin não tinham ultrapassado cinquenta léguas. Nascera em Montpellier, a cidade das escolas de medicina, onde o pai tinha adquirido o essencial de seu saber. Do mundo ele só conhecia um triângulo de Languedoc, que ia do Mediterrâneo a Toulouse e apontava ao sul para os Pireneus. As etapas de suas viagens de infância tinham sido apenas asilos e leprosários. O pai o educara sozinho, pois a mãe não sobrevivera ao parto.

Dos nove anos anteriores ao momento em que a peste o levara aos dominicanos, ele se lembrava de pouca coisa. Recordava o mesmo homem, andando pelas ruas infectadas das cidades, coberto por um manto preto, e voltando-se para se certificar de que o filho vinha atrás. Mas o rosto que aparecia ao menino estava mascarado por uma carapuça de couro com dois olhos de vidro costurados. "Não fique perto de mim", dizia sua voz, quando o medo dominava Antonin, e seus passos tentavam acompanhar os do pai.

"Não fique perto de mim...", essas eram as únicas palavras que o pai lhe legara. Ressoavam com mais força quando ele sentia o afastamento dos confrades desde seu retorno ao convento.

O prior estava recolhido diante da escrivaninha. No recesso de seu pensamento. Antonin conhecia seus longos itinerários de silêncio. Agora ousava interromper sua meditação.

— Viajar para onde, padre?

O prior pousou um olhar cansado em seu secretário.

— Para a Crimeia, Antonin. Para uma cidadezinha do Oriente. Kaffa.
— Guillaume...

O sacristão saiu da penumbra e caminhou para a escrivaninha. Mas o prior lhe fez um gesto de tranquilização.

— Está vendo, Antonin, Jean conhece a história e está preocupado. Mas só relato acontecimentos vividos. Fatos que os historiadores contarão um dia. Só escrevo as datas e o nome dos lugares. O resto só será útil para você, para que você entenda bem o que quero gravar na carne do velino.

— Kaffa? — continuou Antonin, repetindo para si mesmo o nome que crepitava em sua imaginação como a vela da nau na qual sonhava embarcar um dia.

— Sim, um entreposto genovês no mar Negro. Na Rota da Seda chinesa.

Antonin desenrolou a folha de pergaminho comum no qual fazia suas anotações e molhou a pena na tinta descorada do capítulo.

A rota genovesa ligava Kaffa à China. O caminho era seguro. Os tártaros tinham imposto respeito à paz, massacrando quase todo mundo, mas garantindo a proteção do comércio. Era uma longa viagem a dos mercadores italianos, para além do mar de Azov, de Kaffa a La Tana, no nordeste, antes do interminável trajeto de carro de boi e, depois, de camelo, asno e mula, através das estepes áridas e das montanhas.

— "Kaffa"... Lembre-se desse nome.

Guillaume o soletrou, marcando uma pausa após cada letra, como fazia com as palavras desconhecidas que deviam ser escritas no velino. Depois voltou a ficar em silêncio.

— Padre, o que aconteceu em Kaffa? — perguntou Antonin.

— Vou dizer, frei Antonin — respondeu o prior com voz calma —, mas antes gostaria de orar com você e Jean.

O sacristão reanimou a chama dos círios que ardiam sobre as grades que circundavam a escrivaninha. O calor abria poços na cera, e suas bordas se dobravam para a mecha. O prior afastava a cera ardente e endireitava as mechas. Seus dedos às vezes seguravam a chama como se fosse uma pena, demorando-se sobre ela como se sua pele não sentisse o fogo, tal qual as salamandras.

Antonin se ajoelhou perto da escrivaninha, à espera da intenção da prece.

— Gostaria de orar por um frade ausente — declarou o prior.

Antonin ergueu os olhos. O sacristão e Guillaume estavam de mãos juntas e murmuravam um salmo de consolação. Antonin os observava como dois estranhos que praticassem um ritual sobre o qual ele ignorava tudo. Apesar de conhecer o texto do salmo, as palavras lhe escapavam. Suas mãos se recusavam a unir-se, a tal ponto o julgavam indigno da prece.

Guillaume e o sacristão estavam com os olhos fechados, mas ele sentia o olhar dos dois e, sobre si, o peso do olhar de todos os seus confrades. Então, de repente, seus olhos se encheram de lágrimas e de sua garganta brotaram soluços de criança, que ele não conseguia segurar nem esconder. No fim do salmo, o prior viu essas lágrimas rolando sobre suas faces e esperou até que elas desaparecessem. Então, depois de um longo momento, voltou a falar com voz calma:

— Vou lhe contar o que aconteceu em Kaffa.

Capítulo 10

Veritas

"Eu estava envelhecendo. Tinha quarenta e seis anos e queria mudar de mundo. A ordem tinha dado sua permissão. Finalmente, eu podia ir à grande capela de Kaffa, de onde partiam as missões para a evangelização do Oriente. Como missionário, Antonin, eu queria levar a palavra de Cristo aos confins da terra e, sobretudo, longe da França, onde minha fé vacilava.

"Missionário para mim mesmo, na realidade, para me reconverter, longe do que eu conhecia, para ouvir a palavra do deserto.

"Uma galera genovesa nos levara, a mim e ao jovem frade que me acompanhava, à nossa primeira etapa, ambos impacientes para tomar a estrada do Leste. Mas o destino decidiu de outro modo. As portas de Kaffa, tão logo abertas, fecharam-se atrás de nós. Os tártaros da Horda de Ouro estavam atacando os entrepostos. Os mercadores tinham deixado de pagar as taxas. O perfume das riquezas da Rota da Seda tinha embriagado os negociantes italianos e bizantinos. A avidez deles acabava de destruir uma paz centenária que, no entanto, havia resistido a todas as barbáries. Dizia-se que os genoveses se dedicavam ao tráfico de escravos para o sultão mameluco do Egito, deixando os tártaros sem mão de obra e guerreiros para suas tropas. Um ano antes de nossa chegada havia sido rompido um primeiro cerco. Os defensores tinham obtido uma grande vitória. Mas as exércitos da Horda de Ouro não estavam vencidos e voltavam para Kaffa.

"Eu nunca tinha visto um tártaro na vida. Um frade os descrevera como demônios enviados por Satã para punir as culpas da Europa. Os gregos lhes tinham dado o nome que usavam para designar seus infernos.

"Eu tencionava parar dois dias naquela cidadezinha de passagem, que só apetecia aos mercadores. Ficaria lá dois anos. Dois anos de um cerco durante o qual não passei fome. Lá estavam o mar para nos abastecer e os guardas para nos proteger com seus combatentes aguerridos, comandados por notáveis oficiais. Mas aqueles meses foram assassinos.

"O exército tártaro chegou pelo deserto, no começo do ano de 1345.

"A população tinha se amontoado sobre as muralhas duplas, demarcadas por torres da cidadela. As sentinelas tinham anunciado uma tempestade de areia, uma dessas tempestades comuns a leste de grandes desfiladeiros. Passaram-se várias horas antes de se perceber que a poeira gigantesca que se precipitava para a cidade era levantada para o céu pelos cavalos de um exército. Uma montanha de poeira se aproximava.

"O exército era imenso, cobria o deserto. Um silêncio de igreja caiu sobre o forte. Os homens apoiavam as mãos nas pedras das muralhas, para se assegurarem de sua proteção, como se elas fossem santas. E nós, pobres frades de Cristo, os únicos a representar sua misericórdia diante daquele incrível poderio, sentíamos a aflição e a necessidade de socorro espiritual deles, o que era pesado demais para nossos ombros."

O prior parou e sorriu com benevolência para Antonin, que tinha ficado em pé diante da escrivaninha, com a pena seca levantada, sem saber o que escrever.

— Sente-se, Jean vai lhe dizer quando será preciso tomar o ditado.

Dividiu com eles um copo de água.

— Quer saber o que os tártaros parecem, Antonin?

Antonin esperava, com os olhos fixos nos lábios do prior.

— Cães de caça. Eles se confundem uns com os outros, como numa matilha, usando uma couraça de couro cozido que não lhes cobre os braços, gorro de feltro enfiado até as órbitas, coxas nuas batendo nos flancos de cavalos menores que os de nossas terras, de crinas longas e carregados como bois. No tronco, franjas de metal açoitam sua touca de couro, e o sol criva seus corpos de cintilações amarelas. As lâminas de suas espadas e de suas lanças emergem de aljavas presas atrás da sela. Eles brilham, Antonin, eles absorvem o sol e investem com seus raios. Os tártaros têm a energia do céu.

"Corria o boato de que eles estavam sempre em movimento e dormiam sobre os cavalos a galope. Mas, naquele dia, os guerreiros não se mexiam. Os cavaleiros estavam reunidos a certa distância das muralhas, imóveis como cães que apontam, marcando o lugar da presa. Os infantes chegavam atrás, numa única massa ouriçada de piques em torno de carroças puxadas por camelos. O acampamento foi montado por seus escravos, e nenhum cavaleiro saiu de sua fileira. Ninguém entendia por que aquele exército continuava imóvel diante de nós.

"Os tártaros esperavam um sinal.

"Dizia-se que uma de suas tropas tinha ficado um ano inteiro às portas de uma cidade, esperando o sinal divino para o ataque. Os habitantes podiam sair livremente, passar perto de seus cavalos, sem riscos, tocá-los até, como estátuas de sal no meio do deserto.

"Na realidade, creio que os tártaros só tentavam cansar os nervos dos inimigos. E é verdade que aquela espera enlouquecia os sitiados.

"Os primeiros cantos de guerra só vieram dois dias depois. Vozes guturais muito baixas que subiam juntos com pequenas diferenças de tom. Cantos que lembravam os de nossos frades, mas neles inspirados por uma força animal e selvagem.

"Infantes armados de lança acabaram por se juntar aos cavaleiros e montaram na garupa. Aqueles homens juntos na mesma montaria apavoravam nossos soldados. Já não se reconheciam as silhuetas humanas, assemelhavam-se a demônios de dois corpos, e havia centenas deles. Diante de tal horda, a defesa de Kaffa parecia bem frágil. As muralhas tinham sido reforçadas em vários pontos desde o último cerco. Gênova enviara por barco muitos carregamentos de pedras. Nos locais que pareciam mais acessíveis, havia sido dobrada a espessura dos muros, aumentando-se a segurança das portas com arcobotantes.

"Além dos soldados, a população de Kaffa incluía mercadores, mercenários e uma multidão de aventureiros vindos de todos os cantos da Europa e da Ásia para seguir o caminho das sedas e enriquecer. Ali se encontravam gregos, latinos, judeus, armênios, turcos. Desde o anúncio dos movimentos de tropas nos confins do império tártaro, aquela multidão participava das obras de consolidação, e certa fraternidade se instalara no coração daqueles indivíduos estranhos uns aos outros. Forjara-se uma comunidade. Ao som do canto dos guerreiros, as mulheres tinham atiçado as fogueiras sob os caldeirões de cobre no topo das torres, o óleo começava a ferver, e todos estavam prontos para lutar."

O sino do mosteiro tocou. Era a hora do capítulo.* O prior se retirou para vestir o escapulário e preparar a ordem do dia. Antonin ficou sozinho com o sacristão. O velho o fitava em silêncio. Subitamente, sua mão se levantou para designar o brasão da ordem esculpido acima da porta: um escudo, partido com as cores do hábito dos frades, o branco da túnica e o preto do manto. A divisa dos dominicanos o coroava em letras vermelhas: VERITAS.

O dedo do sacristão apontava diretamente para ela. Ele aproximou a chama de um círio e passou devagar a sua claridade sobre a divisa gravada na pedra. Cada letra iluminada parecia abrasar-se para ferretear a palavra "verdade" na carne de Antonin. Este sentiu toda a vergonha de sua traição enquanto o círio do sacristão ia e vinha ao longo da parede.

O prior reapareceu.

O sacristão recolocou o círio perto da escrivaninha. Antonin enrolou o pergaminho virgem. Sua palidez preocupou o prior, que cobriu seus ombros com um cobertor.

— Você está gelado, volte à cela para descansar.

— Padre, posso voltar depois das vésperas? — perguntou Antonin.

---

* Reunião diária dos monges.

— Por quê?
— Para conhecer a história do cerco.
O prior respondeu com indulgência.
— Não é a história do cerco de Kaffa que importa. Ele durou mais de vinte meses com assaltos mortíferos e heroísmo inútil de ambas as partes. Os tártaros nunca conseguiram tomar a cidade. Todos os que viveram aqueles dias os contaram à sua maneira. A minha não merece maior atenção. O que eu quero que sua pena grave no couro do velino é o que veio depois e como o cerco de Kaffa terminou.
— É o início de sua história, padre?
— Não, Antonin, é o início da peste.

Capítulo 11

A peste

"'Estão se rendendo!'

"O grito das muralhas se espalhava pela cidade.

"No leste, um grande clarão branco cortava o azul. A aurora se erguia. Do adarve via-se o deserto se erguer com ela e rastejar para Kaffa.

"As tendas do campo inimigo tinham sido desmontadas de madrugada. Fazia algumas semanas, os assaltos tinham cessado, e os soldados temiam uma ofensiva de surpresa.

"Mas os tártaros iam embora.

"Um destacamento de cavaleiros dirigiu-se para a cidade no eixo das três máquinas de guerra que não tinham sido desmanteladas.

"Os trabucos semelhavam garças gigantes, com o pescoço de madeira oscilando ao vento, apesar das cordas que os retinham. A horda quase tinha vencido o cerco quando o dilúvio de pedras que dava apoio aos ataques martelava nossas defesas.

"O destacamento aproximava-se. Uns vinte homens, diante de duas carroças cobertas, puxadas por camelos. Os primeiros soldados da escolta puseram o pé no chão perto das máquinas. Nossos gritos de vitória se interromperam quando os cavaleiros se voltaram para o sol. Já não eram os guerreiros de bragas curtas, capuzes e couraças de pele com braços desnudos, mas formas pálidas, emagrecidas, cobertas por uma capa comprida e branca, usando turbantes largos como os dos turcos, que desciam até a parte de baixo da testa. Sobre o rosto deles pendia um véu que lhes dava a aparência de espectros.

"'Vitória!', gritou um guarda das torretas, mas ninguém imitou seu brado.

"Os tártaros fincaram dois mastros atrás das máquinas e neles fixaram seus estandartes. Todos estavam vestidos do mesmo modo, exceto um, que tinha nos ombros uma estola azul bordada de ouro que lhe ia até a cintura. Um chefe de clã ou um rei, pois os homens se ajoelhavam diante dele. Um guerreiro desenrolou um tapete entre os estandartes, outro baixou de uma carroça um pequeno trono de ferro. Nele o príncipe se sentou. Os homens empurraram as carroças cobertas até as máquinas e as abriram pela parte de trás. Subiu uma nuvem de poeira que os escondeu.

"Quando o vento dissipou o pó, duas pilhas de cadáveres se defrontavam.

"Atendendo a um gesto do príncipe, os guerreiros brancos agarraram alguns corpos pelos pés e os arrastaram até os trabucos. Cada uma dessas máquinas era constituída por um longo balancim de duas extremidades reforçadas por barras de ferro. Uma delas era ligada a um contrapeso, a ucha, largo cofre de chumbo cheio de pedras e areia, enquanto a outra era ligada a uma funda, na qual eram carregados os projéteis. Os tártaros esticaram os cabrestantes, e as máquinas estalaram no silêncio. Sob a tração das cordas, a linha dos balancins se arqueou e, um após o outro, eles penderam para trás, erguendo penosamente do chão as pesadas uchas. Quando as fundas tocaram a areia, os soldados içaram os corpos na transversal. Braços e pernas pendiam de cada lado, muito abertos. De longe, lembravam grandes aranhas plantadas no meio do deserto.

"Os homens soltaram um dos cabrestantes, e o primeiro corpo foi projetado para o céu. Partiu como uma bola para o sol, depois caiu em nossa direção, abrindo seus membros, como um boneco desarticulado a bater os braços no ar antes de se esborrachar diante das muralhas. Todos sobre o adarve debruçaram-se para ver aquele corpo nu, deitado de bruços, cabeça enfiada na areia, enquanto os tártaros preparavam a segunda máquina.

"Carregaram a funda com dois cadáveres e os lançaram ao mesmo tempo. Os corpos caíram perto dos fossos externos, e cada um de nós ouviu o estalido de seus ossos. Um outro caiu mais perto, ao pé das muralhas.

"Os tártaros interromperam os tiros para ajustar as máquinas ou nos dar tempo de contemplar os cadáveres alinhados, que formavam um caminho para Kaffa.

"O vento varria a areia para cima deles. Pude ver com precisão o rosto dos mais próximos, sua cor de cal, as placas escuras cobrindo as têmporas e as línguas horrivelmente inchadas, forçando as mandíbulas.

"'Estão nos oferecendo seus mortos', gritavam os soldados. 'Homenagem de tártaro', clamavam os mercadores reunidos na praça.

"O cabrestante estalou, e outro cadáver mergulhou sobre nós. 'Afastem-se', urrou uma voz aos que se aglomeravam embaixo. O corpo passou por cima das ameias e caiu no meio de todos, sem ferir ninguém.

"'Recuem!', ordenou o oficial. Um gemido surdo escapou da massa de carne. A multidão se dispersou com gritos de horror, e então começou a chuva de corpos.

"Eles caíam do céu, Antonin. Uma chuva de cadáveres que as piores maldições da Bíblia jamais haviam prometido a povo algum.

"Perto das máquinas, um escravo abanava o príncipe sentado.

"Por volta do meio-dia, o oficial me chamou para examinar os despojos que haviam sido amontoados no pátio. Eu exercia a função de médico desde que o nosso tinha morrido durante um assalto. 'Os frades também servem para isso', declarara o oficial, entregando-me as chaves da enfermaria.

"Os tártaros estavam dando descanso a seus trabucos, e eu tinha a esperança de que aquela loucura iria terminar, mas, ao me aproximar, algo estalou, e um novo corpo mergulhou por cima das muralhas, furando o teto de uma casa do porto.

"Os cadáveres estavam cobertos por manchas vermelhas muito pequenas, como picadas de agulha. Ulcerações marcavam as tumefações que distendiam a pele nos flancos e nas axilas; as gargantas estavam dilatadas pela erupção dos bubões, e dejetos pastosos ressecavam nas coxas.

"O oficial cobriu a boca com um lenço. Eu me acostumara aos fedores da morte entre cuidados aos feridos e bênçãos aos defuntos, depois daqueles meses de cerco mortífero, mas a fetidez dos tártaros não se assemelhava à dos outros. Era um cheiro de pântano, de fermentação pútrida e viva. E aquela vida era aterradora, Antonin. Era a vida da peste. Nada criado na terra podia lhe ser associado. Ela fazia duvidar da criação. Fazia duvidar de Deus.

"Eu tinha medo. Não só das violências que a doença podia infligir a meu corpo mas das que ameaçavam minha fé. Pois ela a combatia. Ela não buscava nos arrancar apenas a existência. Ela perseguia presas mais sutis e as caçava com mais avidez: nossa caridade, nossa esperança e nossa confiança num Deus de bondade. A peste não se parecia com nenhuma outra doença, não se limitava a destruir nosso corpo, era contra nossa alma o seu furor.

"Eu me lembrava das palavras santas que Jó ouvira e que o Senhor ainda insufla no coração que duvida de Sua presença: '*Sem mim, farás de ti o homem-charco e implorarás a morte.*' O cheiro dos tártaros crescia em Kaffa e, com ele, as sombras dos homens-charco que nos tornaríamos.

"'E então?', perguntou o oficial.

"'Estão nos enviando a peste.'

"O soldado que nos acompanhava recuou, apertando o lenço no nariz, e correu para as muralhas; o oficial o alcançou nos primeiros degraus da escada. Com voz clara, ordenou:

"'Não fale com os homens e mande os turcos cuidar dos mortos.'

"Duas novas formas rodopiavam e mergulhavam na direção da enfermaria. Uma caiu a alguns metros, batendo violentamente no chão, a outra quebrou uma trave e desapareceu num grande estrondo. Os habitantes questionavam os soldados. Ninguém sabia o que responder.

"Nós todos olhávamos para o céu, de onde desabavam os mortos. Pareciam vir de longe, do éter, onde, no entanto, voam anjos, mas o inferno tinha subido aos céus.

"'O que se deve fazer com os corpos?', perguntou-me o oficial.

"Eu não sabia. Naquele tempo, ninguém sabia o que fazer com os corpos infectados. Alguns diziam que era preciso queimá-los; outros, que a fumaça das fogueiras gerava os miasmas que transmitiam o mal. Quem, entre nós, conhecia a peste naquele momento?

"Pelo deserto, outras carroças cobertas aproximavam-se das máquinas. Um cortejo de luto, sem carpideira nem padre, conduzido por camelos esqueléticos. Novos cadáveres somavam-se incessantemente ao monte.

"A peste acometera o exército tártaro um mês antes, interrompendo os assaltos.

"A doença tinha sido fulminante, dizimando centenas de homens a cada dia. No início, os corpos tinham sido escondidos nas gargantas recuadas que cercavam Kaffa. Os magos haviam prometido a cura na lua cheia. Quando o luar iluminou o acampamento, o número de doentes era três vezes maior. Um carro ouriçado de lanças se somara então aos cortejos fúnebres. As cabeças dos magos que o cã mandara cortar formavam um rosário sangrento em suas pontas.

"Na praça de Kaffa, mais de vinte guerreiros jaziam, arrebentados, misturados à areia nas posições obscenas de uma orgia macabra. O povo girava ao redor. O medo se dissipava aos poucos. As crianças brincavam, pulando por cima dos cadáveres.

"'É de cal que precisaríamos.'

"'Não há cal', disse o oficial.

"Ele continuou decidido a não falar da peste e declarou aos homens que tinha sido informado daquele costume: os mortos de um chefe tártaro vencido oferecidos como homenagem aos vencedores. Devia vir um mensageiro de paz. Eu temia que a aparência dos corpos, o exército ainda em pé atrás dos estandartes e as máquinas de guerra para lançar despojos de guerreiros, que deveriam ter sido depositados respeitosamente ao pé das muralhas, causassem comoção. Mas os homens quiseram acreditar. Abraçaram-se e entoaram cantos de vitória. Depois, do adarve, voltados para o deserto, todos deram graças a Deus e aclamaram os tártaros.

"Estes carregavam as fundas com seus mortos. Restavam dezenas.

"Até o cair da noite, os turcos que serviam o exército transportaram os corpos para uma praça arejada do porto. Eles foram amontoados sobre uma fogueira feita de tábuas e madeira de destroços e, depois, besuntados com óleo. Finalmente fora dada a ordem de queimar os despojos que o sol do deserto decompunha depressa.

"O exército precisou lutar contra a multidão que dançava em torno das chamas para festejar o fim do cerco. Ao cair da noite, um grupo de mulheres burlou a vigilância e interceptou uma das carroças turcas numa rua estreita. Derrubaram os corpos dos tártaros no chão e divertiram-se com a nudez deles.

"E sabe o que as mulheres de Kaffa fizeram a todos aqueles cadáveres, Antonin? Cortaram-lhes o sexo. Amontoaram aqueles pedaços de carne na praça e os queimaram. Por que queimar o sexo dos mortos? Aquelas mulheres eram cristãs, acreditavam na eternidade. Mas não tinham certeza de que a eternidade acataria a sua vingança. Em relação aos castigos, elas não tinham confiança em ninguém. Nem mesmo em Deus. Os inquisidores, quando desenterram os ossos dos hereges para queimá-los nas fogueiras públicas, fazem isso para continuar a puni-los. Agem como as mulheres de Kaffa, temem que a morte impeça a justiça. Acham que Deus tem coração mole. O mundo é povoado por seres implacáveis, Antonin. São eles os verdadeiros hereges.

"Para acalmar a multidão, uma missa celebrou o fim do cerco. Assim, foi possível queimar os corpos das carroças sem precisar defendê-los, mas outros ainda choviam em torno de nós. Acabou-se por jogá-los no porto. Em pouco tempo cobriram toda a sua superfície, chocando-se contra o casco dos navios. Seus ventres inchados de gases os retinham na superfície, e nenhum afundava. Aquele mar de cadáveres eu jamais vou esquecer. Parecia até que a água não queria a peste, recusava-se a engolir suas vítimas. Recusava-se a abençoá-las.

"Pela manhã, anunciou-se finalmente que o cerco tinha sido levantado.

"O exército tártaro estava em marcha rumo ao leste. A pequena tropa, reunida em torno das carroças vazias, preparava-se para juntar-se a ele. Levaram os estandartes e deixaram o trono de ferro diante da cidade. Um grupo de escravos puxou o terceiro trabuco, que não servira para o arremesso dos pestilentos, e queimou os outros dois. Os estandartes afastaram-se tremulando em direção ao exército em marcha. Sua massa escura ficou por muito tempo suspensa na linha do horizonte e depois mergulhou além dela, de repente, como que arrebatada."

A história havia perturbado Antonin a tal ponto que sua mão foi dominada pelo tremor, tornando sua escrita quase ilegível. O prior encerrou a narrativa descrevendo a partida das galeras genovesas de Kaffa para a Itália, a Sicília, Messina, no outono de 1347, depois para Marselha, com a peste a bordo, atingindo a tripulação e os passageiros. Foi assim, concluiu, que a doença, começando com os cadáveres tártaros lançados por cima das muralhas de Kaffa, devastou o mundo.

Antonin já não sentia o frio da sala do capítulo. E o rosto sisudo do sacristão já não lhe inspirava o mesmo temor após o relato do prior. Desde que dera as primeiras cópias do livro ao oblato, seu espírito se desassombrava. A indiferença do ex-cruzado prova: a peste não interessava ao inquisidor. E o destino de Robert não mudaria com o pergaminho que contava a história de Kaffa. O inquisidor perseguia uma sombra. Suficientemente vasta e ameaçadora para levá-lo a transgredir as regras de sua ordem e ousar se medir com uma de suas figuras, o prior Guillaume. Antonin começava a entrever as forças que convergiam para o velino.

— Padre, seu mestre estava em Kaffa? — perguntou.

O sacristão bateu o cajado no chão.

— O mestre estava presente, Jean? — perguntou o prior.

O velho frade não respondeu. Guillaume murmurou de novo a pergunta para si mesmo. Depois, voltando-se para Antonin, com as mãos apoiadas na beirada da escrivaninha, como que para dar mais peso às palavras que ia dizer:

— Estava, frei Antonin, à sua maneira, e é o primeiro segredo de importância que lhe conto.

Capítulo 12

A cripta

As portas do convento se abriram. De início, Antonin acreditou ser um peregrino, tão miserável era sua aparência. Trazia o rosto coberto por um capuz, e suas vestes pareciam andrajos. Vinha acompanhado por um asno magro. Antonin se perguntava por que lhe fora permitido entrar pela porta principal. Os mendigos passavam pelo pátio dos conversos que trabalhavam para os frades, atrás, na direção do jardim dos símplices. O homem levantou o capuz, e Antonin reconheceu o jovem curtidor de velinos de Toulouse.

Antonin se adiantou para ele com amizade, mas a acolhida foi glacial. O rapaz o ignorou, esbarrando em seu ombro ao passar. Tomou a direção da sala do capítulo com a confiança de alguém que conhecia bem o lugar. O sacristão o esperava na porta e lhe abriu os braços.

E Antonin recebeu chocado aquele gesto de afeição, que não lhe era destinado. O prior, o sacristão e o jovem curtidor acaso enxergavam nele a marca da traição como o sinal gravado com ferrete na testa dos ladrões? O estigma da mentira não se refletia nos espelhos, mas estava vivo e ia aparecendo devagar sob sua pele. Cada dia que passava dava-lhe mais destaque, somando-lhe seu próprio fogo e revelando-o aos olhos daqueles de quem era preciso escondê-lo. Os outros frades, que não sabiam de nada, também deviam adivinhá-lo, pois, quando o viam, marcavam uma distância maior a cada hora, isolando-o na capela, no capítulo, no refeitório, onde ele já não tinha vizinhos. Cada um contribuía com sua correia para o açoite de solidão prometido a seu corpo de covarde.

O gato gordo do adarve era a única presença que o rodeava sem julgar, a não ser quando ele não lhe dava a recompensa. A justiça do gato era simples, e ele a respeitava, mas o que havia ele feito para merecer o opróbrio dos homens que o cercavam? Nada mais que um dever de amizade.

Todos os seus atos só tinham sido regidos pela simples vontade de proteger Robert, e ele era tratado como um novo Judas. Mas o que sabiam eles da verdade? Por acaso tinham se questionado? Ninguém lhe fizera nenhuma pergunta. Talvez ele mesmo tivesse forjado aquele mundo de suspeita e construído aquele exílio com suas próprias mãos. Ele, o único construtor de sua triste capela. Fosse quem fosse o culpado, pensava, os muros das capelas de angústia, erigidos por ele mesmo ou pelos outros, eram duros do mesmo modo. Elas resistiam às tempestades e ao fogo, encerrando como numa masmorra aquele que acreditara ser possível rezar dentro dela.

O gato o esperava. Ele lhe deu uma ração dupla de gordura para ler um pouco de reconhecimento num olhar.

O novo encontro com o oblato tinha sido marcado para a noite. Antonin resumira no pergaminho os grandes acontecimentos do fim do cerco de Kaffa. Sabia que aquilo não bastaria. Era a pista daquele mestre misterioso que o inquisidor seguia. Mestre? Quem era ele? E por que ainda fazia tremer as mais altas autoridades da ordem tanto tempo depois de sua morte?

Sua morte, exatamente...

Desde a véspera, Antonin não parava de pensar nisso. E uma imagem se repetia, obsedante. Levava sua mente à cripta, à lápide cujo nome tinha sido apagado. O mestre não repousava ali. Antonin tinha ouvido dizer que ele morrera afogado e que seu corpo nunca tinha sido encontrado. A maioria das lápides era comemorativa, não abrigava corpos. A de Tomás de Aquino, que acabava de ser santificado, estava desgastada pelos joelhos de quem havia orado sobre ela. A do mestre maldito estava coberta de poeira. Ele a contemplara muitas vezes, tão nua e abandonada. A lápide lhe aparecia incessantemente desde as últimas palavras do prior na sala do capítulo.

Antonin consultara o almanaque do *scriptorium*, no qual os grandes anos do mundo estavam registrados. O do início da peste abria a última página: 1347. Aquela data não lhe saía da cabeça. Vinte invernos apenas os separavam do cataclismo. A peste em seguida refluíra tão misteriosamente quanto viera.

1347. O prior tinha dito, seu mestre estava em Kaffa. Por que essa data voltava o tempo todo a atormentá-lo?

Antonin tentava reunir suas lembranças da cripta, e os números da lápide nua lhe apareciam envoltos numa bruma que ele não conseguia dissipar. O tempo do mestre desconhecido tinha sido gravado na pedra, como fora gravado o de todos aqueles grandes homens: entre dois termos, nascimento e morte, formando nos túmulos uma pinça que cingia vidas curtas. Mas alguma coisa perturbava sua memória aguçada. Os números das outras lápides estavam claramente escritos diante de seus olhos, mas, na do mestre, a imagem era nebulosa. As datas, porém, se desenhavam, mas distantes, dúbias. E essa dúvida talvez sustentasse a vida de Robert por um fio.

Só havia um meio de esclarecê-la.

O oblato já devia ter saído de Toulouse, restavam pouquíssimas horas até o encontro. O acesso à cripta era proibido aos frades fora das vésperas, quando eles ali se reuniam, mas sua grade ficava aberta, como a de todos os lugares sagrados aonde cada um podia ir orar quando quisesse.

Antonin hesitava. O sino soou cinco vezes. Na última, ele se decidiu e tomou o caminho da capela. Empurrou a porta com cuidado. O lugar estava vazio. Lá fora, a escuridão caía e, dentro, a noite já iniciara seu trabalho de sombra. Ele avançou tateando, sem acender as velas da entrada. O ar recendia a cera e incenso. Os círios tinham sido preparados para o ofício noturno, e os apagadores, deixados em seus lugares, cobriam as mechas. Sua manga enganchou-se num deles, ele agarrou a peça que, por um triz, não chegou ao chão. Parou e, com mãos trêmulas, certificou-se de que ninguém o ouvira, depois renteou a parede até a grade da cripta. Puxou-a com precaução e desceu a escada de pedras úmidas.

Uma chama eterna ardia pela memória dos mortos, no fundo de uma pequena lanterna que um frade enchia de óleo no fim do ofício. Eterna, mas moribunda. Sua luz vacilava nas paredes e tombava sobre as lápides que recebiam as preces dos frades que iam fazer penitência. Antonin aproximou-se daquela em que ninguém nunca se ajoelhava.

O nome tinha sido raspado profundamente, e não restava vestígio das letras que ali haviam sido inscritas, mas, abaixo, subsistia uma linha em relevo. Aquela linha empoeirada e coberta de bolor ressurgira em sua memória. Ele sabia o que se podia ler nela. Esfregou sua superfície, e apareceram as datas bem distintas: 1260-1328.

O cerco de Kaffa tinha se encerrado em 1347, dezenove anos depois do falecimento oficial do mestre. Se o prior tinha dito a verdade, o homem que a ordem amaldiçoara não estava morto no dia gravado na pedra.

Seu olhar se deteve numa marca, num ângulo da lápide. Ele aproximou a luz. Era uma letra de chumbo que tinha sido selada, como um sinete. Um E gótico, idêntico ao que figurava na medalha entregue pelo curtidor.

— Que raios você está fazendo aqui?

Um violento pontapé o empurrou contra a lápide, e sua mandíbula chocou-se brutalmente contra a pedra. A dor lhe atravessou os dentes como um prego de fogo, ele foi dominado pela náusea, e o aposento balançou. O chão tornou-se líquido. Antonin agarrou-se à beirada da lápide. O sacristão o arrancou de lá e o agarrou pela garganta.

— Delator de merda.

Ele foi bater contra a parede. A lanterna se quebrou em suas costas, e ele sentiu a queimadura do óleo correndo sob sua roupa. Quis gritar, mas as mãos do velho frade lhe atenazavam o pescoço, bloqueando sua respiração. Aquele apertão moía suas vértebras.

— Quer saber o que essa letra significa?

Antonin sufocava. Nas têmporas, as veias se dilatavam, os olhos queriam sair das órbitas, e sua língua inchava como um corpo estranho atrás dos lábios. Do nariz e dos dentes escorria sangue. O fio de ar que o mantinha vivo desvanecia-se. A boca do sacristão colou-se a seu ouvido.

— E de Eckhart — soprou o frade, soltando brutalmente o apertão.

Antonin rolou sobre a lápide, vomitando. Pôs as mãos na garganta para abrir a tenaz que continuava apertada em sua carne e tossiu, cuspindo uma saliva sanguinolenta. O sacristão lhe jogou um trapo que estava no chão.

— Agradeça a Guillaume. Não fosse por ele, eu lhe partia a nuca.

Levantou-o e empurrou-o para a escada. Antonin subiu os degraus devagar, sem dizer palavra. Sua cabeça ainda girava, mas o orgulho o mantinha ereto. Saindo da capela, avançou sem hesitação até a sala do capítulo.

O curtidor de velinos estava sentado ao lado do prior. Levantou-se quando Antonin entrou e o encarou, como que para enfrentá-lo. Antonin lançou-lhe um olhar cheio de um desprezo igual ao dele. O prior fez um gesto de pacificação.

— Sente-se, Antonin.

O jovem frade ficou em pé, sem se mexer.

— Preciso lhe pedir um favor, padre — disse com voz firme.

— Sou todo ouvidos.

— Ouça-me em confissão.

O prior apontou uma cadeira na frente da sua.

— Não preciso de sua confissão — respondeu o prior, sorrindo. — Em você se lê como num livro.

Pôs a mão no braço do curtidor.

— Não censure nada em frei Antonin. Ele não traiu ninguém. Defendeu o amigo como podia. Da pior maneira possível. Mas continuou fiel na amizade.

Depois, voltando-se para Antonin:

— Você deveria ter-me contado tudo, assim que voltou de Toulouse. Robert teria ganhado tempo.

O prior viu as marcas azuladas que circulavam a garganta do jovem frade.

— Vejo que você está usando o colar de seu sacristão. É justo, mereceu.

Antonin estava descobrindo o laço que unia o prior e o jovem curtidor. Um laço antigo, era evidente, que o sacristão tinha em comum com eles. A ele tinha sido feita a encomenda dos velinos, o que pressupunha grande confiança. A última carta do prior o encarregara da investigação sobre o desaparecimento de Robert. Tinha sido fácil descobrir que nenhum frade fora admitido na enfermaria da casa Seilhan. Mas corriam rumores. O muro estreito estava sendo habitado. Ocorre que nenhum processo havia sido aberto, e a condenação a esse castigo só atingia os hereges. Foram necessários vários dias para saber mais. Um noviço, com a ajuda de um pouco de vinho de missa, acabou por lhe revelar que se tratava de um frade dominicano preso por ordem direta do inquisidor.

— Quando é o encontro com o oblato? — perguntou o prior.

— Hoje, depois das vésperas — respondeu Antonin.

O prior pegou um rolo preparado da escrivaninha e lhe entregou.

— Você vai lhe dar estas páginas que redigi. E vai lhe dizer o que descobriu na cripta.

Essas palavras atiçaram o sacristão.

— Guillaume, por quê...?

O prior o deteve.

— Porque a vida de Robert depende disso. Ela estará sujeita ao valor daquilo que vendermos ao inquisidor.

E, voltando-se de novo para Antonin:

— Você dirá que tenho revelações, que você viu manuscritos, uma carta do próprio punho do mestre, que só eu possuo e cuja cópia proibi. Ela está sob a guarda do sacristão. O inquisidor te conhece, Jean, não?

O sacristão se empertigou com a expressão de quem parecia prestes a cuspir.

— Mandei uma mensagem ao bispo, e seu amigo curtidor vai subir para Paris e avisar o prior-geral de que um dominicano está no calabouço por um caso de briga com um franciscano já julgado em Albi. O inquisidor não poderá segurar Robert por muito tempo, e a carta de que você falará ao oblato garantirá a vida dele.

Antonin e o curtidor saíram juntos da sala do capítulo. Atravessaram o pátio lado a lado, em silêncio. A mandíbula de Antonin latejava, e ele não tinha voltado a respirar normalmente. Mas se sentia melhor.

Acompanhou o rapaz até seu asno e o ajudou a carregá-lo.

No portal, Antonin lhe estendeu a medalha de Eckhart, com o fim de devolvê-la.

O curtidor puxou a rédea do animal, que relutava em sair do recinto do mosteiro.

— Pode ficar com ela — disse ele antes de tomar a direção da floresta.

Capítulo 13

Confissões

Um mês de muro estreito.
Logo seria Páscoa. Robert concluiu que ia perder o banho.
A regra de são Bento estipulava dois banhos anuais para os frades. Um no Natal, um na Páscoa. A água fazia falta a Robert, mas ele se sentia limpo. O calabouço expelia uma espécie de salitre cor de giz. Seu pó se depositava na pele, formando uma película branca e oleosa que disfarçava a imundície. Tal era o efeito do muro estreito sobre seus habitantes. Ele soltava sua sujeira cremosa sobre o corpo. Os cabelos, os olhos e até os dentes ficavam cobertos por uma camada colante que exalava um cheiro de gesso. Cheiro de santidade, para as vítimas da Inquisição.
Robert escrevera um nome de mulher no muro. Todos os dias passava a unha na linha que a umidade do salitre digeria durante a noite.
Talitha.
Não era a primeira vez que pensava em mulher. Logo no começo de sua vida no convento, a pimenta dos frades, que repelia pensamentos lúbricos, lhe fora servida como ração diária, mas os desastres intestinais que ela provocava não eram suficientemente poderosos. Nem o jejum, nem o uso do cilício, que lhe machucava a pele sem nem roçar em seus desejos, nem a flagelação.

A castidade era o mandamento mais severo de Cristo, e Robert tinha lutado. Aos poucos, aprendera a conhecer seu adversário. Em vez de lutar contra ele e endurecê-lo nessa luta, ele lhe oferecera amizade e o abrandara. Deixou de tentar resistir aos impulsos carnais. Quando estes surgiam, ele os acolhia e deixava desenvolver-se à vontade. Mas sem necessidade de amarrar as mãos, como faziam os sacristãos de todos os mosteiros com seus jovens frades. Quando totalmente invadido pelo desejo, ele o convertia num desejo maior. As pregações que fizera pelos caminhos de Languedoc para convencer os ateus prestavam-lhe grande socorro. Ele sabia que sua fé era capaz de conquistar as almas mais bem defendidas. O desejo carnal era como elas. E Robert sempre conseguia transformá-lo em desejo de Deus.

Como a acolhida era opção melhor que o enfrentamento, uma mulher o acompanhava em todos os lugares aonde ele ia. *Talitha*. Em memória da filha de Jairo, levada pela peste e ressuscitada por uma única palavra de Cristo. "*Talitha kumi*", "Menina, levanta-te". Para Robert, *Talitha* era o nome de todas as mulheres cujo desejo ele deixara morrer em seu coração.

A porta se abriu. O clarão de luz cortou-o como uma adaga. Dois braços o puxaram para fora do muro estreito. Ele se deixou arrastar por alguns metros, depois rechaçou aqueles que o carregavam e se ergueu.

— Muito bem, frade — disse o oblato, afastando seus homens. — Seria possível fazer de você um cruzado.

— E os sarracenos são vocês — murmurou Robert.

— O inquisidor quer falar com você.

O oblato o empurrou para a capela-mor, onde o inquisidor o esperava. Robert saiu mancando pelo pátio, fugindo da mordida do sol.

A sala estava escura, ele precisou de tempo para distinguir as formas. Alguns círios punham a brilhar rastros de umidade pelas paredes. Ele se perguntou se o gosto do suor deles seria igual ao do muro estreito, que sua língua lambia para encontrar sal.

O inquisidor contemplou o corpo esbranquiçado e torcido do jovem frade que ele havia condenado e se felicitou, no íntimo, pela fidelidade do muro estreito a suas vontades. Todos os que o habitavam deixavam lá a arrogância.

— Como está passando, frei Robert?

Sua voz era tão estridente quanto a luz. Robert se empertigou, o mundo exterior lhe dava vontade de arrepiar caminho para o calabouço. O oblato o cutucou, para que ele respondesse, mas Robert continuou fechado em seu silêncio.

O inquisidor mandou a escolta sair.

Robert tinha sede. Olhava fixamente, sobre a mesa, o copo transparente, cheio de água límpida, que sua garganta não saboreava havia semanas. A água infecta que serviam nos calabouços tinha cheiro de estrume.

— Quer água?

O inquisidor levantou seu corpanzil e se aproximou dele, com o copo na mão. Robert engoliu o líquido como se ele viesse do céu.

— Você é um homem corajoso, Robert de Nuys. Ainda não sofreu como merecia, mas andei pensando em seu futuro. Você talvez ache que este tribunal foi severo em seu julgamento. Mas sabe que a severidade purifica mais que a brandura e que nenhuma alma poderia almejar a uma pureza que seja suficiente para tornar injusto o castigo. Essa é a razão pela qual o inquisidor nunca se engana quando condena.

Voltou a seu lugar no estrado que o punha acima de Robert.

— Hoje, eu gostaria que você escrevesse uma carta.

— Não sei escrever — respondeu Robert.

— Um dominicano que não sabe escrever?

— Um filho de camponês.

A resposta arrancou um sorriso do inquisidor.

— Você é cabeça-dura, frei Robert. Sua assinatura bastará.

— Assinar o quê?

De uma larga carteira de couro, o inquisidor tirou um pergaminho iluminado em que aparecia o nome de Robert e o entregou.

— Confissões de heresia — disse com voz monocórdia.

Robert levantou a cabeça para contemplar o gordo inquisidor. O mais aterrador não era seu corpo enorme, ressudando através da roupa, nem seu poder, nem os espectros dos condenados mandados para a tortura e a fogueira, que giravam ao seu redor. O pior era sua quietude. Ele progredia em seu caminho reto com a bênção do céu. Não havia lugar para dúvida alguma nele, apenas para aquela confiança tão inalterável quanto a pedra de amolar lâminas.

— Confissões de heresia? — repetiu Robert, incrédulo.

— Sim, o prior Guillaume tem muitos amigos e influência no mais elevado topo de nossa ordem. Recebi uma carta do capítulo geral pedindo-me que justificasse sua prisão. Durante a instrução do processo, o prior de um convento tem o direito de recuperar seu frade, a não ser que se trate de uma culpa profunda de fé.

Robert compreendia. A heresia o encerrava atrás da porta do muro estreito, e ninguém, afora o papa, teria mais poder algum.

— Jamais vou assinar essas confissões.

O inquisidor serviu outro copo de água cristalina, que cintilou sobre o altar de justiça, e suspirou.

— Jamais é uma palavra que pertence a Deus, frei Robert, não aos homens.

Robert endireitou-se e desafiou seu juiz com o olhar.

— Estou pronto.

— Pronto para quê? — disse o inquisidor com voz apaziguadora. — Para a tortura? Você é um frade dominicano, Robert, tem direito a certa consideração. Mando-o fraternalmente de volta à cela para pensar no assunto. Ninguém vai tocá-lo.

Bateu palmas, e o oblato reapareceu, acompanhado por dois soldados. Robert levantou-se para segui-los. A voz do inquisidor o deteve junto à porta.

— Fui informado de que, quando os leprosos foram detidos na catedral, um dos frades presentes parecia apavorado, a ponto de renunciar a seu dever espiritual. Era você ou seu confrade Antonin?

Essas palavras cortaram a respiração de Robert, que saiu sem responder. O oblato o levou para a ala dos calabouços. Seu coração batia depressa. Ele sentiu a resistência do ar e seu peso no peito, como se o espaço se contraísse ao seu redor. Os últimos passos no pátio ele os deu de lado, como no muro estreito, apresentando o ombro ao mundo.

Ao empurrá-lo para a cela, o oblato reparou no nome gravado na parede. "Talitha", decifrou.

— É sua noiva ou sua mãe? — gracejou.

— As duas — respondeu Robert, retomando seu lugar no muro estreito.

A escuridão caiu sobre ele, que começou a andar. Deixou-se dominar pelo sono entrecortado do calabouço e, numa semiconsciência, avançou entre as paredes, murmurando preces que cobriam o eco envenenado da voz do inquisidor.

Passaram-se horas. Um dia inteiro talvez. Impossível saber como o tempo transcorria. Ele tinha fome. Ouviu passos se aproximando e esperou a sopa e o balde a que tinha direito. A porta se abriu para uma visão de pesadelo. Uma velha encurvada, vestida de farrapos, empunhava uma matraca. Com uma longa bengala que a mantinha distante, o oblato a empurrava para dentro do muro estreito. A velha resistia, gemendo e, com um olhar possesso para Robert, girava a matraca. A lepra lhe destruíra o rosto e arrancara os dentes.

— Companhia para você, fradinho — disse o oblato.

Bateu a porta, deixando para trás uma noite de pavor, na qual verrumava, como o grito de um demônio, a zoada louca da matraca.

Capítulo 14

A serviço do mestre

O curtidor tinha levado as mensagens. A calma retornava ao espírito de Antonin, e o convento voltava à normalidade. A libertação de Robert não devia demorar, o prior-geral da ordem era amigo de Guillaume, e o bispo odiava o inquisidor que desafiava sua autoridade.

A vida monacal de Antonin voltara à rotina ritmada pelos ofícios, pelos trabalhos no jardim das plantas medicinais e pelos ditados na sala do capítulo. Sem as pregações que o prior suspendera, o convento dominicano parecia um mosteiro comum, faltando-lhe apenas a clausura.

Antonin aproximava-se mais de seus semelhantes, reconquistando a simpatia deles e reencontrando seu lugar na coletividade. O sacristão continuava a não lhe dirigir a palavra, mas jogara em sua cela um cobertor sem furos para substituir o antigo, roído pelas traças; marca de solicitude inaudita, que nenhum frade jamais recebera. Antonin ainda tinha no pescoço o último presente dele, o colar de hematomas que demorava a desaparecer. É verdade que ainda não dava para falar em grande amizade, mas a substituição do cobertor levava a acreditar que havia futuro.

O gato engordava e continuava exigindo mais gordura. Rodeava os pés de Antonin, e todo gesto de ternura era pago com uma unhada. Apesar disso, o frade gostava da presença dele e permitia que o seguisse até a porta de sua cela.

Os laços com os outros frades passavam pelo jardim dos símplices, de cujo cuidado ele continuava encarregado. Sua posição de secretário do prior o dispensava dos trabalhos pesados, coisa que seus confrades lhe censuravam. Mas, cuidando de seus abscessos e edemas, ele pelo menos angariava um pouco de benevolência por parte deles.

O jardim era o lugar onde ele se sentia autêntico. E a medicina tinha se tornado a única língua que lhe permitia comunicar-se bem com o próximo. O prior sabia disso e o guiava nas preparações. Seus conhecimentos médicos surpreendiam Antonin, ao passo que Guillaume se espantava com a ignorância dos seus em relação a essa ciência, de que eles tinham sido guardiães durante séculos.

A história remontava a dias longínquos, ao tempo da comunidade de são Bento, no monte Cassino, e aos inúmeros mosteiros beneditinos que eclodiriam em seguida. Foi lá, naquelas igrejas perdidas nos confins dos campos, que a medicina dos antigos sobreviveu. Cada mosteiro criava sua enfermaria e seu jardim particular, onde um frade cultivava com cuidado as plantas medicinais, os símplices, que mereciam esse nome por não precisarem de composição nenhuma para curar, ao contrário das poções complexas dos boticários e dos magos, que perdiam parte do poder nas misturas.

Na terra, apenas as ordens religiosas ofereciam esse atendimento. A medicina só existia nas casas de Deus. Mas aquele tempo de glória não durou. Logo o papa autorizou o socorro aos leigos que morriam às portas das enfermarias reservadas aos frades. Os frades médicos, consultados em seus claustros, acabaram concordando em sair dos conventos e atender à cabeceira dos doentes importantes das cidades ou dos castelos. A regra monástica não demorou a sucumbir à corrupção, e a medicina tornou-se uma fonte de pecado. Em 1219, um concílio proibiu definitivamente o clero de exercê-la, ordenando aos frades estudantes da saúde humana que voltassem ao estudo da saúde de Deus. A profissão médica retornou então aos leigos das universidades, que se diziam clérigos.

Alguns mosteiros continuaram a dar atendimento, apesar da proibição, mas seus frades nunca realizavam sangrias nem cirurgias. Tais atos eram proibidos por um velho princípio: *Ecclesia abhorret a sanguine*, "A Igreja abomina o sangue". A cirurgia tinha sido delegada aos barbeiros, que em suas lojas possuíam lâminas suficientemente cortantes para o seu exercício. Acreditava-se que a habilidade deles para manejar a tesoura nas barbas lhes conferia competência para as ações cirúrgicas que o diabo devia praticar com eles, pois elas quase sempre terminavam em infecção e morte do paciente.

O prior repetia: a Igreja nunca deveria ter deixado a medicina escapar de seus conventos. Nem os outros tesouros que ela salvou do esquecimento: o saber grego, roubado pelas universidades, os livros, a música, a arte. Tudo o que o mundo sem reconhecimento devia aos frades.

— Mas é inútil lamentar essas forças perdidas, a verdadeira medicina sempre ficará em nossas mãos — dizia Guillaume. — Os leigos podem arrancar as raízes espirituais da arte de curar, só nós as conservaremos. Ninguém cura sem Deus, Antonin. Os clérigos das universidades brandem a ciência em vez da cruz. Mas, sem Deus, a medicina é manca. Aprenda a tratar com os segredos da natureza, mas nunca se esqueça de acrescentar uma prece às suas decocções e a seus purgantes.

Antonin gostava de estudar com o prior e era-lhe grato pelos ensinamentos e, mais ainda, por tê-lo compreendido e por ter perdoado sua traição. Desde que Guillaume anunciara a próxima libertação de Robert, ele se alegrava por poder reencontrar o confrade. Tinha preparado, arejado e lavado a cela dele, e apesar de não saber usar ferramentas, havia encaixado e pregado os pés de sua cama, que ameaçavam quebrar-se. Toda noite, saudava no íntimo sua presença por vir.

Assim que amanhecia, ele voltava a tomar os ditados do prior, que se tornavam mais precisos. A figura de Eckhart finalmente aparecia. Antonin sentia que por trás dela se arrastava uma sombra, mas o prior não parecia ter pressa de esclarecer o mistério que a cercava. Deixava que acorressem à sua mente as boas lembranças de sua vida ao lado do mestre, e era uma alegria ver seu rosto rejuvenescer com a rememoração do passado e o contentamento habitá-lo de novo.

"*É próprio da criatura fazer algo a partir de algo, mas é próprio de Deus fazer algo a partir de nada. Portanto, se Deus tiver de fazer algo em ti ou contigo, deves antes tornar-te nada.*"

A voz do prior parou, para deixar que essas palavras ressoassem no silêncio da sala do capítulo. Antonin não entendia. Tornar-se nada? Como era possível tornar-se nada sem morrer? O prior lhe dissera que era preciso deixar que as palavras do mestre percorressem seu caminho. A vontade de compreendê-las impedia que encontrassem seu caminho para uma compreensão mais sutil, que escapava à razão.

— Um dia, você as compreenderá sem poder explicá-las. Muitas vezes os ouvintes dos sermões dele vinham me consultar para que eu revelasse o seu sentido. Eu era incapaz disso e dizia ao mestre que aqueles homens e aquelas mulheres que lhe eram tão fiéis se queixavam da obscuridade de suas palavras. Ele não se preocupava. Sua resposta era sempre a mesma: "Os rudes devem acreditar, os esclarecidos devem saber."

O prior percorria as últimas linhas do pergaminho que Antonin se preparava para copiar. Sem erguer os olhos, perguntou:

— O que acha que os sermões do mestre proporcionariam a nosso irmão Robert?

— Reconforto? — propôs Antonin com voz hesitante.

— Não — disse o prior sorrindo —, dor de cabeça.

No *scriptorium*, Antonin caligrafava pacientemente no velino o texto corrigido de seus pergaminhos. O prior não queria um ditado preciso, que teria sobrecarregado sua memória. Preferia a conversa. Cabendo a seu secretário a responsabilidade de formular a composição junto com ele. Para a redação, ele havia optado pelo francês, língua vulgar para um documento de tamanha importância. Isso para espanto de Antonin, mas o prior dizia que o latim era para os clérigos, ao passo que aquele livro era para o mundo.

Quando faltava pergaminho, o jovem frade anotava todos os pormenores das conversas em folhas de um papel ordinário que ele havia encadernado para fazer um volume fácil de carregar. Assim guardava a voz do prior Guillaume, que lhe falava a cada releitura. Os pestíferos de Kaffa atravessavam com frequência sua memória, e o voo deles por cima das muralhas lhe perturbava o sono. Mas Guillaume tinha deixado de falar da peste. Seu passado retornava com força, e os ditados iam marcando as páginas de preto, à medida que a presença do mestre se tornava mais tangível. O livro ia se formando.

Começava em Paris.

"Nosso primeiro encontro remonta ao ano de 1313. Eu era noviço, e o mestre procurava um assistente. Eu tinha 15 anos. Começava minha vida de frade no convento dos jacobinos. Estava aprendendo latim, salmodia* e recitação dos ofícios. Um dia, fomos informados de que um mestre viria acompanhar nossa aula. Na época, nenhum frade o conhecia. Só os priores e as altas autoridades da ordem sabiam quem ele era. Quando ele entrou, nós nos levantamos, e eu descobri pela primeira vez aquele homem que ia me dar um segundo nascimento.

"Era alto, magro, os relevos de seu rosto eram angulosos, não tinha barba, o nariz era reto, e os olhos, pretos como ônix, eram capazes de nos penetrar. Tinha um 'olhar demorado', como se dizia dos sábios ou dos feiticeiros. Não se parecia com os outros mestres que nos visitavam, calmos e benevolentes, acompanhados por um cortejo de estudantes e noviços. Eckhart estava sozinho e tenso. Dele emanava uma luz sombria, cheia de uma energia perturbadora que às vezes repelia ou fascinava. Na verdade, não parecia um frade, mas um alquimista. Misterioso e inquietante.

"O velho clérigo que nos ensinava gaguejava de emoção. Em vez de ficar ao lado dele, Eckhart veio sentar-se entre nós, o que aumentava a perturbação do professor, que mal conseguia articular as palavras. Ele

---

* Conhecimento de cento e cinquenta salmos.

o ouvia sem dizer nada, com a máscara de gravidade que nunca o abandonava. Tínhamos um pergaminho e um estilo* para copiar o ditado. Todo dia começava com aquela aula de latim, que sabíamos falar porque essa língua precisava substituir a nossa desde a hora de nosso ingresso no convento.

"O mestre não estava interessado na aula nem no professor. Observava um noviço da primeira fila, que devia ter-lhe sido recomendado. A mente daquele jovem clérigo era muito mais perspicaz que a nossa, e seu latim fluía tanto quanto os nossos dialetos. Ele tinha lido mais livros que nós todos juntos e recitava capítulos inteiros da Bíblia. Era um filho de nobre que não chegávamos a detestar por ser de uma bondade crística. Eu só lhe desejava o bem, e ser assistente de um grande mestre era a certeza de ter um destino na hierarquia da ordem.

"Sem me preocupar com o resto, eu anotava no pergaminho as palavras que me eram ditadas, quando senti o olhar de Eckhart sobre mim. Sentir é a palavra certa. Seu olhar pesava, materialmente. Eu me aplicava, mas, como sempre tinha acontecido, apesar de meus esforços, as letras se invertiam, tornando as palavras ilegíveis. O professor, que conhecia minhas dificuldades de escrita, interrompeu-se e quis explicar a desordem de minha folha, mas o mestre, com um gesto, pediu que se calasse. Levantei o estilo, como se tivesse sido surpreendido em falta. Eckhart me fez sinal para continuar.

"Já lhe falei da dança das letras, Antonin, como se todas as palavras que eu escrevia fossem feitas de chamas, e dos esforços que eu precisava envidar para fixá-las na ponta do estilo. A emoção agravava muito as coisas, e fui incapaz de terminar a linha. Eckhart se aproximou e olhou meu pergaminho. Comparado ao do filho do nobre, parecia um rascunho de camponês. Ele pegou a folha, releu-a e a pôs diante de meus olhos.

"'O que você vê?', perguntou.

"Eu não sabia o que responder. Os outros frades me observavam com aquele sorriso que eu conhecia muito bem desde que o professor tinha

---

* Instrumento pontiagudo para escrever. (*N. da T.*)

começado a afixar meus pergaminhos na parede para me incentivar a progredir.

"A voz do mestre era grave e lenta. Eu pensava em fazer penitência e lhe prometer mais estudo e atenção. Mas não havia nenhuma reprovação em sua atitude, e eu sentia que o que ele esperava não eram palavras de noviço surpreendido em falta, mas um sinal de minha parte.

"Então, sem baixar os olhos, respondi:

"'Vejo fogo.'

"Dois dias depois, eu transpunha, atrás dele, as portas da Sorbonne."

Capítulo 15

Sorbonne

"Servir ao mestre era simples. Ele vivia como frade do mosteiro do qual me havia tirado. Eu só precisava fazer para ele o que fazia para mim mesmo. Eu era desajeitado, e as raras tarefas que me eram impostas para a alimentação e a troca da roupa branca eram cumpridas como eu fazia todas as coisas na época. Mediocremente. Era apenas por causa de minha escrita que eu tinha sido escolhido. Nenhuma de minhas outras qualidades poderia ter despertado o interesse de quem quer que fosse. Meu pai tinha aberto o caminho para mim, mas foi ele que me ensinou a colocar sinais entre as palavras para estabilizá-las e facilitar a leitura. Ele também via as letras em movimento, como na superfície de um mar encapelado.

"'Ancore-as', dizia.

"As âncoras eram pontos, manchas ou pequenos relevos como acento, acrescentados depois dos verbos e no meio exato das frases longas. Desse modo, as palavras se apaziguavam e deslizavam sobre linhas calmas e retas, que eu podia então ler e copiar sem dificuldade.

"Nós tínhamos isso em comum.

"Os manuscritos dele eram constelados de hachuras, números e símbolos. Quem não visse a dança das palavras não podia compreendê-los.

Pela primeira vez na vida, aquela escrita, que eu maldizia desde sempre, me ajudava, tirando-me de um futuro cinzento de pequeno frade a quem só teriam sido atribuídas tarefas manuais. Eu admirava o fato de uma mente tão brilhante, que havia redigido tratados de teologia, ter conseguido superar tamanha deficiência. A escolha que recaíra sobre mim era a prova dos fantásticos esforços que ele devia ter feito para dominar a leitura e a escrita, as duas ferramentas de seu pensamento, sem as quais sua ciência teria ficado murada nele mesmo. O mestre dimensionava o esforço e recompensava o mérito. Tinha me preferido ao noviço, a quem a natureza havia ofertado todos os dons. Não gostava da facilidade. Nossas escritas se tornaram amigas antes de nós e teceram os laços que me prenderam a Eckhart durante toda a vida. Para meu bem e para meu mal."

"Para mim, o mundo da Sorbonne era tão novo como se eu tivesse atravessado um oceano. No entanto, ficava a dois passos do convento onde eu fora criado, mas o povo que lá eu descobria era tão distante de mim quanto os turcos ou os tártaros. Lá se encontravam clérigos vindos de toda a Europa para assistir às aulas dos mestres em teologia e filosofia. A plebe era rudemente mantida a distância daquela fortaleza do pensamento e da inteligência. Os mestres atravessavam o lugar como príncipes, seguidos por uma corte de estudantes. Ao redor deles formavam-se clãs, tão defendidos uns dos outros como os exércitos ingleses e franceses, que lá fora guerreavam em combates sangrentos por ducados ou coroas. Aqui, não havia cadáveres no campo de batalha, à parte os despojos de vaidade que eram deixados para trás por quem perdesse alguma justa filosófica pública. As feridas do orgulho eram mais mortais que as chagas abertas pela ponta das flechas ou das lanças. Lá se encontravam frades, priores, bispos. De Avignon às vezes vinham cardeais para assistir aos debates. O cérebro do mundo se abeberava naquele lugar. E eu não entendia nada.

"Perdia-me nos labirintos de corredores daquela fantástica construção, onde formigava noite e dia uma multidão de personagens mais impressionantes e amedrontadores que os espectros que eles punham em fuga das salas escuras. O povo dizia que eram assombradas pelos fantasmas dos bárbaros de Átila, que santa Genoveva havia expulsado oito séculos antes. Eu não encontrava os anfiteatros, não conhecia ninguém, e os outros noviços assistentes dos mestres não me davam nenhuma ajuda, muito satisfeitos, ao contrário, por me verem percorrer o caminho de vexação e angústia que eles mesmos tinham percorrido antes de mim.

"Só um aceitou minha amizade interessada.

"Ninguém sabia seu nome de batismo, e os professores que o viam nas salas desde sempre o chamavam Étienne, como o primeiro mártir da cristandade.* O nome lhe caía bem, pois ele sempre tinha a aparência de quem havia levado uma surra. Santo Estêvão foi lapidado em Jerusalém, e Étienne, o noviço, no Quartier Latin. Seu corpo tinha se resignado a sofrer irrestritamente. Era conhecido por ter contraído quase todas as doenças possíveis e passado mais tempo na enfermaria do noviciado do que em sua cela. Era alto e tinha uma gentileza proporcional à sua altura. Lembro-me bem do rosto comprido, pálido como um círio, com olhos caídos e uma ausência quase completa de expressão. Seu crânio também era comprido, com uma tonsura que ninguém tinha conseguido arredondar, formando uma espécie de feijão calvo entre as orelhas. Ele se parecia com os cretinos das montanhas que, na época do Natal, eram trazidos para serem expostos nas feiras.

"No entanto, tinha grande inteligência, mas deixava sua aparência lastimável falar em vez dela, para limitar os trabalhos árduos que todos hesitavam em exigir dele. Afirmava que um cansaço natural, herdado do céu, exercia o papel de seu anjo guardião. Acredito mais que uma grande preguiça guardiã, herdada dele mesmo, o assistia em todos os atos de sua vida.

"Ele também tinha um jeito estranho de segurar os objetos. Colava-se a eles. Seus dedos se crispavam com o esforço e demoravam para soltá-

---

* Étienne = Estêvão. Os dois nomes derivam do grego *Stéphanos*, através do baixo latim *Stefanus*. (N. da T.)

-los. Seu aperto de mão era persistente. Às vezes era preciso lutar para se livrar dele. Ele dizia que não tinha poder sobre aquilo. Os frades que o conheciam bem já não se arriscavam a lhe dar a mão e o cumprimentavam de longe ou com um tapinha amistoso no ombro. Aquela excentricidade muscular tinha sido observada, analisada e inexplicada pelos médicos que seu prior convocara. Concluiu-se que era uma provação a que Deus o submetia. Seus gestos eram lentos, assim como seu andar e sua fala. Ele dava a impressão de estar escorrendo lentamente de si mesmo. Por essa razão tinha sido apelidado de 'Cera', o que combinava bem com sua mão, que se condensava na nossa, como a cera de uma vela.

"Tudo isso poderia tê-lo excluído da função de assistente, mas ele tivera a sorte de encontrar no decano dos mestres em teologia da Sorbonne uma alma caridosa e, principalmente, supersticiosa. Ao ouvir falar daquele noviço que pegava todas as doenças do mundo, o velho concluiu que seria bom tê-lo a seu lado, como um ímã capaz de atrair as flechas das afecções que o ameaçavam. Essa ideia não era de uma generosidade muito cristã, mas o corpo treinado de seu assistente lhe parecia à altura de suportar algumas febres a mais, que se somariam às suas. Por isso, lhe pedia que nunca se afastasse da linha de seus passos.

"E, como todos podiam testemunhar, a saúde do velho teólogo melhorara em contato com Étienne. Citada como exemplo em toda a ordem, onde era apresentada como fruto de uma vida de razão e santidade, ao patriarca sua saúde parecia garantida sobretudo pela presença do noviço. Com mais de 80 anos, ele ainda era ágil e dotado de vivacidade mental, e ninguém o vira prostrado nem por uma única infecção desde que começara a associação dos dois. Quando Étienne lhe parecia vigoroso, seu humor se anuviava. Ele ficava preocupado e taciturno, passando a só se interessar pelas tisanas e pelos purgantes preventivos que exigia dos médicos. Toda manhã indagava da aparência de seu fiel assistente e, se fosse saudável, afligia-se. A notícia de alguma tosse ou febre era recebida com profundo alívio. Vendo nos sofrimentos que o rapaz suportava todos aqueles que lhe seriam poupados, ele recobrava as forças. Aliás, até incentivava o noviço a se expor ao frio e à umidade de que a Sorbonne era pródiga. Os miasmas absorvidos do Sena, bem próximo, tornavam o lugar ainda mais insalubre do que os subsolos inundados da casa de misericórdia, de onde os doentes só saíam por intervenção milagrosa. Aquele homem sábio, portanto, conservava como um bem precioso o seu noviço-talismã, limitando os encargos que pudessem afastá-lo do perímetro traçado por sua sombra. O papel principal que Étienne precisava assumir era o de acordá-lo durante as aulas, usando uma varinha comprida que roçava seu corpo assim que dele escapava algum ronco.

"A situação era bem conveniente àquele que, sentado e sereno, contemplava a dança dos outros noviços que estavam o tempo todo recebendo ordens e, naquela meca da inteligência, mais pareciam escravos do que futuros clérigos.

"Foi ele que se aproximou de mim e concordou em me iniciar nos segredos do lugar, a começar pelo essencial: saber reconhecer aqueles que mereciam ser reconhecidos.

"Durante a primeira aula de Eckhart a que assisti, Étienne se encontrava a meu lado. O anfiteatro estava cheio. Aos poucos, eu tomava consciência do que o mestre representava. Eu achava que ele era um frade famoso de nossa ordem, assim como um prior de região. Sua qualidade de mestre, para mim, era um título honorífico que garantia uma posição elevada na hierarquia dos dominicanos e o respeito das outras congregações. Eu não podia imaginar até que ponto sua fama ultrapassava o âmbito dos mosteiros e, mais amplamente, o âmbito da Igreja.

"Na época, já lhe haviam sido confiadas as mais eminentes funções à frente das jurisdições da Alemanha. Ele era provincial de Saxe e vigário-geral da Boêmia. Sua autoridade estendia-se a um território que ia dos Países Baixos ao nordeste alemão e a Praga, sobre quarenta e sete conventos de homens e mulheres. Mas sua celebridade não estava diretamente ligada à sua posição na ordem. Seus tratados teológicos haviam sido difundidos em todas as universidades da Europa e o tinham consagrado entre os intelectuais mais importantes do tempo, mas essas obras estavam escritas em latim, o que limitava seu acesso aos clérigos. Foram os sermões em alemão, em língua vulgar, numa publicação autorizada por ele, a fonte de sua glória. E também de sua queda. Eles possibilitaram que suas ideias dissidentes tocassem mentes não universitárias, não treinadas nas nuances teológicas, escapando à censura da Igreja.

"No entanto, a ameaça que ele representava me parecia bem limitada. Seu pensamento era tão complexo, tão elevado, que ninguém era capaz de apreendê-lo. Eu mesmo, apesar de ele ter-me dado todos os instrumentos, acredito poder dizer que nunca compreendi um único sermão de mestre Eckhart.

"Foram algumas mulheres piedosas que me deram a chave deles, bem depois.

"Segundo elas, não se devia tentar compreendê-los, bastava amá-los.

"Esse conselho, tão inocente na aparência, era o mais apropriado. O coração era o melhor segredo de compreensão do pensamento do mestre, ainda que que ele remetesse à razão para seguir seu caminho. Essa era o poder inigualável de seus sermões. A obscuridade deles se aclarava no coração.

"No final de sua aula, o anfiteatro trepidara com os aplausos, e todos os ouvintes tinham se levantado para uma ovação. Notei então, na assembleia, um jovem dominicano que não aplaudia. Sua silhueta destoava nos bancos da faculdade. Ele era gordo.

"Seu corpo transbordava da cadeira e criava um vazio ao seu redor. Um colar de gordura se expandia no alto de sua batina. Seus dedos grossos tamborilavam pesadamente na carteira, e seu olhar sobre o mestre estava cheio de dureza.

"Ele devia ter a mesma idade que nós, mas estava sentado, o que demonstrava seu valor. A seu lado havia um homem de porte severo que todos cumprimentavam ao passar.

"'Quem é?', perguntei a Étienne.

"'Guillaume Ymbert', respondeu ele, com voz fraca, 'o inquisidor-geral da França. É ele que queima as feiticeiras.'

"'E o gordo ao lado?'

"'Não o chame de 'gordo'", aconselhou meu novo amigo. 'É o noviço do inquisidor. Ou melhor, o cão de guarda dele. Já pediu informações sobre você.'

"'Com quem?'

"'Comigo.'

"'E você disse...?'

"'Que não se preocupasse'. Sorriu com pachorra. 'Eu disse que você veio das montanhas, como eu.'

"Fiquei sabendo que o noviço do inquisidor-geral já era famoso na ordem. Eu devia ser o único dominicano que não conhecia a história dele. Ele tinha se submetido voluntariamente a um jejum de oito semanas sob a vigilância do prior de sua região e de várias testemunhas eclesiásticas para provar que seu peso não decorria em absoluto de qualquer pecado da gula. Desse modo, silenciara todas as zombarias e as insinuações a seu respeito, mas elas tinham deixado cicatrizes de amargura.

"A ordem concordara com a realização dessa prova por ele ser considerado um de seus discípulos mais promissores. Era o mais jovem graduado em teologia da história da universidade, e o prior-geral depositava muitas esperanças nele. Seu futuro não podia ser atrapalhado por uma história de peso. Ao cabo de dois meses de jejum, a obesidade continuava a mesma, mas ele não conseguia andar, seus músculos tinham se atrofiado de maneira invisível por baixo da gordura. Ele ainda mancava quando o conheci."

— Essa descrição lhe lembra alguém, Antonin? — perguntou Guillaume.

— Sim — murmurou Antonin, relembrando a imagem de Robert e o contato do ombro dele junto ao seu quando os dois se apertavam um contra o outro na capela-tribunal de Toulouse, diante do gordo inquisidor.

— Um velho amigo, como está vendo.

"A Cera me contou que um estudante imprudente um dia tinha rido de seu andar de paquiderme. Mais tarde se ficou sabendo que os pais desse estudante tinham sido presos pouco após o incidente sob a acusação de catarismo, embora fossem bons cristãos e seu cura se apresentasse como fiador de sua ortodoxia. Foram soltos, mas depois de submetidos à tortura por ordem pessoal do inquisidor-geral, aconselhado por seu noviço, cujo discernimento ele tinha em alta estima. Sua precocidade o deixava maravilhado. Aquele jovem frade conhecia Aristóteles tão bem quanto os mestres em teologia e só se remetia a ele. Tinha uma memória prodigiosa e era capaz de recitar páginas inteiras de seus tratados. Comentava-se entre nós que ele estava prenhe de Aristóteles. E o filósofo lhe caía bem. Assim como ele, punha a razão em toda parte e a espiritualidade em parte alguma.

"Fui ao encontro do mestre no estrado, ele estava cercado por estudantes e professores entusiasmados. Mas eu não conseguia esquecer o olhar do noviço para ele. Saindo do anfiteatro, aproximei-me do grupo que se formara em torno do inquisidor-geral e ouvi a conversa. O inquisidor tinha ficado impressionado com a aula do mestre e se regozijava por poder a Ordem Dominicana oferecer à cristandade tão elevado espírito. Numerosos eram os que já o comparavam ao novo guia do pensamento da Igreja, o venerável Tomás de Aquino, a caminho da beatificação. Os três clérigos que o cercavam estavam de acordo com suas palavras. Seu noviço permanecia em silêncio. O inquisidor lhe perguntou o que tinha achado da aula de Eckhart. E ouvi distintamente a seguinte resposta:

"'Ele não respeita a distância de majestade.'

"Frase obscura, que ficou muito tempo na minha cabeça. O sentido me escapava, mas não era esse o motivo de minha preocupação. As frases obscuras me eram tão familiares desde que conhecera o mestre... Bem depressa eu tinha desistido de tentar esclarecê-las, tanto por ter lucidez da minha fraqueza intelectual quanto por preguiça. Eu me dizia que o tempo passado ao lado dele faria seu trabalho e eu acabaria captando seu pensamento como uma língua estrangeira que se desvendasse por força de ser muito ouvida, sem exigir estudo. Na realidade, o que me perturbara na frase do noviço tinha sido a secura do tom. A voz era alta e cortante, e cada palavra continha a mesma violência fria. A rejeição era profunda e definitiva. Quando me afastei, vi os clérigos aproximar-se dele para debater. O inquisidor-geral ouvia à parte, com expressão sombria. Os clérigos discutiam aquelas estranhas palavras, o inquisidor as meditava."

Capítulo 16

Cólquico

O prior Guillaume interrompeu-se e pediu água.

— Faça o resumo dessa conversa em pergaminho. Corrigirei com você no *scriptorium*. Depois vou ditar o texto definitivo para o velino. Eu lhe darei as datas exatas. Fale das circunstâncias de meu primeiro encontro com mestre Eckhart. Não omita os problemas de leitura e escrita que ele superou e que só são vergonhosos para os ignorantes. Eu lhe direi as datas de seu magistério parisiense, os lugares onde ele ensinou e os títulos das aulas em latim, cujas cópias foram guardadas. Não são esses textos que interessam aos juízes. Conte também nosso encontro com o inquisidor, isso poderá nos servir para a sequência. Esse tempo que passamos em Paris, antes de partirmos para a Alemanha, é caro ao meu coração. Deixe Étienne num canto de sua memória, ele refresca a minha, não fale de meus sentimentos nem das relações que não tenham ligação direta com Eckhart. É ele o propósito, o cerne e o veneno do livro.

O prior parou de falar. Parecia sem fôlego, sua respiração era sibilante, e seus pulmões estavam obstruídos. Fazia alguns dias que suas pernas se mostravam mais inchadas. Ele as cobria com um cataplasma de manjerona a partir do tornozelo e, de hora em hora, tomava uma tisana descongestionante à base de dente-de-leão e de folhas secas de bétula que Antonin lhe preparava.

— Continuamos mais tarde, estou cansado — disse.

Antonin fechou o caderno cheio de anotações e preparou-se para voltar ao *scriptorium* e preparar o pergaminho. Mas uma pergunta o retinha, e ele demorava a se levantar da cadeira.

O prior, que conhecia bem seu jeito, suspirou.

— O que foi, Antonin?

— O que é "distância de majestade", padre?

Antonin trabalhava ao lado dele, no ar úmido da sala do capítulo, onde penetrava pouca luz, havia mais de três horas, e isso justificava um pouco de benevolência.

Guillaume resolveu deixar o descanso esperar e respondeu.

— Distância de majestade... Todas as heresias a combateram. É o dogma mais sagrado de nossa Igreja, sem ela este convento e seus frades não teriam sentido. Designa a distância que separa o homem de Deus. Uma fronteira natural, que nenhuma vontade humana pode abolir. Os hereges pretendem atravessá-la, prometendo a união perfeita com o Altíssimo. Com seus êxtases, suas iluminações, dizem que se fundem na divindade a ponto de anular a diferença e tornar inútil nosso sacerdócio. Acredito mais que é com o diabo que se fundem... Essa distância, que nosso santíssimo padre Agostinho denominou tão bem, pertence apenas a Deus. Não está em nosso poder tornarmo-nos o que Ele é.

— E o mestre não respeitava a distância de majestade?

O prior apontou para a porta com um gesto cansado.

— Veremos isso mais tarde. Vá, deixe-me descansar.

O pé do sacristão estava tomado pela gota.

O dedão inchado parecia um rabanete e não podia ser tocado sob nenhum pretexto. Qualquer corrente de ar, por mais leve, parecia tão esmagadora quanto uma roda de carroça. Ele andava apoiado num cajado de peregrino, espreitando, ao seu redor, as ameaças que o mundo tramava contra ele. Os frades deviam respeitar a distância de um metro, e aquele homem áspero e resistente ao mal às vezes deixava escapar uma expressão de angústia, para depois reprimi-la com repugnância.

Antonin o havia visto rodear o jardim dos símplices quando estava trabalhando lá. Não pedia nada, hesitava um pouco diante da cancela, depois partia de volta para a capela, resmungando. Os frades, continuamente sujeitos à sua severidade, justa, mas implacável, alegravam-se com sua situação. Nas laudes, combinavam reunir-se em torno dele, fazendo de conta que cambaleavam de sono, aproximando tamancos de seu pé, por todos os lados. Como os pecados eram absolvidos pelas confissões diárias, não temiam a punição divina por sua falta de compaixão. O sacristão, a partir daí, passou a andar de cabeça baixa pela capela, à espreita dos tamancos que rastejavam como cobras em direção aos dedos de seus pés.

Antonin o via chegar cada dia um pouco mais perto do jardim, sem ousar entrar, lutando contra si mesmo. Certa noite, acabou por se decidir, pois a dor se impusera à sua vontade. Sem uma palavra, tirou a meia e mostrou o dedão inchado, brilhante de edema, coberto até a unha por uma pele escarlate e inflamada.

Antonin já tinha tratado aquele mal em velhos frades.

Levou-o até a estufa, onde mantinha as plantas secas, e apontou um pote cheio de flores com reflexos lilás que pareciam açafrão.

— Cólquico — murmurou o sacristão.

Antonin aquiesceu.

— Dizem que mata cachorro — disse o velho frade.

— Mata a gota também.

O sacristão vigiava cada gesto dele com desconfiança. No íntimo, Antonin achava que Deus lhe fazia justiça. Seu pescoço dolorido estava obtendo reparação, e ele não apressava as etapas de sua preparação.

Aprendera que a gota era uma doença do mau humor, o que combinava com o seu doente. O equilíbrio dos quatro humores do corpo regia a boa saúde. Um deles, a bile, podia acumular-se em excesso no crânio e derramar-se pelo corpo como a água de um vaso cheio demais. Gota a gota, até o pé. Donde o nome dado pelos antigos à afecção. Será que o excesso de dureza começava a gotejar da alma do sacristão e inflamar os dedos de seus pés? Antonin imaginou que teria ali uma oportunidade de ganhar um pouco mais de estima de seus confrades, deixando-o sofrer, mas tinha bom coração. Preparou a decocção com cuidado, pois cólquico concentrado demais era veneno mortal, e a entregou ao paciente.

Dores agudas de barriga prenderam o sacristão ao leito durante dois dias. Ele recusou visitas. Antonin achou que o havia assassinado. No entanto, tinha verificado cada medida na *De materia medica*, de Dioscórides; o *scriptorium* contava com um exemplar, no qual estavam consignados todos os remédios conhecidos do Oriente e do Ocidente. Mas sua preocupação não durou muito. O sacristão se recuperou depressa, e a inflamação do pé ficou inteiramente curada.

O velho aproveitou para acertar as contas com os tamancos que tinham ameaçado seu dedão durante as laudes. As escápulas de seus donos foram corrigidas com mais vigor que nunca.

Antonin não recebeu nenhum agradecimento. O sacristão, quando cruzava com ele, assumia o ar preocupado de quem está procurando alguma coisa. Um "obrigado", pensava Antonin, era palavra perdida, que devia ter-se afogado em sua memória por absoluta falta de ser pronunciada. Mas, alguns dias depois da cura, o sacristão finalmente demonstrou reconhecimento.

Quando Antonin se dirigia para o adarve, ele o chamou à porta da cozinha e lhe entregou um pacotinho de pano, do qual emanava o cheiro amargo de uma porção de manteiga. Seus dedos ficaram engordurados assim que o recebeu.

— Está rança — explicou o sacristão —, não vai fazer falta a ninguém, e o seu gato não vai ver a diferença.

Nos lábios de Antonin esboçou-se um sorriso, que o ar severo do velho frade desfez de imediato.

A cura do sacristão angariou prestígio para Antonin e consolidou seu papel de médico do convento. Ele passava cada vez mais tempo no jardim dos símplices, cujos aromas tranquilizavam sua alma. O ensinamento do prior Guillaume guiava seus passos. Cada planta, ele aprendera, continha um segredo de cura que um olhar treinado podia ler em sua forma. Durante um de seus passeios diários com ele, Antonin guardara as seguintes palavras:

— Deus faz como os marinheiros. Como as mensagens que eles põem dentro das garrafas antes de dá-las ao mar. Em toda criatura viva, o Pai registra sinais.

— Para nós, padre?

— Sim, Antonin, para nós, para nossa saúde, pois um pai cuida dos filhos. Por exemplo, o salgueiro — explicou Guillaume —, de ramos tão macios e flexíveis, por meio de sua casca fervida, transmitirá o segredo de sua flexibilidade às articulações enrijecidas de nossos velhos frades.

Antonin aprendia assim o ofício de boticário e procurava as plantas que abrandassem tormentos, pois a sombra do inquisidor o acompanhava. Porém, mais que as decocções de valeriana, abrótano e menta, tomadas à noite, era o trabalho no velino que conseguia dissipá-los. As lembranças de Guillaume ocupavam então todo o seu pensamento e expulsavam a angústia. Quando sentia que ela aumentava, ele retornava aos bancos da Sorbonne, aonde a memória do prior o levava de volta.

"Havia clãs e batalhas, contava Guillaume. O povo da Sorbonne era essencialmente composto por gente da Igreja. Mas isso não impedia que lutassem como mercenários. Entre os frades regulares, como eu, e os padres seculares que nos desprezavam, todo aquele pequeno mundo se abençoava com hematomas e galos na cabeça.

"As convicções filosóficas também eram matéria para contusões.

"Visto que o mestre parecia defender as teses dos platônicos, o clã do inquisidor-geral nos apelidava de platitudes, assumindo ares de infinita condescendência. Quanto a eles, não tiravam Aristóteles da boca, filósofo grego que vinha sendo estudado havia menos de um século. Dizia-se que devíamos aos árabes a conservação e a tradução de suas obras. Então os chamávamos 'sarracenos'. Eram frequentes as escaramuças entre 'platitudes' e 'sarracenos' na Sorbonne, e os feixes de palha que serviam de assento voavam pelos andares. Muitas vezes, os bedéis precisavam separar os noviços que se engalfinhavam como os arruaceiros do bairro.

"Étienne estava sempre partindo para a briga. Animado com a minha presença, desafiava os grupos de sarracenos. Arregaçava as mangas da camisa até os cotovelos com a vagareza de uma lesma, a briga começava sem ele, e o pega-pega se dispersava antes que ele entrasse. Voava ao meu socorro quando eu já tinha apanhado e prometia sentar a pua sem dó nem piedade no próximo confronto.

"Animado com esse apoio, eu acabava propondo debates de conciliação a nossos inimigos.

"Os clérigos não eram os únicos que brigavam por convicções filosóficas, defendidas com mais força quanto menos compreendidas eram. Havia também o clã dos leigos que nos intimavam a voltar aos conventos. Desprezavam tudo o que viesse da Igreja e afirmavam que um dia a universidade esmagaria as catedrais. No entanto, seus mestres eram todos clérigos. Cuspiam nos servos de Deus, mas assistiam às suas aulas. Eram como aqueles boticários que vinham aprender o ofício com os frades terapeutas e depois demonstravam desprezo por aqueles ignorantes sem diploma a quem deviam a cultura.

"Rejeitar a religião, aos olhos dos estudantes leigos, garantia certa elevação intelectual. Deus, em Sua enorme sabedoria, achara que não era bom criar a inteligência para seus frades, satisfazendo-se com sua fé. Portanto, competia aos leigos dedicar-se a preencher essa lacuna, coisa de que eles se encarregavam cobrindo-nos de insultos e pancadas.

"Tudo nisso para lhe dizer, Antonin, que ninguém brincava com as ideias nos corredores da Sorbonne.

"Ao cabo de algumas semanas daquele regime que, para minha alegria, me afastava do rigor do convento, acabei por fazer a Étienne a pergunta que me atormentava desde que chegara àquele lugar sagrado:

"'E qual é a diferença entre Aristóteles e Platão?'

"Ele me respondeu com muita precisão:

"'Como é que eu vou saber? Meu pai era magarefe.'

"Nunca me atrevi a interrogar Eckhart sobre o assunto. Nem sobre outros. Afora seu trabalho de escrita, que exigia perfeito silêncio, a maior parte do tempo ele passava mergulhado em seus pensamentos, e falávamos pouco. Mas ele foi informado das brigas de noviços. Um dia, afastando-nos dos cais do Sena para subir pela rua Saint-Jacques em direção à Sorbonne, ele percebeu que eu olhava fixamente para um dos leões esculpidos no portal principal. Eu era tão sensível à arte quanto um asno de peregrino, mas aquele leão era de uma beleza majestosa. Não inspirava medo, guardava a entrada com sua perfeição.

"Embora estivéssemos atrasados, Eckhart arranjou tempo para se deter diante da estátua e, como tinha ficado sabendo de minha pergunta a Étienne, disse:

"'Você queria saber a diferença entre Platão e Aristóteles? Pergunte ao leão. Para esculpi-lo, Platão o buscaria em sua própria cabeça; Aristóteles, na pedra. Um acreditava que a memória contém o modelo de todas as coisas, o outro, que nada pode existir sem a matéria. Platão teria pedido ao artista que copiasse o leão que posava em sua mente; Aristóteles lhe diria que o extraísse do mármore, onde ele estava à espera de sua mão hábil para libertá-lo. Um vai buscar a beleza fora do mundo, o outro a encontra aqui embaixo. Entendeu?'

"Eu tinha decidido não mais responder a essa pergunta.

"Transpusemos as portas da universidade sob o olhar respeitoso do bedel. Quando Eckhart começou a aula, fiquei pensativo. Étienne, ao lado, me observava com a extraordinária inexpressividade de que era capaz. Eu me apressara a lhe transmitir a resposta do mestre. Ele tinha franzido os olhões, como se lhe ocorresse uma ideia, mas ela devia ter escapado antes que ele conseguisse agarrá-la. A impressão era de que a buscava fora de si mesmo, ao longe, aguçando o olhar para distingui-la melhor no horizonte. Não detectando nada, ele me convidou a ir dar uma volta pelos lados das cantinas onde a mãe dele trabalhava, o que nos valia uma sopa extra, quando o humor daquela mulher azeda estava amansado.

"'Eles esculpiam leões? Platão e Aristóteles?', perguntou-me a caminho das cozinhas.

"'Parece que sim', garanti."

Capítulo 17

Marguerite

"'Quem lhe disse que eram feiticeiras?'

"'O noviço do inquisidor', respondeu Étienne com ar indiferente.

"'Não são feiticeiras, são mulheres devotas, chamam-se beguinas.'

"'Em todo caso', continuou Étienne, 'uma o inquisidor-geral se orgulha de ter eliminado. Não faz tanto tempo, foi no ano em que eles começaram a queimar os templários, meu pai me contou, ele viu as fogueiras. Ela se chamava Marguerite, dizia que Deus era amante dela. Uma maluca. Parece que gritou pra chuchu enquanto torrava, mas nem por isso o bem-amado dela apareceu. Isso prova que Deus de vez em quando é meio surdo.'

"Beguinas. Dois dias antes, Eckhart tinha me dito que elas só eram feiticeiras para quem ignorava tudo sobre elas. Suas palavras voltavam à minha mente.

"'É dessas feiticeiras que vamos cuidar, Guillaume, na Alemanha e em Flandres. Vamos partir para Estrasburgo daqui a três dias.'

"Eu não sabia nada sobre elas. Corriam rumores a respeito de leigos que agiam como frades sem o serem de fato. Entre eles, existiam mulheres, muitas vezes viúvas, boas pessoas que se reuniam em comunidade sem proferir votos. Independentes das ordens monásticas, elas agiam como freiras sem clausura, sob a vigilância do bispo. Seus únicos compromissos eram a castidade e a obediência. Morando em pequenas casas agrupadas como beguinaria, cuidavam dos pobres e dos doentes, catequizavam e seguiam tranquilamente seu caminho de prece e meditação. A vida edificante que levavam lhes valia status social e o respeito do povo. Nada de ameaçador parecia poder vir daquelas congregações simples e virtuosas. No entanto, a Ordem Dominicana devia estar temendo sérios perigos para enviar uma figura tão prestigiada como Eckhart para dirigir a instrução delas. As beguinas liam, escreviam, debatiam questões espirituais com total liberdade, tinham portas abertas para o mundo. Acontece que, naquela época, uma onda de heresias percorria a Europa e havia contaminado sobretudo as comunidades dos Países Baixos e da Alemanha."

O prior Guillaume falou com ênfase:

"A liberdade, Antonin, emprestara o nome à grande heresia que fazia a Igreja tremer: o Livre Espírito. Aquelas santas mulheres foram acusadas de propagá-lo.

"As beguinas eram como os franciscanos, punham amor em tudo. Para elas, o amor era suficiente para 'vogar no oceano de Deus', conforme repetiam. A razão devia ficar no porto. Exatamente o contrário do espírito dominicano, que, para vogar em direção a Deus, recorria apenas à inteligência, respeitando a distância de majestade.

"A 'Marguerite' de quem Étienne tinha falado era uma beguina famosa, que havia escrito um livro que você não encontrará nos *scriptoria* dos mosteiros nem nas bibliotecas das universidades. Uma obra em língua vulgar que podia contaminar as mentes despreparadas e invigilantes, livros cujos exemplares foram destruídos pela Inquisição. Todos, salvo alguns que você poderá obter se souber a quem pedir.

"A pobre Marguerite foi queimada com seu livro por causa de uma frase que ela deveria ter pesado. Palavras envenenadas, cheias de uma peçonha mortal, conhecidas por todas as suas irmãs e por nós, dominicanos, que as condenamos: *'Eu sou Deus, pois amor é Deus e Deus é amor... Eu sou Deus por natureza divina.'* Como se podia aceitar tal loucura? Se cada um pode se transformar em Deus por meio do êxtase, de que serve o hábito que usamos? De que serve pregar a boa palavra e confessar os pecados das almas?

"Todos os que defendiam a divinização eram perseguidos. Os adeptos do Livre Espírito que pretendiam a união divina a celebraram na fogueira. Alguns se refugiaram nas beguinarias. Suas ideias perturbaram a mente daquelas santas mulheres que, por sua vez, se tornaram suspeitas e às vezes foram condenadas.

"A Inquisição desfigurou a história ao apresentar aqueles hereges como visionários libertinos que professavam a fornicação. É verdade que alguns deles atravessavam as cidades nus como Adão, declarando que a era da liberdade tinha chegado e que, já unidos a Deus, eles não podiam mais pecar na terra. A união divina os autorizava a seguir seus impulsos, sem remorsos nem culpa. '*Virtudes, eu vos dispenso*', escreveu Marguerite... Mas muitos deles não se comportavam de maneira tão insensata. A Inquisição apagou de seus registros os testemunhos daqueles que praticavam a ascese e a pobreza e rejeitavam os desejos vulgares. Conheci belas almas naqueles homens, mas eles superestimavam o poder de sua fé. Sua visão de mundo era idealista e dava ensejo a todos os desvios. Eles não desconfiavam tanto das fraquezas do corpo quanto nossa santa Igreja. Os mais sábios respeitavam os instintos, desde que fossem naturais e puros."

— Como se reconhece um instinto natural e puro? — perguntou Antonin.

— Porque ele é irresistível. Conta-se que os livros espíritos recomendavam o "martírio branco", incentivando os casais a se deitar nus e enlaçados, combatendo os estímulos naturais do amor. O desejo devia desenvolver-se lentamente, e só se devia ceder a ele no extremo do irresistível. Como vê, tudo isso nos afastava muito da disciplina de nossos conventos.

Antonin meditava no *scriptorium* sobre o martírio branco, e a imagem da rameira lhe voltava à mente. Se ser irresistível garantia a pureza dos desejos, o seu, portanto, não era culpado. O corpo nu da rameira vinha deitar-se toda noite junto ao seu, apesar das preces que ele fazia à Virgem Maria, que não devia se ofender demais, pois lhe deixava todo o espaço em seus pensamentos.

Era evidente que as beguinas tinham desempenhado papel importante na história do prior Guillaume. Antonin não via a hora de saber mais sobre as viagens dele pelas comunidades da Alemanha. Tinha sido em contato com os fugitivos do Livre Espírito que aquelas mulheres haviam descoberto o nome de Eckhart. Nome famoso entre os adeptos da heresia, que compartilhavam seus sermões. Afirmavam que neles achavam os ecos das promessas de deificação nas quais acreditavam.

Antonin não conseguia imaginar o prior Guillaume na descrição de um noviço desajeitado que penava para escrever como uma criança estudiosa. Era mais fácil imaginar o inquisidor gordo na mesma idade. Percebia-se que nada nele havia mudado fundamentalmente. Nele, a dureza garantia a resistência ao tempo. A velhice não se interessava por aquele tipo de homem. Só podia desgastá-los na superfície.

O prior lhe contara um incidente que não tinha relação direta com Eckhart, mas a história tinha por que estar no velino.

"O noviço gordo era detestado por todos, mas em especial pelo clã dos leigos, que execravam a Inquisição, mais ainda que nós. Um dia, montaram uma armadilha para lhe infligir uma humilhação brutal, que nenhum de nossos frades teria ousado imaginar. Três deles o esperavam na saída de uma aula, no fundo de um corredor escuro. Usavam cogulas,* pois todos o temiam. Eu tinha deixado o anfiteatro pouco depois da saída dele. Os leigos o tinham empurrado contra uma parede e forçado a ajoelhar-se no chão. Os frades que me acompanhavam fizeram de conta que não viam nada e continuaram seu caminho.

"Na época, eu não era uma pessoa muito corajosa. A peste ainda não tinha destruído todas as minhas covardias, mas eu fizera voto de não abandonar ninguém. Os três leigos não queriam lhe fazer nenhum mal físico, só vergar sua arrogância com um ultraje que correria toda a universidade. Um

---

* Túnica larga dos frades, com capuz. (*N. da T.*)

deles carregava um saco feito de pano de burel, escurecido por manchas úmidas, parecendo pesado. Um fedor de imundície pairava no ar. O saco continha uma cabeça de porca cortada no pescoço, com o crânio esvaziado. O leigo a retirou de lá de dentro com os dedos enfiados nas ventas cheias de sangue. Enquanto os outros dois agarravam o noviço pela cintura, o do saco levantava a cabeça cortada para com ela coroar sua vítima.

"Eu não podia deixar que fizessem aquilo. Mas tinha amor à pele. Para fazê-los fugir, comecei a berrar fogo como um possesso. Com meu grito, eles pararam. Os bedéis chegaram correndo, e os professores saíram das salas. Os três leigos então fugiram, largando o saco, e a cabeça rolou até meus pés, cobrindo meus sapatos com sua podridão.

"Aproximei-me do noviço gordo, que estava se levantando, com um ar espantosamente calmo. Não pegou a mão que eu lhe estendia para ajudá-lo e, ajustando o hábito, disse-me com um sorriso estranho:

"'Eu bem sabia que você não vinha das montanhas.'"

A noite começava. O *scriptorium* estava deserto. As vésperas logo soariam.

Antonin folheava as últimas páginas de seu caderno e revivia a partida para a Alemanha e o adeus a Étienne, que o prior lhe contara.

"No fim da última aula de Eckhart no grande anfiteatro, Étienne me esperava no pátio, com aparência ainda mais abatida que de costume, cabeça enfiada nos ombros e olhos brilhantes. Seu aspecto era tão lastimável que me preocupei.

"'Está doente?'

"'Não', respondeu, inclinando os lábios.

"'E aí, você não parece...'

"'Não, está tudo bem.'

"Eu sabia perfeitamente o que se passava no coração dele.

"'Vou voltar', prometi com amizade.

"'Eu sei, mas...', murmurou.

"'Diga.'

"'Você vai ficar mais inteligente.'

"'E daí?'

"'Daí nada', disse, abaixando a cabeça.

"Eu lhe estendi a mão. Ele hesitou até estender a sua, pois o gesto era raro. Esperei sem impaciência que os dedos dele se soltassem para me libertar, olhando-os desdobrar-se lentamente, um a um, como lagartos entorpecidos. Naquele dia nos separamos com emoção, mas eu tinha certeza de que o reveria. Eckhart gostava de Paris. E seu magistério tivera tanta repercussão que a cátedra de teologia sem dúvida lhe seria oferecida uma segunda vez, como a Tomás de Aquino, o único que recebera essa honra.

"Na noite da partida, ao me voltar para meu amigo, que acenava diante do pórtico da Sorbonne, vi suas faces úmidas. Étienne chorava.

"As lágrimas dele corriam mais devagar que as minhas."

Antonin devaneava. Tinha deixado a imagem de Étienne descansar em seus cadernos. Sabia que ele não tinha espaço no velino. Gostaria que tivesse. Teria sido fácil insinuar sua lembrança no ornamento de uma página, mas o prior não queria nenhuma iluminura. Alguns manuscritos do *scriptorium* tinham sido ilustrados por um frade de outra época que dominava a arte do desenho. Seu talento morrera com ele sem deixar herdeiro. Dizia-se que ele reproduzia os céus noturnos como ninguém. Antonin lhe pediria que acrescentasse uma estrelinha de cera no céu da Sorbonne.

Capítulo 18

Desprendimento

Depois da última conversa, o prior entregara a Antonin um pergaminho em que estavam registradas as datas das viagens de Eckhart, os títulos e os temas gerais de suas aulas dadas em Paris, os nomes dos professores que o haviam assistido e as honras recebidas. Revelara que em 1310 Eckhart assistira à punição da beguina Marguerite Porete na praça de Grève e que nunca tinha esquecido o horror daquela fogueira cujas chamas os dominicanos benziam. Mas o prior não queria se demorar num passado que não tinha vivido com ele. Era na intimidade do mestre que o velino devia ser construído.

Guillaume estava satisfeito com o trabalho de seu secretário e com o seu ardor na tarefa. Quando o ditado chegava ao fim, Antonin sempre insistia em conhecer a continuação da história, e, apesar do cansaço, o prior não opunha resistência por muito tempo. Percebia-se que aquele período de sua vida tinha sido feliz e que lembrá-lo o repousava.

"A viagem para Estrasburgo foi o tempo mais agradável de minha juventude. Durou duas semanas completas. Duas semanas, sozinho com o mestre, cujo humor melhorava à medida que nos afastávamos da Sorbonne. Longe do trabalho que exigia a preparação de aulas, longe dos deveres impostos por suas funções, ele reencontrava o sentido da vida. A primavera nos acompanhava, e sua excepcional clemência enchia de flores as estradas do Leste, em geral tão árduas. Eckhart se abria para o mundo e para mim.

"Parava para desfrutar os perfumes e prolongava longas pausas diante das paisagens. Não exigia nenhuma prece, nenhum ritual. Pedia-me que deixasse a natureza agir, que a deixasse orar por nós e pelo mundo, pois sua beleza era ação de graça. Era a primeira lição do mestre, Antonin, enxergar na natureza uma ação de Deus.

"Seu rosto se descontraía. Seu corpo se tornava flexível. Ele andava depressa, muitas vezes bem à minha frente, e só parava depois de súplicas extremas de minha parte. Tudo nos sorria, e nós participávamos da alegria das coisas. Ah, Antonin — disse o prior com exaltação —, como o mundo às vezes pode ser deslumbrante! Feliz o coração daquele que se deslumbrou, por um único e curto instante, o tempo de um furtivo despertar da consciência.

"O mestre me ensinava com mais calor. Efeito da bela primavera, sem dúvida, que tornava as coisas fraternas. Que importava nossa diferença de idade e valor? Estabelecia-se uma nova confiança. Eu já não era o noviço ao pé da estátua, eu era Guillaume. Eu existia perto daquele homem sobre-humano. Eckhart era capaz disso; ele, que podia nos esmagar com um olhar, também sabia nos fazer ser nós mesmos. Tudo o que ele me ensinou naquelas estradas ficou gravado no meu coração. No meu coração, Antonin, tal como as beguinas tinham dito.

"'Qual é o objetivo da existência terrena, Guillaume?', perguntou-me.

"'A felicidade.'

"'Claro, mas que felicidade? Saúde, bom humor, paz interior, conforto para você e os seus?'

"'Não vejo nada mais desejável.'

"'Não? Então, por que aqueles que obtêm essas coisas desejam mais? Se a realização do desejo não exigisse nada além de seus limites, de que serviria essa força que em nós nunca se aplaca? Não, Guillaume, nosso desejo é feito para Deus, porque é infinito.'

"'Então todos os homens deveriam se tornar frades?'

"'Todos os homens deveriam se tornar transeuntes. Nada na terra deveria detê-los.'

"'Basta desejar Deus?'

"'Desejar unir-se a Deus.'

"Estava aí a fonte do ensinamento de Eckhart. Sua vida intelectual foi dedicada apenas à questão da união a Deus. Como a obter e o que ela nos prometia, nada a ver com os delírios do Livre Espírito. Eu ainda tinha muito que aprender. Os mestres parisienses julgavam seu ensino impenetrável demais. De que modo eu, simples noviço, poderia pretender entender o mínimo que fosse? No entanto, algumas palavras de Eckhart nos atravessavam como relâmpagos de sentido, deixando um rastro ardente que até as mentes menos preparadas podiam sentir.

"Na última noite daquela viagem, antes de entrarmos em terras renanas, ele me falou do desprendimento.

"O fogo nos envolvia, ou talvez tudo se devesse àquela noite ou às lembranças que ela despertava. Você vai ver, Antonin — murmurou o prior subitamente pensativo —, as lembranças têm braços. Para nos enlaçar como os de uma mãe benevolente e aquecer nosso coração ou então apertar nossa garganta para sufocar nossa sede de viver.

"Eckhart estava feliz. A viagem tinha sido tão tranquila. Nós nos sentíamos hóspedes do mundo, protegidos de todas as vicissitudes. A natureza era responsável por nós. E, sob sua proteção, nenhuma angústia tinha poder.

"Um camponês nos dera um frango em troca de uma bênção, e, para minha surpresa, o mestre o aceitara. Você conhece o rigor de nossa ordem quanto à proibição absoluta de ingerir carne. Durante meu noviciado, minha boca nunca tinha sentido o seu gosto. A abstinência devia ser total, mas, aos noviços que davam mostras de capacidades intelectuais e ardor na leitura, permitia-se comer frango na única refeição da noite. Desse modo, muitos frades descobriam que tinham grande paixão pelos livros. Uma página por uma coxa...

"Eckhart ria dessas coisas. Segundo ele, muitos intelectuais reconhecidos tinham enchido o cérebro para encher a pança. E o saber deles devia muito às aves que, antes de terem o pescoço torcido, passavam o tempo esgaravatando esterco.

"Ele era de uma frugalidade exemplar. Às vezes eu sentia saudade das magras refeições do convento, quando compartilhávamos sopas transparentes, algumas hortaliças de tempos recuados e pão endurecido. A frugalidade dominicana era um mandamento. O grande jejum, observado de setembro à Páscoa, era escrupulosamente respeitado, às vezes até a morte. E a proibição parecia justa. Adão, antes da culpa, não comia carne de animal nenhum. A ingestão de carne, portanto, era a marca da queda e do pecado. Mas Eckhart desconfiava dos jejuns e dos castigos que os frades se impunham. O sofrimento frequentemente beirava a vaidade. Em seus sermões, ele prevenia contra 'o orgulho dos coitadinhos', que se transviavam em seu caminho de sofrimento.

"Eu acatava de boa vontade seu julgamento, preparando o frango e vendo-o, maravilhado, grelhar sobre o fogo. O destino daquela pobre ave feria minha sensibilidade cristã, na época cheia de frescor, mas a Escritura dizia que a morte dos deserdados levava à riqueza eterna. Portanto, eu comia, sem previsão de confissão.

"Eckhart me olhava com benevolência. Mal tinha tocado os bocados de seu prato. Minha impressão era de que ele se saciava com a minha satisfação. Não montamos tenda naquela noite. Era lua cheia. Tínhamos parado nas proximidades de Frankenthal, perto de uma lagoa de águas negras. Atravessávamos as colinas de Vosges, desfiladeiros de altura humana; em breve, a planície da Alsácia se abriria diante de nós até o Reno. Estrasburgo nos esperava daí a um dia de caminhada. Tínhamos chegado, os perigos da viagem haviam ficado para trás, eu alimentava o fogo, e Eckhart contemplava as estrelas.

"'Você reza, Guillaume?'

"'Todo dia', respondi.

"'Por que reza?'

"'Por meus pais e meus confrades, por minha saúde, pelo perdão dos pecadores. Para que Deus me dê sabedoria e paz.'

"Eckhart silenciava. Sua pergunta me perturbava. A prece era o primeiro dever do frade. Talvez eu não tivesse respondido como devia. Ousei interrogá-lo:

"'E o senhor, mestre, por que reza?'

"Sua resposta me impressionou.

"'Rezo para que Deus não me dê nada. É isso que se deve esperar, Guillaume. Se Deus der coisa nenhuma, dará o preço justo da prece.'

"Desconcertado, continuei:

"'Então não adianta nada rezar?'

"'Eu não disse isso. Quando você pede alguma coisa a Deus, o que acha que está fazendo? Lembrando a Ele o seu dever para com você? Incitando-O a lhe oferecer proteção? Ninguém pode incitar o céu a seja lá o que for. Sua voz, ainda que alcançasse o infinito, não imporia obediência aos anjos. Deus não é como um rei que distribui benevolência e pode ser comovido ou seduzido. Deus não tem coração, Ele tem seu próprio modo de ser.'

"Eu sabia que as palavras de Eckhart muitas vezes eram provocativas. Os sermões que eu tinha ouvido continham fórmulas que chocavam pela ousadia. Um dia, ele declarou que Deus não era bom. Que a bondade não era um atributo do Altíssimo, pois ele não possuía nenhum atributo. As qualidades diziam respeito às criaturas, não ao Criador. Também era falso dizer que Deus era bom, ruim, justo ou injusto.

"'Você pode dizer que é melhor que Deus, que tem um intelecto mais perspicaz; pode dizer que Deus não lhe chega aos calcanhares, e estará dizendo tão pouco como quando o louva. Pode dizer que Ele é infinito ou que é do tamanho de uma mosca, Deus não é nada do que você puder dizer. Então, é melhor dizer que Deus não é nada. Ou dizer o que Ele não é, em vez do que Ele é no horizonte de nossa débil inteligência. A partir do momento que fala de Deus, que O qualifica, você O faz existir como uma criatura. E é disso que devemos nos separar. Do Deus criatura.'

"Eu não compreendia como poderia enxergar Deus de outra maneira. Precisava ver alguma coisa que acolhesse minhas preces. Precisava que Deus, apesar da onipotência, fosse um ser vivo para falar comigo, para que meu amor pudesse se comunicar com o d'Ele. Mas Eckhart não concebia as coisas desse modo. Para ele, a criação nos separava de Deus, e a distância de majestade era intransponível no mundo material. A união só podia ocorrer numa forma puramente espiritual, alcançando o pensamento de Deus e o lugar que n'Ele ocupemos eternamente.

"'Se quiser ser semelhante a Deus, Guillaume, será preciso voltar no tempo.'

"'Até o nascimento?'

"'Antes ainda.'

"Eu não entendia como seria possível voltar mais ainda no tempo e observei:

"'Antes do nascimento, ainda não somos, mestre.'

"'Ainda não criaturas', disse Eckhart.

"Não pude me abster de murmurar uma frase em voz baixa. Ele a ouviu e me pediu que repetisse em voz alta. Eu quis esconder meu constrangimento e ia fazer penitência, mas seu tom apaziguador me tranquilizou.

"'Repita essas palavras para mim, Guillaume.'

"'Enquanto não somos criados, não somos nada', repeti hesitante.

"O olhar de Eckhart se iluminou. Eu não sabia que estávamos chegando ao cerne do que ele queria revelar.

"'Quando o escultor concebe sua obra antes de começar a talhar a pedra, essa obra não é nada?'

"'Ela é no pensamento dele.'

"'Como vê, Guillaume, 'ela é', você mesmo disse. E é aí que começa a história de nossa semelhança com Deus, quando estamos no pensamento d'Ele, ainda não criados no mundo. Aí...', e ele apontava minha testa, 'e somente aí! Apenas em forma puramente espiritual podemos nos unir a Ele, pois Deus é espírito. Se quiser ser da mesma natureza do espírito, torne-se pensamento. Torne-se 'ideia de homem', e então não haverá nenhuma diferença entre o que pensa e o que é pensado. Nenhuma diferença, Guillaume, entre aquele que pensa e aquele que é pensado.

"Étienne teria franzido os olhos para avistar, no horizonte, a ausência de claridade. E, para dizer a verdade, eu tampouco enxergava grande coisa. Mas não insistia, sabendo que o mestre se irritava quando seus ouvintes se perdiam. 'Que quem puder compreender compreenda', dizia. 'Azar dos vencidos.'"

O prior suspirou demoradamente, e um sorriso surgiu em seus lábios. Antonin relia com dificuldade as últimas palavras que registrara no caderno, arregalando os olhos, como se a escuridão da sala do capítulo tivesse se tornado mais profunda. O sacristão adormecera em sua cadeira.

"Naquela época, eu estava bem longe dessas sutilezas teológicas. Pensava mais em viagens do que em união a Deus. Queria deixar este continente frio e atravessar a Ásia como missionário, para converter povoações distantes. Entre um lugar no pensamento de Deus ou na tripulação de um navio, teria escolhido a tripulação.

"Além disso, será que o sentido da vida era mesmo querer se unir a Deus? Será que seu sentido não seria mais o de vivê-la o melhor possível, à altura da criatura finita e imperfeita?

"Para Eckhart, essa pergunta só era feita por espíritos sem grandeza. Dizia: 'Está escrito que Deus fez o homem à sua imagem, não à dos animais que nos acompanham, não à da minhoca que vive sua vida ao abrigo da luz do dia. A altura da criatura é a altura do verme.'

"Eu sabia que aquelas palavras eram perigosas. Soavam diabolicamente. Sua louca ambição de união a Deus me parecia abrir-lhe as portas do inferno, e eu rezava todo dia pela salvação de sua alma. E da minha, que convivia tão de perto. Em Paris, o prior amigo do convento dos jacobinos, onde ele residia, havia lhe aconselhado moderação, mas Eckhart não ouvia ninguém, e nossa permanência na Alemanha agravou as suspeitas a seu respeito. Diante das beguinas que visitávamos, ele esquecia a prudência. Fazia com paixão sermões fulminantes que mergulhavam no êxtase aquelas mulheres e na desconfiança as autoridades.

"Na noite em que convivíamos como dois frades em peregrinação, minhas perguntas não o faziam perder a paciência. Naquele momento, eu poderia ter obtido muito mais luz, mas voltava à questão da prece.

"'E se eu pedir muito pouco a Deus?'

"'Será demais', respondeu. 'Deus só vem se encontra um lugar sem desejo. Um espaço absolutamente livre onde possa realizar seu nascimento. Os primeiros frades eram desbravadores. Abateram árvores, arrancaram moitas para erguerem mosteiros. Aquele que conseguir desbravar a si mesmo, até a mais minúscula erva de desejo, trará Deus até si.'

"'Ninguém consegue fazer isso.'

"Eckhart me repreendeu com calma.

"'O que os alquimistas fazem no laboratório, Guillaume?'

"'Transformam chumbo em ouro.'

"'Isso. Mas o que é o chumbo? O que é o ouro? Metal do qual seria possível extrair algumas moedas? Não. A alquimia é um caminho espiritual. O chumbo é o homem miserável que nós somos quando vivemos de acordo com os desejos terrenos. O ouro é o homem espiritual, enriquecido de Deus. E a pedra filosofal que transforma um no outro se chama desprendimento. Quando você tiver abandonado a vontade de obter alguma coisa, terá subido o primeiro degrau do desprendimento.'

"'Desprendimento'... Eu gostava dessa palavra, cujo sentido nunca esgotei. Quando Eckhart a pronunciava, parecia-me atingir certo repouso. Eu a repetia com frequência para mim mesmo, sem saber com precisão que caminho ela devia tomar para tocar meu coração. Mas pouco me importava, essa palavra desenrolava o fio que me ligava à mais alta meta possível: o pensamento de Deus.

"Essas são, Antonin, as palavras do mestre tais como pronunciadas por ele.

"Elas ficaram escritas em minha memória. São os vestígios do tempo em que eu ainda o amava.

"Na época, ele era um homem maduro. Eu não sabia a idade dele, mas havia passado dos 50. Era vigoroso, e seu porte não era de um homem cansado. Na verdade, nele havia um misto de juventude e velhice, e seu humor fazia a balança pender para uma ou para outra. Quando seu humor estava sombrio, ele parecia um velho, seu passo se tornava mais lento, e a fala, hesitante. Quando se aclarava, sua juventude reemergia. Foi no ambiente das beguinas que seu humor se mostrou mais luminoso. Sentado a seu lado, eu às vezes voltava a respirar o ar de nossa viagem da primavera. As beguinas, em suas obras, tão finas e delicadas, transitavam ao nosso redor. E, no ar que deslocavam, sentíamos sua marca pura e afetuosa. Eckhart gostava da companhia das mulheres. Ele não escondia ser sensível à beleza e à graça delas.

"'Olhe como andam', dizia-me, 'parecem vento.'

"Como a paz parecia advir da contemplação das mulheres, na passagem das mais graciosas, o que era verdadeira fonte de enlevo, perguntei:

"'Desprendimento é isso?'

"'Não, Guillaume, isso não é desprendimento', respondia Eckhart sorrindo."

Capítulo 19
Robert pregava

Antonin trabalhava dia e noite. Nunca a labuta lhe parecera mais fértil. As palavras de Eckhart cintilavam como as letras de ouro que o prior proibia no velino.

"Ele será iluminado de couro", dizia; "o que nele será escrito tornará o ouro inútil." Antonin se esforçava por só pensar no livro, mas a consciência do destino injusto que oprimia Robert e a visão de seu confrade apodrecendo no calabouço destruíam seu ardor. O que ele estaria sentindo agora? Que dor estaria padecendo?

Eckhart não apagava a imagem dele. Pelo contrário. Na mente de Antonin, Eckhart e Robert estavam ligados. O mestre e o amigo habitavam seus pensamentos. Eckhart puxava Robert. Robert puxava Eckhart. Caminhavam juntos, unidos por uma mesma força de existência. Mas Robert estava vivo, e Eckhart não passava de sombra na memória de Guillaume. Para se juntar a Robert, bastava-lhe fechar os olhos e transpor a distância que o separava da casa Seilhan. O que estaria fazendo àquela hora? Antonin não sabia e só pensava em fazê-lo sentir sua presença.

Robert pregava às baratas.

Ensinava-lhes a verdade de Cristo, missão de todos os dominicanos.

"Verdade", repetia Robert, em voz alta, como lhe era ordenado nos primeiros tempos de noviciado, quando nenhuma prece entrava em sua cabeça. Rosários de "Verdade", que ele devia repetir em sua cela, enquanto os outros recitavam salmos.

A verdade era o Evangelho de Cristo. Mas Robert não tinha aberto o livro. O Evangelho estava escrito em seu coração, sem ele saber que as palavras que ali se encontravam eram as mesmas das páginas sagradas que Antonin lia tão bem. E ele as havia pregado, à sua maneira, em centenas de léguas através do Languedoc.

Para ele, o prior enchera um caderno de pregação, cujas folhas guardavam bem o perfume do toicinho defumado que entre elas ele escondia. Robert não tinha necessidade das palavras dos outros. Um dominicano podia pregar sem elas. Domingos, seu santo fundador, era considerado um orador lastimável, que tartamudeava sermões. A pregação era a fé que se mostrava, não as palavras que se pronunciavam. Robert pregava com o corpo ofertado ao povo, meio descoberto nos frios do inverno, com sua magreza de mendigo que não estendia a mão a ninguém e as cicatrizes de sua vida errante. Tinha sofrido nas estradas, sofrido nas florestas, sofrido nas cidades, nos confins dos quarteirões de miséria e revolta, para levar aquele sofrimento ao coração de todos os homens sem Deus. Era aquele sofrimento que ele pregava, a verdade, a humildade, a pobreza, a humanidade de Cristo. E nada o detinha nos caminhos de Cristo. Podia andar noites inteiras, deixando seus companheiros esgotados, acelerando o passo quando os sentia fraquejar. Antonin era o único por quem ele consentia em andar mais devagar.

Não teria conseguido viver encerrado na clausura de um mosteiro. Os frades dominicanos agiam no mundo, pelo mundo. Robert não era um monge, pois tinha escolhido a ação. Um monge teria suportado a crueldade do muro estreito com mais facilidade do que um frade que passava a vida em liberdade, pelos caminhos. Por essa razão, ele havia decidido abandonar a lembrança de quem tinha sido, pois aquele homem que só respirava bem o ar das florestas ficaria louco entre as pedras de sua prisão.

Portanto, Robert tinha optado por se tornar barata e pregar a suas buliçosas irmãs. Tomava cuidado para não as esmagar naquele buraco que elas tinham adotado como toca, oferecia-lhes as migalhas de suas refeições e as deixava correr por seu corpo, mesa livre para os bichos. As baratas se alimentavam de tudo: pano, couro, sangue, excrementos. Tudo era alimento, e elas se entredevoravam quando a fome as forçava a tanto. Mas Robert velava pelo respeito aos mandamentos e as separava quando se agrediam mutuamente. Nas horas de pregação, ele se aproximava de seus ninhos postos no chão, rastejando como elas em suas patas espinhentas. Seus corpos vivos ou mortos formavam montículos que abrigavam seus ovos, e as colônias agitavam-se ao redor. Para se fazer ouvir, ele prendia as mais gordas na concavidade de sua tigela e, para torná-las solitárias e atentas à sua palavra, arrancava-lhes as antenas, que as ajudavam a reconhecer-se.

"A palavra e o exemplo", ensinavam-lhe no convento. Às suas semelhantes, rastejando entre as pedras, ele pregava seu exemplo de barata humana.

"O bem se difunde por si mesmo", proclamava a regra dominicana. Que as baratas recebessem o bem de Robert, pois abençoar as mais miseráveis criaturas de Deus era louvá-Lo. Assim se aplicava a máxima da ordem: "Louvar, abençoar, pregar."

Pouco importava que ele precisasse prescindir dos homens. Um mestre havia declarado que a verdade devia ser buscada na brandura da fraternidade. A fraternidade de Robert agora passaria àquelas criaturas infectas que ele alimentava com sua carne e sua palavra. E, do fundo das trevas, ele lançava suas bênçãos aos insetos do mundo.

Sem dúvida nenhuma, no coração dos Evangelhos devia existir um versículo para o perdão a todas as criaturas. Essas palavras universais deviam ter sido escritas, repetia Robert, e, se elas não soubessem onde as ler, Antonin saberia achar para ele o versículo do perdão aos seres vivos mais desprezíveis. O versículo das baratas.

Ele se lembrava do tempo de seus deveres feitos juntos no banco do *scriptorium* de Verfeil, daquelas horas de amizade em que seu confrade escrevia por dois. As palavras de Deus eram tão duras de copiar e tão duras de encontrar nos capítulos do Evangelho designados por números pelo prior. Dizia-se que aquela era a maneira de facilitar a peregrinação pelos caminhos da Escritura.

Robert tropeçava a cada passo.

— Procure como se fosse pão — aconselhava Antonin, pois ninguém era melhor para encontrar a comida que escondiam deles na cozinha.

Ele procurava, contando as palavras como um escolar, chegando a comover o coração de seu companheiro, que lhe tomava o dedo e o fazia deslizar até a linha correta.

Os apelidos que o sacristão dava a cada frade eram certeiros: Robert, o Resistente; Antonin, o Sensato. Os músculos de Robert esqueciam os esforços; a cabeça de Antonin guardava as coisas. "Você tem uma memória de velho", dizia Robert ao companheiro, que o corrigia: "Os velhos esquecem tudo." Mas, para Robert, a velhice começava aos 30 anos. A juventude não tinha necessidade de lembranças. Vivia o dia, as sensações do momento, despreocupada do amanhã. A memória armazenava, anunciava os fins futuros e certificava a idade.

Robert agarrou o corpo gordo de uma barata que corria sobre seu peito e o colocou na tigela, pondo a palma da mão sobre ela como tampa.

— Um homem deu uma grande ceia — começou, pronunciando cada palavra com cuidado, para ser bem ouvido pela discípula. — No dia da ceia, mandou seu servo dizer aos convidados: "*Vinde, tudo já está preparado*"; mas os que tinham sido convidados recusaram-se a segui-lo escusando-se com pretextos fúteis. Então o senhor disse ao servo: "*Sai pelos caminhos e atalhos e obriga todos a entrar, para que a minha casa se encha.*"*

"Obriga todos a entrar!", repetia Robert, libertando suas baratas, que fugiam para as paredes. Ele as agarrava nas frinchas onde tinham encontrado refúgio e as reunia em seus buracos, para que transmitissem a mensagem de Cristo às suas semelhantes. As que, mesmo assim, escapavam às vezes o faziam perder a paciência, e ele, encolerizado, esmagava

---

* *Lucas*, 14, 17, e 14, 23.

alguma entre os dedos. Então chorava pelo sangue das baratas e pedia perdão a Deus.

"Obriga todos a entrar!" também era o comando dos mestres dominicanos a seus alunos. A ordem encontrara razão de ser nesse trecho venerado que resumia sua missão. Essas palavras sagradas tinham ficado gravadas na cabeça de Robert, sem a necessidade das cajadadas de todos os sacristãos que o haviam castigado desde o noviciado para lhe ensinarem o Evangelho. As palavras de Cristo tinham deixado hematomas em suas costas.

Dizia-se que Domingos se ajoelhava várias vezes durante as preces, e, como ele, Robert se ajoelhava o tempo todo. A pele de seus joelhos estava esfolada e coberta de crostas, mas as pequenas dores de seu corpo se diluíam no restante de seus sofrimentos.

Domingos abria totalmente os braços quando pregava aos ímpios, avançando ao encontro deles como uma cruz viva. O muro estreito não permitia abrir bem os braços para as baratas, então Robert apenas levantava os cotovelos, com as mãos torcidas diante do rosto, como um estropiado.

Seu raciocínio vacilava. Ele via círios de chamas frias acender-se e desenhar um círculo em torno de seu corpo, como numa cripta. Quando descobria seu cadáver no meio dos círios gelados, o horror à morte mostrava-se por inteiro à sua consciência e o lançava contra as pedras do muro.

O luto de si mesmo... Para isso servia a vida. Robert sabia, mas não conseguia aceitar. Queria voltar aos caminhos de pregação, à mordida das auroras brancas que o tirava das noites assombradas nos bosques e nos campos onde o cansaço o fincara, à rude cela do convento onde ele fazia penitência. Não tinha saudade da doçura da vida, e sim da dolorosa carícia de suas garras. Mas aquilo já não existia. Amanhã, como todo dia, o oblato lhe estenderia o pergaminho para a assinatura de suas confissões, e sua recusa abriria a porta para a leprosa.

Ele cochilava nas trevas do muro estreito, e seus despertares eram sempre incompletos. Aquele meio sono era o pior sofrimento. Ele rezava para que a fé viesse, como a manhã, tirá-lo daqueles limbos e dar-lhe, em troca daquele sono inconstante, alguma coisa dura e resistente, um chão no qual se apoiar...

"Antonin virá", repetia, mas o que podia fazer Antonin diante do monstro da Inquisição? "Antonin virá." Como tinha ido, a seu lado, enfrentar as pedras dos hereges. A amizade dos dois datava daquele dia. Faziam então uma pregação na região de Albi. Tinham ouvido falar de uma aldeia que apedrejava os pregadores, um povoado perto de Lombers inteiramente incendiado no século anterior, quando da cruzada contra os albigenses. Suas casas eram habitadas pelos netos dos ímpios que os cruzados tinham trucidado. Nenhum pregador se aventurava a ir lá. O ódio aos soldados de Cristo ainda vigia vigorosamente. Robert tinha decidido ir, e Antonin o seguira. A coragem dos dois rapazes, avançando em direção às pedras, com os braços abertos como crucificados, sem que o sangue dos ferimentos os fizesse recuar, pusera de joelhos os descendentes dos cátaros. A amizade dos dois, pensava Robert, era dura como as pedras de Lombers.

"Antonin virá."

Capítulo 20

Estrasburgo

"O ano seguinte foi ardente e cansativo. Residíamos no convento Santa Cruz de Estrasburgo, porém seria mais exato dizer que morávamos nas estradas."

Antonin tinha se reunido a Guillaume na sala do capítulo. Sua cópia em velino fora elogiada. O sacristão não havia conseguido evitar a expressão de admiração diante da página que lhe era mostrada. As letras estavam gravadas com perfeição. A harmonia de suas curvas e a profundidade dos pretos tratados com caparrosa valiam todas as iluminuras. O prior corrigiu o único arabesco que Antonin se permitira sobre a palavra que lhe era mais cara: desprendimento.

— Não enfeite as palavras, Antonin, principalmente as que são feitas para a nudez.

A qualidade da cópia era uma boa coisa não só para a apresentação do texto mas também por si mesma. Ela lhe dava confiança para retroceder com mais liberdade no curso de suas lembranças.

"A tarefa de que a ordem incumbira Eckhart era considerável. Ele tinha sido nomeado vigário-geral. Respondia pela condução espiritual e administrativa das províncias. Estas abrangiam a parte sul da Alemanha, a Teutônia, que englobava a Alsácia, a Suábia, a Baviera e o Brabante. Um vasto território que se estendia de Antuérpia a Viena, onde se contavam quarenta e oito conventos.

"Estrasburgo era o ponto central.

"Inúmeras cartas deviam ser enviadas para o julgamento dos problemas de direito eclesiástico, de conflitos entre as ordens, entre as dioceses e seus bispos, entre as paróquias e seus padres, além da administração do tesouro por ser distribuído entre as regiões. As visitas dos emissários eram diárias. A isso se somavam os deveres acadêmicos. Nossas noites eram curtas.

"Santa Cruz ficava no coração da cidade, ao longo da muralha romana. Naquela época, o convento ainda estava em construção. Disputava com a catedral o título de maior edifício religioso da região. As ricas doações tinham possibilitado realizar obras suntuosas que faziam dele uma espécie de catedral dominicana, tornando-o mais vasto que a maioria das catedrais que se espalhavam pela Europa.

"Para o jovem que era eu, a cidade se mostrava vibrante.

"Lá eu reencontrava a energia da Sorbonne e seus combates. Nas ruas, havia lutas diárias entre artesãos, burgueses e nobres pelos primeiros lugares no conselho. Na Alemanha soprava um vento de energia guerreira. Todos queriam briga, e os clérigos não eram exceção. Nossa igreja era um campo de batalha. Os padres detestavam os frades, que se desprezavam mutuamente. O papa ia excomungar o imperador eleito contra a sua vontade. Os franciscanos, fiéis ao imperador, conspiravam contra os dominicanos, fiéis ao papa. O interdito lançado contra a Alemanha fechava as portas das igrejas. Nada de missa, nada de sacramentos, e heresias brotando por toda parte. Acendiam-se fogueiras por toda a região. Queimava-se gente por uma palavra, por um livro. Perseguiam-se judeus, begardos,* feiticeiros. A cada dia, tinha-se uma messe de energia pujante e sombria. O mundo troava sob aquelas correntes contrárias que se entrechocavam."

---

* Adeptos do Livre Espírito.

— Ah, como essas lembranças põem a bater meu coração, caro Antonin! Você, que só conheceu a paz de Verfeil, não imagina como era bom viver aquela juventude guerreira e como tenho saudade de sua seiva vermelha.

"Os anos que vão de 1314 a 1323 são as fronteiras desse tempo. Viajávamos. A regra da ordem proibia o uso de cavalos ou carroças aos frades itinerantes. Portanto, era a pé que percorríamos os caminhos. Sem nos poupar, de um convento a outro. Nunca dormíamos duas noites seguidas na mesma cama. As horas corriam depressa, e eu me sentia feliz. O mestre, porém, havia recobrado seu comportamento da Sorbonne. Nossa amizade da primavera tinha ficado atracada às margens do Reno, Eckhart não permitira que ela embarcasse conosco. Mas eu me contentava com o que tinha. A vida era suficientemente intensa. Eu era jovem, desconhecia o cansaço. Às vezes me preocupava por ele, pois com frequência os esforços ultrapassavam os limites de nosso corpo. No entanto, não tenho lembrança da menor queixa, e ele nunca ficava doente. Conhecia o poder das plantas e das matérias sutis. Contava-se que tinha sido iniciado por alquimistas em Paris. Ele conhecia segredos da medicina. Eu era mantido à parte dessas questões e ignorava tudo de seu saber, mas tamanho era o seu desprezo aos médicos das faculdades que me parecia indubitável ser ele habitado por uma ciência superior. Ele não acreditava na teoria dos humores e repetia que os médicos deveriam passar por sangrias e purgativos antes de receberem o diploma, para perderem o gosto por ações inúteis.

"Para ele, a saúde não morava em nós, mas pertencia aos metais e às plantas, de onde era preciso extraí-la. Ninguém curava sozinho. A natureza continha em si todas as respostas para nossos males, que ela não queria esconder, mas nos murmurava baixinho. Curar era dar-lhe ouvido. Para a mente que soubesse escutá-la, todos os segredos de cura seriam revelados.

"Os périplos pelas estradas eram provações terríveis naquele clima chuvoso que as enlameava e sob a ameaça dos salteadores que estripavam viajantes por um pedaço de pão.

"Mas nós tínhamos uma missão, a ordem pedira ao mestre que cuidasse prioritariamente da disciplina dos conventos de mulheres. Rumores de grave relaxamento chegavam a Avignon. Não eram falsos. Eckhart decidiu dedicar-se ao assunto já nos primeiros meses de seu vicariato. Acredito que ele não tinha dimensionado a dificuldade da tarefa.

"Os conventos da Teutônia não estavam cheios de mendicantes. As freiras eram filhas de famílias nobres cujos pais pagavam a confortável subsistência. O ingresso dependia de uma doação de 80 libras, o que limitava o recrutamento à aristocracia. As demandas eram tão numerosas quanto eram raras as vocações. A alta natalidade aumentara as famílias, e, para as mulheres que cresciam sem esperança de casamento terreno, era imposto, à revelia, o casamento com Deus.

"Nós despendíamos uma energia imensa naqueles lugares desertados pela humildade. Os êxtases místicos impunham sua regra em meio à confusão e ao tumulto. Pouco ocupadas pelos trabalhos manuais, as ricas dominicanas muitas vezes desviavam-se para caminhos de desvario, êxtase e melancolia.

"Quantos esforços precisamos envidar para acalmar aqueles espíritos e quantos bálsamos lenitivos e inalações balsâmicas precisei preparar para aquelas criaturas de alma febril.

"Felizmente, tínhamos as beguinarias, aquelas aldeias de senhoras piedosas que preocupavam nossa ordem e de que também estávamos encarregados.

"Lá a atmosfera era diferente, provavelmente por efeito das escolhas deliberadas daquelas mulheres muitas vezes mais idosas e com rica experiência de vida na sociedade. As viúvas eram numerosas e trabalhavam, o que agradava ao mestre. As beguinas não eram contemplativas como suas irmãs dos conventos, que não tinham a cultura do esforço. Entre Maria, a adoradora de Jesus que ficava a seus pés, e Marta, a mulher ativa que preparava suas refeições, o coração das dominicanas pendia para Maria; o das beguinas, para Marta. As ricas religiosas contemplavam-se a si mesmas, acreditando contemplar Deus, enquanto suas irmãs das beguinarias cuidavam, acolhiam, teciam. Eckhart preferia Marta.

"Vários sermões dele lembravam a necessidade de vida ativa para percorrer o caminho espiritual."

Beguinarias... Antonin nunca tinha visto nenhuma no horizonte de Verfeil. A reputação delas era dúbia. Ainda corriam rumores de depravação a seu respeito. Ele havia feito perguntas ao prior sobre elas. Dizia-se que eram envoltas por nuvens misteriosas que escondiam os pecados ali cometidos. Guillaume tinha restabelecido a verdade. Bastava ouvir suas lembranças para reconhecer sua santa natureza.

"A acolhida das beguinas reconciliava com o mundo. Elas se sabiam ameaçadas, e a chegada de um grande mestre dominicano poderia amedrontá-las ou endurecê-las, mas aquelas mulheres enxergavam o bem. Eckhart gostava da presença delas. Rapidamente havia julgado infundados os rumores de heresia que corriam sobre elas. A seu ver, só eram culpadas de paixão espiritual.

"Em seus poemas, tão censurados, vibrava a mesma chama das preces do Cântico. O crime deles estava em terem sido escritos para todos, em língua vulgar, como seus próprios sermões. E elas eram livres, sem votos, sem clausura. A ordem nunca teve simpatia pela liberdade e, em vez de proteger aquelas almas piedosas, esmagava-as com suspeitas. Eckhart foi o único que as defendeu.

"O caso poderia ter sido resolvido com simplicidade e caridade cristã, se um homem cuja lembrança me é odiosa não tivesse se intrometido.

"Esse homem se chamava Henrique de Virneburgo, arcebispo de Colônia. Um sujeito grosseiro, de rosto rude de camponês com um estranho olhar oblíquo, como de um tártaro de Kaffa, realçado por olheiras circulares.

"Gostava de álcool e dinheiro. Era um ignorante, presunçoso e invejoso. Dizia-se que sofria dos dentes, o que alterava seu humor. Além das dores de dente que destruíam suas noites, ele nutria dois ódios: aos homens mais famosos que ele e aos dominicanos. Aqueles feriam sua vaidade; estes, sua fortuna.

"Eckhart e ele eram feitos para se desentenderem.

"Naquela época, a Igreja da Alemanha atravessava uma crise profunda. Os nobres fiéis ao imperador compravam os sacerdotes para forçá-los a desafiar a autoridade do papa João. A corrupção estava em toda parte. A simonia* não havia contaminado nossa ordem, mas seu enriquecimento causava suspeitas. Numa comunidade de mendicantes, a opulência era uma contradição. Mas o que fazer? A reputação dos dominicanos era tão boa que todas as esmolas da região caíam em suas bolsas e escapavam às caixas do arcebispo, como os generosos legados para obter uma inumação, visto que nossos cemitérios tinham a fama de conduzir as almas mais depressa ao céu. Fazia muito tempo que corria o boato de que nossa absolvição era mais bem cotada por Nosso Senhor e por seus anjos, dispensando o desvio pelo purgatório. Os párocos da Alemanha nos acusavam de roubar seus mortos, e o arcebispo encaminhava suas queixas à cúria em Avignon."

O relato de Guillaume inflamava a imaginação de Antonin. A grandiosa imagem de Eckhart não lhe saía da mente, e, em sua sombra, revelavam-se todas as ameaças de que Robert era vítima. Ele ainda não compreendia por que o gordo inquisidor desejava a todo custo conhecer o segredo do livro que estava sendo escrito a quatro mãos naquela sala gelada de Verfeil. Mas uma força poderosa se erguia do passado de Guillaume, e o tempo não tinha nenhum poder sobre ela. Essa força crescia, sendo capaz de esmagar em sua passagem todos os que quisessem libertá-la.

"Henrique de Virneburgo vivia à larga. Tinha ficado ao lado de Frederico da Áustria, que disputara com Luís da Baviera o título de imperador. Seu voto a favor do austríaco tinha sido comprado por 40 mil marcos e não havia impedido a eleição do rival alemão. Opondo-se ao novo imperador que o papa se preparava para excomungar, Henrique de Virneburgo naturalmente conquistara o apoio de Avignon. Espiritual e financeiro. A cúria lhe pagava somas consideráveis para que a pobreza evangélica fosse respeitada em sua diocese. O melhor inimigo

---

* Comércio de bens espirituais.

de Eckhart, portanto, era rico e protegido pelo papa, o que fazia dele um adversário temível.

"O primeiro encontro dos dois poderia ter modificado a situação, se Eckhart tivesse demonstrado moderação. Mas, com os clérigos sem cérebro, ele se comportava como com os médicos sem ciência. Com arroubo.

"Não tinha julgado útil apresentar-se ao outro quando chegamos. Por isso, o primeiro convite do arcebispo foi uma convocação.

"Os meses seguintes agravaram a situação. Eckhart nunca prestava contas de suas ações diante do conselho arquiepiscopal, como era seu dever. Não tinha interesse. Não dimensionava a preocupação do papa diante do crescimento das heresias que afetavam a Alemanha nem o poder cada vez mais soberano que ele delegava a seu arcebispo. Eckhart achava que se devia corrigir o herege pela palavra, o arcebispo sugeria que lhe fosse cortada a garganta antes de ouvi-lo. A tolerância do mestre foi julgada suspeita. Em seus sermões ouviram-se os ecos de teses defendidas por aqueles que a Inquisição perseguia. O arcebispo pediu esclarecimentos. Em vão. Sucederam-se meses de humilhação. O coração arrogante daquele homem invejoso não deixava de sofrer com a indiferença do mestre. Nenhuma deferência, nenhuma consideração, algumas cartas informais, que ele desancava com raiva, 'migalhas de Eckhart!', gritava jogando as folhas no rosto de seu secretário. Ninguém nunca o tratara daquele jeito. Ele esperou até o ponto em que sua influência lhe pareceu grande o suficiente em Avignon, e o papa suficientemente enfraquecido para deixá-lo agir.

"Em 1323, lançou o ataque.

"Conseguiu corromper dois frades nossos de Colônia, que espalharam calúnias contra Eckhart. Distribuíram panfletos que ridicularizavam o ensinamento dele ou o pintavam com tintas heréticas. O mestre não se defendia. Suas funções na ordem davam-lhe o privilégio da isenção. Ele não tinha de prestar contas a ninguém afora o papa e a Universidade de Paris. Na verdade, não aceitava nenhuma autoridade que não fosse a sua. Esse traço de caráter custou-lhe caro.

"Foi aberto um processo. A primeira audiência ocorreu em 3 de março de 1323.

"O arcebispo havia nomeado uma comissão de inquérito. Estava sendo assistido por dois comissários quando nos recebeu em seu palácio rutilante de Bonn, que mais convinha a um aristocrata que a um sacerdote. Precisamos fazer a viagem a pé até aquela cidade distante, onde ele residia porque o clima lá era considerado mais ameno do que em Colônia, e o vinho, decerto mais aromático. Tinha escolhido bem seus inquiridores: um inquisidor e um franciscano que haviam montado a lista das proposições julgadas suspeitas nos sermões do mestre. Ninguém ousara usar a palavra 'heresia', mas o plano para destruir Eckhart estava em marcha.

"O arcebispo recebeu-nos na grande sala de audiências, sentado numa cátedra estreita demais para ele. Sua cabeça redonda ultrapassava o encosto feito para um bispo baixo, de cujo apetrecho ele se apoderara. Começou num tom bonachão, ressaltando a santa admiração que os integrantes da assembleia nutriam por aquela grande figura da Ordem Dominicana que comparecia diante deles. Essas palavras puseram um sorriso maligno no rosto do franciscano, para quem o nome de mestre Eckhart não significava nada.

"'Mestre', disse o arcebispo, 'recebi a missão...'

"Eckhart o interrompeu com voz brusca:

"'De quem?'

O arcebispo se retesou em seu minúsculo trono.

"'Do papa João.'

"'O papa não incumbiria um arcebispo da missão de julgar um mestre dominicano. Você é príncipe da Igreja, mas não é homem de Deus. Seu sangue nobre despreza os clérigos. Você guerreia, intriga e vende serviços. Acusa-me de impiedade, mas é homem sem fé, lacaio dos poderosos. Para mim, você não é arcebispo, já não é sequer sacerdote, abdicou do pálio em obediência a seus iguais.'

"'Como ousa?', articulou o arcebispo.

"'Eu não ouso nada, Henrique. Ousar exigiria coragem de minha parte, e, diante de você, eu não tenho nenhuma necessidade de coragem.'

"Eckhart aproximou-se do trono, e eu achei que ia pôr a mão sobre ele. Mas o ignorou, voltando-se para o inquisidor e para o franciscano, de cujo rosto o sorriso tinha se apagado.

"'Vim buscar vossas proposições, pois são vossas, para responder eu mesmo por elas diante do papa em Avignon.'

"Os dois homens, impressionados, entregaram-lhe o maço de pergaminhos, e saímos do palácio sem uma palavra.

"Eckhart era assim. Havia certa violência nele. Às vezes seu rosto se imobilizava, como que tomado pela morte. Assumia então aquela expressão que me assustava, em que se mostrava a loucura ou, talvez mais que isso, uma espécie de bestialidade que deformava o belo equilíbrio de seus traços. Ela subia do mais profundo de seu ser ou então pertencia ao demônio que seguia seus passos, presença funesta que eu ainda desconhecia. Para se acalmar, ficava em silêncio, com as mãos unidas sobre os lábios, em prece. Mas não tenho certeza de que orava. Seus olhos ficavam arregalados, e um fogo abrasava seu olhar."

Capítulo 21

Um inimigo

"O arcebispo nunca mais largou Eckhart depois daquele encontro. Perseguiu-o sem cessar, com a ajuda de seus lacaios, dois dominicanos que foram a vergonha da ordem. Hermann de Summo, coloniano filho de padeiro, especialista em delação, já condenado por falso testemunho, e Guilherme de Nidecken, vosgiano que sustentava concubinas.

"Os franciscanos uniam esforços com o arcebispo para atingi-lo. O secretário pessoal deste pertencia àquela ordem.

"Os punhais, Antonin, nem sempre são feitos de metal. Certos homens são tão traidores e mortais quanto as armas escondidas sob as vestes. O punhal do arcebispo chamava-se Kanssel. Era um homenzinho rubicundo e inculto, que seus confrades haviam apelidado de 'desperto' por razões obscuras. Para meus olhos de noviço, sem nenhuma pretensão intelectual, Kanssel, 'o Desperto', parecia um pobre de espírito. Opinião que eu não era o único a ter.

"Fiquei sabendo depois que ele pertencia àquela seita de fanáticos franciscanos, erroneamente cognominados 'espirituais', que queria restaurar na terra a pobreza evangélica em sua forma mais rigorosa.

"Kanssel tinha encabeçado uma delegação de frades que fora até Avignon para perguntar ao papa se era santo continuar comendo. Pois o mandamento supremo de sua ordem era não possuir nada. Como o alimento era uma forma de propriedade, aquelas mentes brilhantes perguntavam ao Santo Padre se, para ganhar o céu, não seria mais sensato deixar-se morrer de fome em vez de transgredir o voto de privação. Saíram de Avignon sob as zombarias da cúria.

"Kanssel, mais tarde, enviou ao papa missivas em que denunciava as vantagens que ele concedia aos dominicanos, aqueles 'cães de Deus', como nos denominavam seus confrades franciscanos. Acusou-nos de mandar pintar nas igrejas Cristos crucificados por um braço apenas; o outro braço, livre, servia para contar as moedas de uma bolsa pendurada na cintura, glorificando assim o santo amor ao dinheiro.

"Os franciscanos apoiavam o imperador da Alemanha, e o arcebispo, ainda que o tivesse como inimigo oficial, considerava-o um aliado possível, caso a situação evoluísse a favor dele e de seus frades devotados. O imperador queria nomear um antipapa nas fileiras dessa ordem, que talvez um dia pudesse conquistar a sé de Avignon; por essa razão, Henrique de Virneburgo tinha escolhido como secretário aquele franciscano inatacável, peça útil para obter um possível perdão, caso a sorte se mostrasse contrária.

"Kanssel me via como seu inimigo pessoal, deixando para o arcebispo e para os superiores de sua ordem o cultivo do ódio a Eckhart. Pois o ódio medrava forte nos jardins íntimos daqueles homens. Eles só pensavam em derrubá-lo, assediando a cúria, multiplicando queixas e falsos testemunhos. Frases truncadas, extraídas de seus sermões, eram reunidas num compêndio de itens suspeitos de heresia, requerendo um processo de inquisição.

"'Seu mestre vai acabar torrado', sussurrava Kanssel quando passava por mim.

"Sua boca banguela parecia feita para o veneno. Aliás, ele tinha um olho de serpente, meio vazado por uma queimadura antiga, que tinha tornado opaca a sua pupila, manchando-a com estrias amarelas que a esticavam verticalmente, como a das víboras. Quando falava, pendia a cabeça para o ombro, a fim de explorar a zona apagada de seu olho cego. Sua tonsura era irregular, ele era sujo e fedido. Exibia sua pobreza aparente como prova de fé, visto que um bom franciscano precisava parecer mais mendigo que os estropiados que apodreciam nas portas das igrejas, dando assim uma lição de humildade aos frades dominicanos, pervertidos pelo luxo.

"Kanssel passava o tempo todo dando lições de malviver. Os pobres noviços que lhe haviam sido confiados pareciam espectros. Ele os obrigava a respeitar uma abstinência impiedosa e lhes prometia chicotadas por um bocadinho de gordura à qual tivessem cedido. Caçava nos pratos a menor sombra de alimento substancioso. Sua aversão por produtos animais era tal que ele se negava a usar couro. Suas sandálias eram feitas de corda. Qualquer contato com coisas vivas o repugnava. Eu me perguntava como podia suportar sua própria carne.

"Aliás, tinha lançado contra ela uma operação de destruição, esfomeando-a a ponto de atrofiar os músculos dos braços e das pernas ou oferecendo-a como pasto aos parasitas que o cobriam. Seus ossos pareciam varar a pele, mas tinha uma energia ilimitada, em especial quando se tratava de esmagar o próximo.

"Eu tinha para mim que o arcebispo ficava com ele por superstição, tal como os sapos que as feiticeiras alimentam para obterem as boas graças dos demônios. Quando os excessos da corte do arcebispo eram barulhentos demais, ultrapassando os limites de seu poder para abafá-los, ele agitava seu franciscano como um estandarte de santidade.

"E Kanssel gozava da confiança de seu senhor.

"Seu fanatismo lhe angariara certa glória na sua ordem. Por isso, exercia a direção espiritual de várias beguinarias, desprezando as que estavam vinculadas à autoridade dominicana.

"'Minhas beguinas são evangélicas', dizia. 'Estão prometidas a Deus; as vossas, à doença venérea.'

"As beguinarias franciscanas eram verdadeiras ruínas. Conventos para beguinas inferiores, dizia-se, oriundas das camadas baixas da sociedade, filhas de artesãos, camponeses ou burgueses sem dinheiro. Kanssel não parava de espalhar boatos para sujar a reputação das 'beguinarias dominicanas'. Afirmava que lá eram celebradas missas negras, em que os crucifixos sangravam e se ofereciam corpos virgens à concupiscência dos demônios. Calúnias e mentiras eram o pão de que se alimentava aquele homem que justificava o mal que fazia aos outros com o bem que fazia à Igreja.

"Kanssel observara Eckhart.

"Havia assistido a vários sermões dele. Não para ouvi-los, mas para buscar a marca do pecado na voz, nos gestos e na aparência daquele pregador que atraía as mulheres. Para ele, os sermões não passavam de palavrório, que ele proibiria se tivesse poder para tanto, como os livros que mereciam ser queimados com lenha. Fé era para ser vivida, não debatida.

"Eckhart era um caso difícil. Nele, Kanssel sentia rigor e uma chama que podia ser comungada por um coração franciscano. Mas havia aquelas mulheres. A fascinação delas por aquele homem. Kanssel só podia explicá-la como uma perversão tão sutil que lhe escapava.

"Na presença de Eckhart, ele se calava e exibia atitude respeitosa. O olhar do mestre o atravessava como se ele fosse de ar. Era em mim que ele se contentava em despejar seu fel. Nossas permanências prolongadas nas beguinarias tinham chegado a seus ouvidos.

"'Que raios fazem lá você e seu mestre?'

"O inferno me era prometido a cada um de nossos encontros, e ele mandava seus noviços até mim, com a santa incumbência de me espancar. Como eu me acostumara ao exercício nas brigas da Sorbonne, conseguia rechaçar facilmente aqueles ataques. Eles não tinham a energia dos 'sarracenos'.

"Mas, aonde quer que nossas tarefas nos levassem, havia sempre um franciscano nos nossos calcanhares. Kanssel estava no nosso encalço, seguia nosso rastro sem descanso como um animal na caça.

"Seu plano era simples: ele queria apagar o nome do mestre do livro da Igreja e fazer as beguinas insubmissas desaparecer da face de sua terra.

"'Ele vai queimar com suas putas do Livre Espírito', prometia-me.

"Os clérigos de Colônia o temiam. Pessoalmente, eu não tinha medo dele. Apesar de suas ameaças, achava-o inofensivo.

"Estava errado.

"Foi ele que destruiu o mestre.

"Claro, houve o processo, as viagens extenuantes para Avignon, a Inquisição que condenou sua obra e a amaldiçoou por todos os séculos vindouros. Mas a Inquisição não tocou o coração de Eckhart. Kanssel o partiu."

Capítulo 22

A beguinaria

"A história que vou lhe contar, Antonin, ninguém conhece. Hoje, estão mortos todos os que poderiam ter sido suas testemunhas. Você não encontrará vestígio dela nem nos arquivos de Avignon, nem nos da ordem. Nossos confrades fizeram sua memória desaparecer, e eu fiz como eles. Obedeci. Durante quarenta anos, fingi ter esquecido. Quarenta anos de um esquecimento feito de uma palha que em mim queimava sob o sol de cada novo dia. Hoje, quero que essa lembrança fique gravada na carne do velino para fazer justiça à memória de uma mulher que nunca foi honrada.

"Começava a primavera de 1324. Estávamos acabando nosso giro pelos conventos. Depois daquelas longas caminhadas, Eckhart gostava de descansar na beguinaria de Ruhl, no caminho de retorno a Estrasburgo. Era uma área murada, distante das grandes cidades e de sua multidão. Umas vinte beguinas ali se reuniam. O ar era puro, um rio corria ao redor dos muros. A beguinaria formava uma ilha no seu curso.

"As beguinarias são lugares de paz, Antonin. Estejam em Flandres ou na Alemanha, nelas se encontra a mesma tranquilidade secreta. A área murada, lugar onde transcorria a vida, tinha uma porta que era trancada à chave. Entrava-se num refúgio de calma que pertencia aos pobres e aos doentes. As enfermarias eram limpas. A 'grande dama' recepcionava o visitante. Ela era a priora do lugar, escolhida pelas companheiras em razão de sua sabedoria. Merecia esse nome. Não conheci alma enganosa entre elas.

"A grande dama de Ruhl gostava de Eckhart e o conhecia bem.

"Não o enchia de perguntas e não lhe implorava sermões, como a maioria de suas irmãs. Respeitava o repouso e o silêncio dele.

"Lembro-me da hora de paz, quando ficávamos lado a lado diante do rio. Nenhuma paixão nos distraía da doce contemplação do curso de água, dos campos que começavam a germinar e do céu nupcial que a nova primavera unia a nossos corações. As beguinas cuidavam de suas ocupações e passavam perto de nós como se pertencêssemos ao lugar.

"'Você gosta de histórias, Guillaume?', perguntou Eckhart.

"Essa pergunta me causou admiração. O mestre não se interessava por histórias. Os pregadores, como você sabe, Antonin, mantêm cadernos de exemplos para representar sua pregação com imagens e torná-la acessível às mentes simples. Contos, lendas... Eckhart não recorria a fábulas para ilustrar seus sermões. Achava esse procedimento indigno de sua cultura. Seus anos de estudos tinham sido suficientemente longos para fornecer o necessário e dispensar histórias inventadas. Mas, naquele dia, ele infringiu sua própria regra.

"'Existe uma, Guillaume, que poderia ajudá-lo a compreender meu ensinamento. Era contada pelos antigos gregos. A mitologia deles era cheia de fantasias e extravagâncias, mas também de lições sutis. Como a de Dioniso. Esse Deus era filho dileto de Zeus. Assim que chegou ao mundo, todos os inimigos do céu o invejaram. Era perseguido por forças arcaicas e brutais, os titãs, que cobiçavam o poder. O menino fugiu, escondeu-se, mas não conseguiu escapar. Os titãs acabaram por devorá-lo durante um horrendo banquete. Cada um deles digeriu aquela carne sagrada, que impregnou de luz seu corpo monstruoso. Zeus, quando descobriu, fulminou os assassinos. De suas cinzas nasceram os homens que somos, filhos da matéria dos titãs misturada aos restos de um Deus.

"'Está vendo, Guillaume, os gregos já sabiam que no coração humano existe uma pequena centelha divina. É para essa pequena centelha que não paro de pregar.

"'Às vezes a chamo de centelha; outras, de cidadela da alma; outras ainda, de intelecto. É a parte que Deus deixou em nós para podermos voltar a Ele. Se não entender meus sermões, pense no banquete dos titãs e não se esqueça do deus que há em você.'

"'Eu achava que aqueles escritos gregos eram para os pagãos.'

"'E são mesmo. Razão pela qual não os ensino a nossas irmãs. Até porque os olhos da Inquisição nos espreitam. Acho', acrescentou sorrindo, 'que a história de Dioniso acertaria minha conta de uma vez por todas com o arcebispo. E que aquele titãzinho me engoliria num único bocado.

"Nossos dias transcorriam com uma leveza que me levava para longe de meus votos de frade. Mas o rigor de Eckhart estava lá para me corrigir.

"Suas aulas começavam cedo, na primeira hora, quando soavam as seis, hábito da Sorbonne que honrava os mestres titulares, destinando--lhes a hora mais matinal, que garantia ouvintes com a mente fresca. Quanto mais baixa a graduação, mais tardia a aula.

"Na hora marcada, o frescor de minha mente não aparecia. Eckhart ria de meu torpor. 'Força, mestre Guillaume, vamos às aulas.'

"O calvário de meu despertar começava com uma via-crúcis. A canseira de puxar água no ar glacial da madrugada, ainda presente nela. Na Sorbonne, somava-se a isso a arrumação das salas de aulas e dos assentos de palha dos estudantes, nos quais não era raro acordar algum rato em busca de calor. Essa tarefa me era poupada na beguinaria, onde as santas mulheres arrumavam sozinhas a sua sala.

"O amanhecer era a hora de Eckhart, que o atravessava com incrível energia. A noite não pesava para ele. Assim que se levantava, dava a impressão de espanar as cinzas noturnas de seu corpo. Nunca dormia de verdade. Uma sentinela da consciência ficava sempre desperta, à espreita da chegada do dia. Ele pactuava com o sono como com um inimigo cuja presença lhe fora imposta, forçando-o a compartilhar com ele a mesma morada. Ficava na superfície dos sonhos, temendo suas profundezas, as fendas de noite, nas quais seu espírito podia desaparecer. E muitas vezes se levantava para andar sob as estrelas.

"As aulas terminavam quando o sino da beguinaria soava a terça. Eckhart então se retirava para preparar seus sermões e meditar. Concedia-me uma sesta após a refeição do meio-dia até a nona, quando eu ficava livre para orar ou não fazer nada. Aquela refeição era um luxo. Durante nossas viagens, Eckhart respeitava a regra dominicana de uma única refeição por dia antes de dormir. A sesta do meio-dia dos frades, apesar de usual em nossos conventos, só me era concedida nos recintos da beguinaria, para respeitar o repouso das freiras. Lá a vida me parecia luxuosa."

"Lembro-me de uma hora com Eckhart, na luz daquele recinto. Andávamos lado a lado em silêncio, e eu tinha a sensação de que aquela caminhada sossegada poderia continuar pela eternidade, sem que as flechas do tempo a tocassem. Veja, Antonin, se fosse preciso escolher um instante da vida para reviver eternamente, sem nunca esgotar seu sabor, poderia ser esse. No entanto, é uma lembrança de dois rostos, ao mesmo tempo feliz e triste. A idade a manteve assim, dupla, sem que seu amargor a estragasse completamente. Eu não sabia, mas aquele dia sereno prenunciava as horas mais sombrias que conheceríamos.

"A grande dama veio ao nosso encontro à beira do riozinho. Solicitava uma entrevista por causa de um conflito que agitava o local. O capelão da beguinaria tinha sido consultado por causa dos sonhos que uma jovem descrevia com grande exaltação. Às vezes acordava suas irmãs..."

— Gritando? — perguntou Antonin.

— Não, cantando. Com cantos que, segundo a grande dama, eram celestiais.

Capítulo 23

Mathilde

"O pároco tinha admitido ser incapaz de dar uma opinião sobre a questão. Aconselhara a consultar o prior do próximo convento dominicano de Nacht, que alugava o lugar às beguinas. A carta que lhe haviam enviado ainda não tivera resposta. A passagem de um mestre do prestígio de Eckhart pela comunidade era um feliz acaso e uma oportunidade de resolver o enigma do canto celestial.

"'Eu nunca ouvi nada mais bonito', disse a grande dama com serenidade.

"A irmã chamava-se Mathilde. Era filha de um acadêmico do Studium de Colônia, falecido de febre mortal* quando ela tinha 16 anos. A menina nutria ardente admiração pelo pai. Tinha mente viva e curiosa, e sua infância a encaminhara para os livros. Sua cultura era bem superior à minha, o que feria minha vaidade de jovem frade. Ela havia assistido a debates conduzidos pelo pai nos anfiteatros de Colônia e tinha conhecimentos de teologia e filosofia. Era capaz de citar Aristóteles, Platão e Proclo. E escrevia poemas que eram lidos."

---

* Nome dado à tuberculose na época.

Antonin, intrigado, pediu detalhes sobre a aparência de Mathilde. Guillaume lhe respondeu com benevolência.

— Quanto à sua aparência, eu não poderia dizer muito, caro Antonin, porque Mathilde andava velada.

"Não era a única beguina velada que tínhamos encontrado e, nos conventos, as freiras dominicanas não recusavam esse direito a nenhuma das suas irmãs. Os vigários das regiões não tinham posição firmada sobre a questão. Os casos eram raros e tolerados porque esse uso não estava associado a nenhuma má intenção. Em algumas mulheres, esse era um ato de humildade, que escondia a beleza; essas usavam o véu dia e noite. Outras queriam apenas esconder o rosto do olhar dos homens e só o cobriam durante as visitas dos vigários e dos capelães, ou quando os conversos cruzavam seu caminho. Esse era o caso de Mathilde. Ela voltara a usar o véu com a nossa chegada.

"A grande dama nos contara sua história, que era comum a numerosas freiras veladas. Mathilde tinha sido abusada pelos soldados do imperador, numa noite de bebedeira. Sua entrada na beguinaria datava daquela violência.

"Eckhart concordou em recebê-la no mesmo dia. A grande dama propôs um encontro na discrição de sua casa, mas ele preferiu nosso lugar pacato. Ela mandou buscá-la imediatamente.

"Mathilde chegou com passo seguro. Sua silhueta era delgada. O véu lhe cobria o rosto, a linha clara de seus olhos podia ser distinguida através da transparência. Beijou a mão de Eckhart e se ajoelhou diante dele.

"'Eu não fiz nada de mal, mestre', disse com preocupação.

"'Por que eu deveria achar que você fez o mal?', respondeu Eckhart.

"'O capelão me disse que os dominicanos viriam me buscar.'

"'Eu não sou a Inquisição, Mathilde. E seu capelão não recorreu a mim.'

"'Não quero ser queimada.'

"'Não será queimada por cantar bem.'

"'Não sou eu quem canta.'

"Aquelas palavras perturbaram Eckhart. Eu sabia decifrar seus sentimentos. Cada um tinha sua caligrafia, como a de seus manuscritos, ilegível para olhos inexperientes, mas clara para os meus. Quando era invadido por uma emoção, ele unia os indicadores sobre os lábios e às vezes os apertava com tanta força um contra o outro que suas unhas ficavam brancas. O rosto não o traía. Ele podia ficar absolutamente impassível nas situações mais intensas, e apenas suas mãos abriam uma janela para sua alma.

"Ele as deixou reunir-se com suavidade, contemplando Mathilde, depois perguntou se eram frequentes aqueles cantos.

"'Eles vêm à noite', disse ela, 'quase todas as noites.'

"'Então, iremos ouvi-los.'

"As beguinas se despediram, e, quando estavam suficientemente distantes, Eckhart me ordenou que o deixasse sozinho.

"Não era raro sua boa vontade me liberar sem nenhuma incumbência. Então eu deixava o tempo passar por mim. Ia e vinha pelo recinto da beguinaria, cruzando jovens beguinas que abaixavam os olhos quando eu passava. Sentia-me bem, Antonin. Naquela época, a juventude circulava por minhas veias. Aprenda a sentir os fluxos que ela despeja nas veias para impregnar com eles a sua memória. Essas lembranças irrigarão as horas secas.

"Houve várias noites sem canto. Mathilde dizia que tinha deixado de ouvi-los.

"Eu achava que tudo aquilo não passava de fantasia de sua mente, pois eram numerosas as visionárias em lugares como aquele que visitávamos.

"Inúmeras vezes éramos chamados para julgar manifestações da Virgem Maria, que, entre conventos e beguinarias, devia se estafar aparecendo para tanta gente. As videntes eram tão numerosas que as que não viam nada se queixavam de injustiça, fazendo disso motivo de grande amargura. Milagres? Alucinações demoníacas? Divagações? Essas perguntas alimentavam paixões inoportunas no interior dos claustros. Para responder, a ordem dera uma instrução inesperada a seus pregadores desarmados. Se nenhuma outra solução for possível, que se aconselhe às videntes cuspir no rosto da Virgem que lhes aparecer. A consequência determinaria a natureza da visão. Se a Virgem se ofendesse, podia-se concluir que a aparição tinha origem diabólica, pois o diabo é orgulhoso demais para suportar tal afronta. A Virgem Maria, em sua humildade, não se sentiria ofendida."

Antonin não quis interromper o prior, mas, ouvindo aquelas palavras, persignou-se no íntimo, diante de uma blasfêmia tão grave.

"Eckhart nunca falava do diabo. Para ele, o mal não tinha ser verdadeiro. Era apenas uma falta de bem, uma insuficiência espiritual, e não uma criatura maléfica. Por isso, não pedia às beguinas que cuspissem em suas visões e proibia-lhes as penitências cruéis que se infligiam quando se acreditavam possuídas. Ele as tranquilizava. As visões eram mensagens de presença e deviam incitá-las a mais obras e preces. Mas, conhecendo o poder efêmero das palavras, sempre completava suas prescrições espirituais com algumas ervas de forte efeito sedativo.

"Eckhart dizia que as mulheres eram superiores aos homens por serem férteis. Sem ousar contradizê-lo, eu às vezes matutava. Mas, em termos de fertilidade, é verdade que a mente delas paria abundante progênie.

"Alguns priores, preocupados com os desvios, vinham pedir-lhe autorização para endurecer a regra dos conventos de freiras. Eckhart os repreendia duramente. Ele não pregava como os outros mestres formados nos princípios da ordem, que seguia o ensinamento de são Paulo. Para eles, a mulher era um ser inferior, e sua mente, menos penetrante, precisava ser firmemente guiada. 'Só a mulher que se fizer homem poderá entrar no reino dos céus', pregara um pai da Igreja. Eckhart ria desses absurdos e prolongava suas horas junto às mulheres, não para corrigir suas fraquezas, mas para descansar das dos homens, que o afligiam."

Ao proferir essas palavras, o rosto de Guillaume suavizou-se. Seus olhos brilhavam. Antonin esperou respeitosamente que ele retomasse seu relato. Tinha a impressão de que o prior abria na própria memória o cofre de uma imagem preciosa.

"Havia uma menina que acompanhava as beguinas. Uma alma discreta; raramente se ouvia sua voz. Seu rosto era liso, e a touca lhe cobria cabelos ruivos. As freiras tinham o cuidado de nunca os descobrir, pois a cor deles era sinal de concupiscência.

"Mantinha-se afastada, num banco encostado no muro da beguinaria, e deixava que as horas escorressem sobre seus ombros com uma tranquilidade estranha, que chamara minha atenção.

"Várias vezes lhe fiz sinal para aproximar-se. Mas ela não atendia. Eu tinha tentado amansá-la, esculpindo-lhe uma flautinha de madeira. Ela não se interessara. Cansado de seu mutismo, parei de insistir, mas ela me intrigava. Muitas vezes ficava a alguns passos de nós, dentro dos muros, fixando um ponto em nossa direção. Eu buscava o que ela observava. E descobri.

"Ela observava Eckhart.

"Seu olhar não o abandonava. Ela parecia perfeitamente indiferente à minha presença, mas aquele homem a fascinava como uma aparição misteriosa que seu jovem espírito não conseguia associar a nada conhecido. Falei a respeito com o mestre, na esperança de atrair sua atenção para ela. Mas Eckhart via as crianças como uma espécie comparável a mosquitos ou a cães que latem à noite. Aborrecida.

"Nesse ponto, não era evangélico. Cristo aconselhava a deixar vir a ele as criancinhas, Eckhart recomendava veementemente que as afastasse.

"Mudou de atitude quando a grande dama nos revelou que aquela alma inocente era filha de Mathilde, nascida do estupro que esta tinha sofrido dez anos antes. Ao lhe dar à luz, não lhe dera nome nem lhe dispensara nenhum cuidado. Nunca tinha se aproximado dela desde então. Não lhe falava e descia o véu sobre o rosto quando passava por ela.

"A criança viera ao mundo na beguinaria. A grande dama a pusera sob a proteção da Virgem Maria e lhe dera o nome de Marie. Tinha decidido sua adoção, sem designar uma beguina em particular. Todas eram mãe dela, foi o estabelecido. Desse modo, o abandono era em parte compensado, e aquela santa mulher, que acreditava na bondade de Deus, achava que, sob sua bênção, Mathilde acabaria um dia por unir-se ao cortejo das mães de Marie."

Capítulo 24

Livre Espírito

"Chegavam-nos notícias preocupantes. O bispo de Estrasburgo convocava a Inquisição à sua diocese. Uma delegação, recebida pelo papa, havia desenhado um quadro preciso da situação. A heresia estava vencendo. Na região pululavam 'frades do Livre Espírito', infectando as almas como uma pestilência. Os novos cátaros, como eram apelidados, mereciam uma cruzada nas terras da Alemanha.

"Eu sabia que os 'perfeitos'* do Livre Espírito recorriam às teses professadas por Eckhart, alterando seu sentido. O mestre já havia corrigido os erros daqueles exaltados, convencidos de que o Espírito Santo estava neles e de que a perfeição deles tornava inúteis a caridade e os padres. Mas o Livre Espírito crescia como um vagalhão por toda a Alemanha e preocupava os poderosos. A arraia-miúda das cidades, os artesãos e até os burgueses que lutavam para impor sua liberdade acolhiam favoravelmente aqueles homens sem lei que recusavam toda e qualquer autoridade, conclamavam os padres a largar a batina, e os frades, a queimar seus claustros.

---

* Entre os cátaros, pessoa que, depois de um período de prova, recebia o sacramento do Espírito Santo por imposição das mãos, comprometendo-se a respeitar as práticas do catarismo, sendo assim reconhecidamente digna de administrar o mesmo sacramento. (*N. da T.*)

"As beguinas, se tinham sido tão seduzidas por aquela doutrina, era por terem encontrado nela ecos de seus êxtases místicos, que as faziam viver a união com Deus. União com Deus, tudo redundava nessa loucura, que estava no cerne da heresia. E os sermões do mestre tinham perigosas ressonâncias com ela.

"Contudo, Eckhart não era um herege e rejeitava radicalmente aqueles falsos discípulos. Eu lhe fiz perguntas sobre certos sermões que alimentavam dúvidas sobre sua ortodoxia.

"'Os begardos afirmam que os homens podem tornar-se Deus por si mesmos. Falam como o senhor, mestre. Eu ouvi isso em seus sermões.'

"'Você não ouviu tudo, Guillaume. Eu disse que o homem é capaz de Deus no fim de um longo caminho. Eles afirmam que o Espírito Santo se dá àquele que o deseje. No fim do longo caminho do desprendimento, eu disse que o homem pobre encontraria Deus. Disse também que a graça é necessária para a deificação. Só a graça permite unir-nos a Deus. E disse que essa graça precisa ser ganha por meio do conhecimento. Algumas vezes, disse que essa graça não é nada. Porque o 'nada' é o ponto de encontro com Deus. Esses ignorantes que querem me condenar não entendem a mensagem universal de Cristo e o seu nascimento, agora, no coração do homem empobrecido de todos os seus desejos.'

"Eu acatava, mas achava os argumentos obscuros. Só os entendia pela metade. E tinha ouvido perfeitamente Eckhart proferir palavras como: 'Deus e eu somos um.'"

Antonin tampouco captava as sutilezas do ensinamento de Eckhart e não tinha ânimo para pensar a respeito. Seu pensamento escapava para a casa Seilhan. O segundo mês de muro estreito ia transcorrer para Robert. Um soldado tinha dito que os homens que aguentavam mais que isso ficavam raivosos. O lugar era maldito, e todas as feitiçarias achavam refúgio lá. Afirmava-se que cães ou lobos possuídos vagavam pelas galerias dos subsolos e cavavam até os calabouços para dilacerar a carne dos condenados. Os sobreviventes ficavam com as marcas daquelas mordidas. Quando escapavam de lá, os raivosos do muro estreito corriam pelas cidades, com baba na boca e o olhar em brasa. Acabavam morrendo de esgotamento e raiva.

"Mas Robert é forte", repetia Antonin. "Robert é forte..."

O prior o chamou à ordem.

— Parou de escrever, Antonin.

— Perdão, padre, estava pensando...

— Eu sei no que está pensando — atalhou Guillaume com impaciência. — E ele não sai da minha mente tanto quanto da sua. Robert vai ser solto, recorri aos bispos e à ordem. Vai ser assim. Tranquilize-se e ouça as palavras de Eckhart. Não se esqueça de que esse livro não é escrito só para um frade aprisionado, mas é um testemunho para todos os nossos confrades. E para o mundo futuro.

Guillaume retomou a narrativa:

"Eu sentia que os perigos cresciam. O arcebispo armava a sua cruzada. O crescimento da heresia ameaçava a autoridade e os rendimentos dele. Ele ia esmagá-la e, com ela, todos os que escapavam a seu poder na sua diocese. Os altivos dominicanos, encabeçados por Eckhart.

"Em Estrasburgo, eu tinha ouvido um sermão proferido pelo arcebispo na catedral. Eckhart estava presente. Atrás de nós, uma multidão exaltada invadia o recinto. O povo estava à espera de vítimas. As palavras do arcebispo lhe davam o gosto do sangue.

"'Quando vejo queimarem hereges', pregava, 'não vejo uma pessoa na fogueira. Não é a carne deles que queima, é a do diabo que está neles. O cheiro que me revira o estômago é o perfume do diabo. Vós fostes fracos. Vossa fé se deixou dobrar pelas tentações demoníacas da nova heresia. E não fostes os únicos a falhar. Entre nós, vossos pais diante de Deus, alguns se entregaram a uma paciência culpada ou mesmo a uma cumplicidade culpada, em vez de punir para garantir a linha sagrada da Igreja e esmagar a serpente antes que ela crescesse. Alguns os ouviram; dialogaram e trataram com aqueles homens e aquelas mulheres prenhes de loucura, que, por meio de seus êxtases pútridos, alegam unir-se com o Altíssimo. Como se nós, criaturas maculadas pelo pecado, fôssemos capazes de nos unir à pureza imaculada de Deus sem a sujar. O Livre Espírito é o espírito do mal. Ele vos conduzirá à danação.'

"O arcebispo queria associar as teses dos hereges aos sermões de Eckhart, para que fosse apresentada uma acusação oficial contra ele. Ninguém teria imaginado que pudesse ser aberto um processo de Inquisição contra um mestre dominicano. Ele recorreu a teólogos que dissecaram cada uma de suas palavras e trabalhou com eles na sombra para lhes fornecer testemunhos e confissões de condenados submetidos à tortura.

"Eckhart não dimensionava o perigo.

"Enquanto dezenas de hereges eram mandados para a fogueira, ele ainda pregava o nascimento de Deus em nós, e os espiões do arcebispo nos seguiam em todo lugar. Eu o advertia, mas ele não ouvia nada.

"As acusações contra os dominicanos se concentraram em sua pessoa. Dizia-se que alguns pregadores transviavam as mentes com sermões abstrusos demais e que reforçavam os erros. Os ouvintes eram intimados a denunciar as fórmulas provocativas. Eckhart não era citado, mas todos reconheciam sua insigne figura nos testemunhos. Nas portas das igrejas e dos conventos pregavam-se avisos. As prédicas deviam ser purificadas e apresentar as provas de suas virtudes.

"Os tempos mudavam. O crescimento das heresias, as revoltas dos pobres, a reputação de avidez da ordem punham novas cartas na mesa. O arcebispo intimava à cúria que retirasse a imunidade dos maus pregadores, para que estes deixassem de ser intocáveis.

"Eckhart não via o mundo avançar ao seu redor. Naquela época, ele se julgava invulnerável, protegido por seu grau universitário, e não duvidava do futuro. Podia-se acreditar, erroneamente, que o segredo daquela confiança estava em seu fantástico orgulho. Mas a verdade era mais simples. O segredo estava na beguinaria de Ruhl.

"A despeito dos pesados encargos que tinha, ele prolongava nossa permanência entre as beguinas. As advertências de nossos confrades me preocupavam. Os franciscanos espalhavam boatos sobre a pureza de nossas intenções. Em Estrasburgo, Kanssel mostrava-se publicamente admirado com nossas visitas repetidas a Ruhl. E posso confidenciar-lhe

hoje, Antonin, que às vezes também me perguntava o que fazíamos lá. Nossas permanências eram cada vez mais frequentes. Eckhart nunca se afastava mais de vinte léguas da beguinaria e, para os deveres mais distantes, enviava vigários em seu lugar. Quando eu perguntava, ele dizia que não sairíamos da região enquanto ele não tivesse ouvido o canto de Mathilde.
"Mas, quando estávamos lá, Mathilde não cantava."

Capítulo 25

A língua das mulheres

"Eckhart logo precisou contratar um secretário, pois minhas dificuldades com a língua alemã me impediam de acompanhar o ritmo de seus ditados. Ele me corrigia em francês, língua que dominava perfeitamente, mas meus progressos continuavam insuficientes.

"Mathilde me ajudou generosamente. Entre os ofícios que ela observava como freira e seu trabalho na enfermaria, ofereceu-se para me dar aulas diárias na pequena biblioteca da beguinaria.

"Entrava de mansinho na nossa intimidade, e eu a acolhia de bom grado.

"Eu não fazia a menor ideia do que era uma mulher. Tinha sido prevenido contra elas como todos os frades, mas Mathilde me ensinava a língua sutil que possibilitava compreendê-las. Tinha seu vocabulário e suas entoações. Sua gramática era livre e se aprendia sem esforço. Minha impressão era de que, se tivesse de escrevê-la, as palavras teriam ficado paradas nos meus pergaminhos, e as chamas que as faziam tremer se apagariam naturalmente. Às vezes, parecia que a língua das mulheres era falada pelo mundo. As belezas da natureza tinham a voz delas. Não era preciso fazer exercícios nem deveres. Para compreendê-las, bastava contemplá-las. Eu me aplicava. Meus progressos em alemão sofriam com aquela concorrência. Eckhart se irritava, mas eu não queria melhorar depressa demais e sacrificar a uma língua mortal meus progressos em língua eterna. Cada dia, portanto, eu exercitava um pouco mais a minha lerdeza para prolongar as aulas de Mathilde e aprender a sentir o que nenhum mestre sabia ensinar.

"Eckhart tinha uma relação especial com ela. Ele a ouvia com paciência, aceitando certa familiaridade. Mathilde não parecia rebaixada pela envergadura do mestre. Não se contentava com afirmações e discutia com ele, tratando-o como um igual. Eckhart divertia-se com isso e gostava da companhia dela. Dizia-lhe que ela teria um lugar nos debates da Sorbonne e agradecia ao Senhor por não ter precisado enfrentá-la.

"Ela também tinha êxtases. Eckhart a prevenia contra isso. Mathilde lhe respondia que, desse modo, ele a prevenia contra Deus. Ele a deixava falar e não tentava prevalecer. Na verdade, gostava de se deixar vencer.

"Para Eckhart, a contemplação de Deus, por mais gloriosa que pudesse parecer nos êxtases, não era o coroamento do caminho espiritual. Várias vezes, eu o vira corrigir os desvarios místicos nos conventos e nas beguinarias, onde as freiras pretendiam obter a união divina.

"Ele balançava negativamente a cabeça.

"'Isso não é a experiência de Deus', repetia.

"Na verdadeira união, era impossível ver Deus, pois já não haveria distância em relação a Ele. Àquelas que o consultavam sobre esse ponto, ele respondia que ninguém poderia ser uno com o Senhor se o contemplasse.

"'As visões nos tornam espectadores e nos mantêm criaturas diante de Deus. O que se deve buscar não é a contemplação, mas o autoaniquilamento. Deixar de ser criatura, não ser nada senão Ele n'Ele.'

"Mathilde afirmava que o amor conduzia a esse aniquilamento.

"'O amor se detém na contemplação', respondia Eckhart. 'Já é uma imensa elevação, mas há um grau superior que só se atinge pelo conhecimento de Deus.'

"'E esse conhecimento, como se obtém?', perguntava Mathilde.

"'Pelo desprendimento. Despojando-nos de nossas vestes de criatura. É um conhecimento pela nudez e pelo vazio. Não consiste em encher o espírito de saber, como no estudo, mas, ao contrário, em desenchê-lo, em esvaziá-lo de todo pensamento. Se Deus fosse uma chuva celestial, como poderia encharcar um poço já transbordante de água? Para que Deus venha, é preciso abrir-lhe espaço. Deus não habita na criação, se você quiser que Ele venha, torne-se deserto. É isso a espiritualidade. No caminho de Damasco, Deus aparece para Paulo numa luz tão forte que o joga aos pés de seu cavalo e o torna cego. 'Ele não enxergava nada', diz a Escritura. 'No entanto, Paulo, quando não vê nada, vê Deus.'

"Mathilde não acreditava no caminho do desprendimento. Achava-o escarpado demais. Ninguém era capaz de percorrê-lo, o esforço era sobre-humano. 'Todo o seu ser deve tornar-se nada', dizia Eckhart.

"Quem era capaz do nada?

"Quando se cansava, Mathilde respondia com poesias. Eu me lembro das imagens fulgurantes que as permeavam. Quando falava de Deus, usava aquelas palavras que ainda hoje ressoam em todas as beguinarias. Ela o denominava 'longo desejo'.

"'*O sol do anoitecer se põe, porque é preciso.*

"'*Porque é preciso, as estrelas da noite se iluminam.*

"'*Porque é preciso, meu Senhor me deseja, e meu coração se abrasa de amor.*

"'*Porque é preciso, meu Senhor se une a mim.*

"'*E, porque é preciso, nessa união eu já não sou.*

"'*Que nossos desejos unidos sejam um só longo desejo no caminho da eternidade.*

"'*No caminho do 'sem por quê', aonde vão nossas almas esposa.*

"'*Porque é preciso.*'

"Eckhart ouvia Mathilde incansavelmente.

"Eu assistia às conversas dos dois sempre sem entender o que diziam. Suas mentes eram elevadas demais para a minha e afins demais para que eu encontrasse lugar entre eles, mas gostava de ouvi-los.

"Mathilde induzia Eckhart a dar explicações, obrigando-o a esclarecer os temas de que tratava em seus sermões. Parecia até que o preparava para os confrontos em que suas posições teriam de ser defendidas. E sua ajuda foi importante para as horas tão difíceis que nos esperavam em Avignon.

"Mathilde só falava de amor a Eckhart e sentia que nisso havia alguma coisa que ultrapassava o mestre. Um dia, fez-lhe perguntas sobre duas questões que ninguém havia jamais ousado formular.

"'O senhor conheceu o amor?'

"Eckhart respondeu sem hesitar:

"'Conheço o amor de Deus.'

"'Estou falando do amor de uma mulher.'

"'Não', disse Eckhart.

Mathilde continuou sem nenhuma hesitação:

"'E a experiência de Deus?'

"Eckhart ficou sem resposta. Seu silêncio me perturbou. A paixão que punha em seus sermões para traçar o caminho do desprendimento e lançar o chamado ao nada, que convocava Deus para si, a exaltação que se sentia por trás de suas palavras, suas fórmulas inauditas, que ele encontrava no coração... que outras provas buscar? Ninguém poderia tê-las proferido se não tivesse conhecido pessoalmente a experiência da união a Deus. Mas Eckhart nunca respondeu claramente a essa pergunta, nem diante da Inquisição, nem diante de mim.

"Naquele instante, senti que Mathilde havia realmente nascido no coração dele. E certo sofrimento marcava os traços do mestre, pois aquele nascimento era doloroso para quem só aspirava a se desabitar de todo e qualquer sentimento. O vazio que ele clamava para sua alma achava-se de súbito destruído pela presença de uma mulher que simplesmente o ocupava. Ele sentia que arrancá-la de lá ia exigir uma força espiritual sobre-humana. E pode ser que, naquele momento, não se achasse capaz disso.

"Ele a olhou de modo diferente a partir daquele dia. Acho que nem naquela época nem nunca a desejou. Não no sentido carnal. Ele saberia suprimir esse tipo de desejo. Mas Mathilde foi o único ser que encontrou a fina brecha de intimidade que ainda estava aberta naquela alma perturbada. E meteu-se por ela.

"Eckhart nunca fazia perguntas pessoais aos que o cercavam.

"Afora o segredo de nossa escrita móvel, ele não sabia nada de mim. Não me fizera perguntas sobre minha infância, meus pais, minhas tristezas e minhas alegrias passadas, como se minha vida só tivesse sentido no presente. No presente dele.

"De minha parte, o que sabia da infância de Eckhart? Ele era da Turíngia, de uma família de pequena nobreza, sem terras, que administrava bens de aristocratas. Não tivera conforto excessivo, mas também não conhecera a necessidade. No entanto, a atividade de administrador não convinha a suas ambições. Entrando adolescente no convento de Erfurt, tinha escolhido os dominicanos porque queria pregar e tornar-se mestre em teologia, assim como Tomás de Aquino. Era desse modo que resumia sua vida. Na superfície. Impossível saber como a vivera.

"Durante nossa viagem como amigos para Estrasburgo, ele me havia contado uma única lembrança de infância: a acolhida que recebera do frade encarregado dos noviços, ao entrar no convento de Erfurt. Nunca mais conheci outra lembrança.

"E, quando Eckhart lhe dissera que queria visitar a capela para agradecer, o frade o levara para visitar as latrinas, porque, antes de qualquer coisa, ele precisava aprender que 'o homem tinha nascido entre excrementos e urina'.

"As capelas ficariam para depois."

Capítulo 26
O cantar

"Uma noite, Mathilde cantou.

"Estávamos deitados. Uma beguina veio nos acordar e, com a luz de uma vela, guiou-nos até o dormitório das freiras. A descrição da grande dama estava certa. O canto de Mathilde era celestial. Não era possível dizer nada melhor. A voz nos invadia como os perfumes de incenso de uma capela. Ela chamava os anjos.

"Estava deitada em sua cama, semi-inconsciente, com o rosto voltado para a sombra, cabelos claros cortados na nuca. Seu colo estava exposto, e o peito, nu. Eu me aproximei dela para cobri-la e respeitar seu pudor, mas o mestre me dissuadiu. Mandou-me sentar em silêncio a seu lado para ouvir o canto no quarto escuro, contemplando sua nudez que o iluminava, inocentemente. A brancura de sua pele e suas curvas eram simples e se uniam à voz, com os mesmos acordes de harmonia e suavidade. O mestre então proferiu as seguintes palavras:

"'Olhe, parece até que Deus pousou sobre ela.'

"Eu já não pensava na nudez de Mathilde. Ela me parecia neutra, e aquele sentimento era geral, pois as beguinas presentes, sempre tão atentas ao pudor, também não estavam preocupadas. O canto a vestia com um tecido de graça que os pensamentos impuros não atravessavam.

E eu, jovem noviço, sensível demais à beleza de todas as mulheres que meu olhar encontrava, eu, que não era poupado por nenhuma tentação num mundo onde tantos vestidos me roçavam, eu não desejava o corpo de Mathilde, ou pelo menos o desejava sem querer possuí-lo, e o diabo, que também ouvia o canto de cristal, deixava seu forcado em repouso.

"Eckhart voltou a falar muitas vezes daquela noite do canto celestial e da nudez de Mathilde.

"'Veja até que ponto a pureza aparece quando você tira as vestes das coisas.'"

Guillaume interrompeu o relato.

— Eu não o canso com essas velhas histórias?

Antonin não estava cansado. Ao contrário, seu coração vibrava com o canto da beguina, e ele imaginava o coro dos anjos ao redor dela, repetindo o seu cantar. A noite caía sobre Verfeil. O sacristão tinha acendido as velas da sala do capítulo e as aproximara da mesa onde o jovem frade escrevia. Uma coroa de luz cercava o pergaminho. As lembranças do prior fluíam naturalmente. Ele falava a Antonin como a um reflexo de si mesmo na mesma idade e deixava sua memória tomar posse da dele.

O sacristão cobriu os ombros de Guillaume com seu manto e, atendendo ao pedido dele, trouxe-lhe o livro no qual tinham sido copiados os sermões do mestre. Ele o abriu com precaução e, do meio das páginas, retirou um marcador de madeira em forma de espada.

Datava do tempo de Eckhart.

— Na época, eu passava as horas de folga na beguinaria, esculpindo marcadores de livros em lascas de madeira e oferecendo-os às freiras. Este era para Eckhart. Ele me dizia que esta espada era um símbolo daquilo que a pregação devia ser: um combate com armas sem gume.

O marcador tremia entre os dedos de Guillaume, ele o devolveu ao lugar.

"Eu tinha conseguido amansar Marie, a pequena guardiã daqueles recintos. Ensinava-a a desenhar figurinhas em ramos destinados ao fogo, que ela ia buscar no depósito das cozinhas. Era hábil. Eu lhe mostrava como desbastar aparas de tília, a madeira mais macia, como seguir o sentido da grã. Ela conseguia extrair silhuetas de animais que estavam ocultas em seu invólucro, interligando as inteligentes curvas traçadas pela natureza sob a casca, curvas que eu não distinguia. Era uma costuradora, o que lhe caía muito bem. Também encontrava fios invisíveis entre os seres e os costurava sem que ninguém adivinhasse. Dei a ela a minha faca, que lhe obedecia mais do que a mim mesmo. A partir de então, ela esculpia tudo o dia inteiro, e seu quarto se encheu de um bestiário, que permanecia escondido.

"Ela devia ter visto os passeios noturnos de Eckhart. Quando o sono fugia, ele dava voltas pela área murada até a aurora. Ela o apelidou de 'Nachteule', coruja. Marie sempre seguia Eckhart, de uma maneira ou outra. Mostrando-se a ele ou dissimulando-se. No lugar em que ele estivesse, ela também estaria. Suas mães beguinas divertiam-se:

"'Para encontrar Marie, encontre o mestre.'

"Eckhart sabia disso e a procurava se não a visse atrás de si.

"Marie era a única na beguinaria que não ouvia os cantos de Mathilde. Quando eles ocorriam, ela se afastava para o ponto mais distante dos muros, para a beira do riozinho e deitava-se, com o ouvido contra a água que corria, para se encher de barulho.

"Eckhart gostava de sua presença, e Marie lhe era fiel. Lembro-me de ter surpreendido uma andança do mestre pela beguinaria adormecida. Marie estava lá. Em plena madrugada escuríssima. Ela o seguia, silenciosa, a distância, mas sem deixar espaço demais entre os dois. Tenho essa imagem em minha memória. A capa daquele homem alto varrendo a terra e aquela criança atrás, no espaço de sua sombra.

"Quando chegou a hora de partirmos, a grande dama reuniu as mulheres da beguinaria para prestar uma última homenagem a Eckhart. Naquele dia, Marie esculpiu em segredo uma cabecinha de coruja no nó de um galho de olmo caído perto do riozinho. Quando saímos de seus muros, ela a entregou ao mestre.

"Eckhart a colocou na bolsa presa ao cinto e nunca mais se separou dela."

"1324. A missão do mestre em Estrasburgo chegava ao fim. Dez anos de minha juventude tinham transcorrido a seu lado. Eu não tinha progredido muito em teologia e não conhecia muito mais de filosofia. Mas havia progredido em conhecimento da vida. Sentia-me mais armado, mais seguro de minha vocação de pregador, mais consciente de minha vocação de homem.

"Nossos últimos meses na cidade foram difíceis. Congelávamos. O inverno tinha sido o mais glacial da década e não terminava. Levas de camponeses famintos cercavam o parlamento. Os mercadores arruinados e o povo miúdo acompanhavam aqueles espectros miseráveis que reivindicavam trigo. Apesar da fome e das fúrias do clima, a população havia aumentado na região, impondo mais colheitas a solos esgotados que nunca eram deixados de repouso. Uma semente de trigo não produzia mais que dois ou três grãos, em vez dos dez habituais. O desespero afligia a Alemanha.

"'Eu não estou na terra, nem no gelo', argumentava o presidente do conselho de edis diante do povo. A cidade estava arruinada, a revolta medrava, e os soldados reunidos nas portas tinham já amargado pedradas e jatos de excrementos.

"Para canalizar o furor dos habitantes, o conselho de edis incentivou que se recorresse a vítimas expiatórias. Foi autorizada a entrada na cidade de grupos de flagelantes. Estes desfilavam pelas ruas do centro, conclamando à maldição do céu sobre as comunidades estrangeiras que lá viviam. Eckhart e eu estávamos presentes no dia de Páscoa, quando eles chegavam em maior número. O caminho do convento atravessava a rua dos judeus, e fomos aconselhados a evitá-lo. Os flagelantes respeitavam os homens de Deus, mas sua loucura às vezes assumia feições de febre enraivecida, capaz de todos os sacrilégios.

"Eckhart desprezava aquelas procissões de homens seminus dilacerando a própria pele com chicotes feitos de correias munidas de pontas de ferro.

"'Expiação', 'Expiação', gritavam, como se Deus tivesse sede do sangue deles.

"Esse desfile durava trinta e três dias, em memória da idade de Cristo, e garantia o perdão de seus pecados. Não se contentavam em maltratar o próprio corpo mas também davam impiedosa caça àqueles que eles tinham proclamado inimigos da Igreja, em especial os judeus que haviam matado o Salvador. O clero demonstrava a mesma indulgência do conselho de edis, cuidando também de desviar a cólera do povo.

"Naquele dia, voltávamos do palácio episcopal e íamos para o convento Santa Cruz. Ao nos aproximarmos pela rua do Domo, ouvimos seus gritos: 'Hep! Hep!'"

— Sabe o que isso significa, Antonin?

— Não, padre.

— São as iniciais de "*Hierosolyma est perdita*", Jerusalém está perdida. Um grito de cruzados que conclama ao assassinato dos judeus. Ainda hoje é ouvido.

"As famílias perseguidas fugiam para as ruas, tentando escapar. Os flagelantes massacravam mulheres, crianças e todos os que usavam a rodela amarela no peito. Eles os jogavam no chão e os espezinhavam.

"A guarda não os protegia, principalmente porque haviam sido registrados alguns casos de peste em torno do bairro dos judeus. Dizia-se que a doença estava na respiração deles. O boato havia atravessado a cidade. Espantosamente pontual na coincidência com todas as tensões que ameaçavam os organismos estabelecidos. Um guarda nos anunciou que haviam encontrado uma família morta numa casa perto da catedral. Um médico falara de bubões nas gargantas. Era o que bastava. Muita gente podia testemunhar: judeus vindos de Toledo tinham sido vistos em torno dos pontos de água. Todos usavam uma bolsa de couro costurada no cinto, cheia de um misterioso veneno que eles despejavam nos poços, como fora visto.

"Os flagelantes, naquele dia, fizeram mais vítimas do que a peste. Estávamos longe da tremenda epidemia que ia devastar nosso mundo vinte anos depois. A doença era conhecida, muitas vezes confundida com outras infecções, mas tínhamos perdido a memória das grandes devastações. Nos arquivos dos mosteiros restavam vestígios escritos de tempos longínquos, quando da propagação de pestilências mortais. Mas quem guardava lembrança disso? Eckhart tinha estranha atração por aquele flagelo. Para ele, nenhum outro era comparável a ela em violência e crueldade. A peste era a doença do apocalipse, e ele queria compreender por que Deus a permitia. Nunca falava disso em seus sermões, mas meditava sobre o assunto.

"Um dia, comparou-a ao desprendimento.

"'É na peste que se pode encontrar o desprendimento mais puro. Pois a peste é vazio de Deus. Nela, nada sobrevive de sua vontade, de seu amor. A peste não se limita a destruir todas as criaturas, mas destrói tudo o que Deus é. Só deixa um deserto sem fé nem esperança. Devolve a criação ao nada.

"'É esse desprendimento que eu prego."

O prior ficou em silêncio por longo tempo.

— Ela estava nele, Antonin — retomou com voz carregada de emoção. — Ela estava com ele... Foi a peste que inspirou a Eckhart o sermão do homem pobre.

Capítulo 27

O homem pobre

"Creio que o sermão do homem pobre foi o que deixou marca mais profunda no meu jovem coração. É aquele de que se lembram todos os que seguiram Eckhart e os que, hoje, ainda leem suas obras.

"Nele, falava do despojamento da alma com tal fé! Para ele, o homem pobre não era o franciscano que não possuía nada, mas o homem que fazia o vazio em si mesmo.

"Os sermões de Eckhart... Ninguém podia esquecê-los. Todos foram copiados e admirados, mas esse nunca foi superado. Fui testemunha de seu nascimento. Ele continha a quintessência de seu ensinamento. Foi o sermão do homem pobre que desencadeou os primeiros ventos da tempestade. Ele circulava em todas as beguinarias e provocava êxtases. Eu me lembro perfeitamente do dia em que foi concebido.

"Foi no caminho de retorno a Estrasburgo, após nosso último giro pelos conventos da Saxônia. Atravessávamos uma aldeia lamacenta, onde alguns camponeses tinham montado uma feira ao pé de uma igrejinha. Alguns bois cansados mugiam miseravelmente para pedir o capim ausente. Os homens estavam como eles, famintos. Os mais desvalidos vendiam o esterco desses animais. O mau-cheiro do lugar 'punha-nos em pé', como dizia o mestre.

"Vendo a magreza dos rostos, eu pensava que nossos alimentos espirituais eram de bem pouca consistência e que todos os sermões do mundo não valiam o naco de carne pelo qual cada uma daquelas pessoas teria brigado. As colheitas famélicas e o inverno impiedoso tinham arruinado suas quintas. A fome os dominava.

"Eckhart contemplava aquela assembleia tiritante e triste e continuava pensativo. Quando atravessávamos a praça, ele parou.

"'Olhe aquele homem, Guillaume.'

"Ele indicava um pobre farrapo que, na porta da igreja, agitava sua escudela. Ninguém se aproximava dele. Em seu pescoço tinha sido pendurado um cartaz com a palavra 'Peste' em letras vermelhas.

"'Você diria que é um homem pobre?', perguntou-me.

"'É mendigo, mestre, e pestilento...'

"'Se você lhe oferecesse comida, roupa nova, uma renda e boa saúde, o que ele diria?'

"'Diria que aceitava, sem dúvida.'

"'Portanto, significa que ele não é pobre de desejo ou de vontade e que sua alma está cheia de esperança. Como a desses camponeses que vendem esterco. Todos têm só aparência de gente que não possui nada. Não é dessa pobreza que eu falo em meus sermões, Guillaume, mas de uma pobreza que não se impõe a nós, que é preciso ganhar e que é a recompensa suprema que se pode obter na terra.'

"Eu não entendia o que ele queria dizer. E sua visão me chocava. Questionei:

"'Seria preciso tornar-se mais pobre ainda? Tirar mais deles? Eu não entendo o que eles poderiam dar além do esterco. Então é preciso proibir a esmola a todos os mendigos que estendem a mão e não tratar ninguém?'

"'Eu lhes peço que se empobreçam na alma.'

"Quem podia aceitar aquilo? Eckhart não desprezava a infelicidade daqueles miseráveis. Não havia nenhuma arrogância em sua maneira de conclamar a mais pobreza sobre os ombros deles. Mas, a seus olhos, não bastava o pobre não possuir nada, era preciso que ele preparasse o vazio em si mesmo. 'Preparar o vazio' devia ser a maior preocupação da existência. Ser rico ou miserável não mudava nada, o vazio abria o caminho da glória espiritual: a união a Deus.

"'E o que acontece a quem se empobreceu suficientemente?'

"'O homem pobre torna-se então o homem nobre a caminho da divinização', respondeu Eckhart.

"'E se Deus não quiser lhe dar essa graça?'

"'Deus não pode. Ele simplesmente não pode, Guillaume. Pois o Nada o obriga a vir. O Nada é o lugar de Deus.'

"Voltou-se para mim e pôs as mãos em meus ombros, ele que quase nunca tocava o corpo dos que o cercavam.

"'O que vou lhe dizer, Guillaume, é algo que vou pregar sem parar. Se pudesse atravessar o tempo, essa prédica abriria um caminho que conviria a todos os mundos, seja qual for o rosto do futuro. Antes de ser alguma coisa, você não era nada. Não existia na criação, pois Deus não tinha criado nada. Você não passava de um nada, mas ocupava o pensamento de Deus. É para lá que precisamos voltar, para Ele antes de nos pôr no mundo. É uma viagem que nos faz remontar o curso da vida. É a viagem do desprendimento.'

"Eckhart me perguntou:

"'Quando nos parecemos mais com Deus, Guillaume?'

"'Quando o amamos?', respondi, pensando em Mathilde.

"'Não, antes de podermos amá-lo.'

"'Não sei, mestre.'

"'Deus é um ser puramente espiritual. Portanto, é na forma espiritual que mais nos parecemos com Ele. E quando somos forma espiritual?'

"Eckhart já me dera a resposta.

"'Quando Deus ainda não nos criou.'

"'Exato, Guillaume. Quando Deus tem a ideia de nos criar, quando somos n'Ele, não como criaturas, mas como pensamentos, projetos de criação... O desprendimento consiste em remontar o curso do tempo para nos reencontrarmos lá.'

"'E o homem um dia poderá chegar a isso?', perguntei, contemplando o pobre-diabo que tremia sob seus farrapos.'

"'Todo homem capaz de se empobrecer suficientemente pode.'

"Eckhart declarou então que ia escrever um sermão sobre a pobreza espiritual e que precisava meditá-lo até nosso retorno a Estrasburgo. Eu não devia incomodá-lo mais.

"Eu andava em silêncio a seu lado, mas não estava em paz.

"Perguntava-me por que Deus me criara, se eu precisava rejeitar tudo o que fazia de mim uma criatura. A isso Eckhart respondia que Deus tinha necessidade de mim para sair do nada. Deus se realizava na criação. E, por um movimento inverso, o homem precisava ir ao encontro d'Ele, ao antes dessa criação.

"Tudo isso me parecia tão complexo e tão abstrato. Naqueles pensamentos elevados eu não encontrava nenhum alimento útil à minha vida. O desprendimento era a negação dela. Consistia em passar a vida morrendo para o mundo. E o que era de meu corpo em tudo aquilo? Podia-se muito bem fazer do pensamento um deserto, mas não da carne, a não ser morrendo. Mas com essa questão o mestre não se preocupava.

"Eckhart começou a escrever o sermão do homem pobre ao sair da aldeia dos famintos. Quem o ouvisse, prometeu, não teria necessidade de nenhuma palavra a mais, pois todas as respostas estariam lá."

Capítulo 28

Matracas

Robert dormia. Seus sonhos também. Sonolentos como ele. Sem vigor, incapazes de se abrir para os dias, incapazes de atravessar as pedras do muro estreito. O cansaço de seus sonhos talvez fosse o mais severo dos castigos. A Inquisição os condenara, como a ele, ao encarceramento. Eles tinham registrado e aceitado aquela pena. Desde então, não alçavam voo. Ficavam presos a ele como que por correntes, e o horizonte deles era o da consciência. Por quê?, pensava Robert. Por que seus sonhos tinham aceitado aquela penitência à qual poderiam ter se subtraído facilmente? Porque Deus assim queria, e, se Deus queria, era porque o julgava culpado e não permitia que uma parte dele escapasse ao castigo. Ninguém na terra tinha poder suficiente para vir aplicar penas no mais profundo de ninguém. O inquisidor condenara seu corpo, Deus condenara seus sonhos.

Por isso, quando acordava, Robert não tinha descansado nem um pouco. As paredes de seu calabouço pareciam ainda mais pesadas e intransponíveis, e o ar em torno dele, cada vez mais concentrado, espesso, irrespirável.

A leprosa esmagava as baratas. A cada noite, quando o oblato a empurrava para a escuridão do muro estreito, ela berrava como uma possessa, girando a matraca, e as baratas fugiam pelas pedras. Os pés da mulher as trituravam, e Robert sentia a morte de suas irmãs corromper o ar que ele respirava. Quando a porta se abria, ele se encolhia no canto da parede, punha as mãos sobre a cabeça e cantava ave-marias que a matraca abafava com seu grito. O oblato empurrava a leprosa para o fundo do muro, em direção ao corpo encolhido de Robert, e a fazia tropeçar, para que ela o cobrisse com sua podridão viva. Quando resolvia, agitava um sino que a fazia recuar para a porta e sair para pegar sua tigela do dia, cheia de uma comida que os cães não disputavam.

O oblato jogava então no chão o pergaminho das confissões e uma pena.

— Assine — soltava, antes de fechar a porta.

Ali era deixada uma lamparina. Robert fugia daquela luz. Ela lhe mostrava a realidade do lugar onde ele apodrecia. Não podia impedir sua mão de pegar a pena e aproximá-la do pergaminho que o libertaria do muro estreito. Cada retorno da leprosa o levava à beira da loucura. Assinar. Robert tomava essa decisão ao longo das horas da noite. Sua libertação dependia de uma simples gota de tinta. Assinar salvaria sua saúde mental e, se o preço disso fosse a fogueira... Mas que importava a fogueira, se calasse todas as matracas de seus pesadelos. Contudo, ele não se resignava. Qual era o valor do frade, repetia, que confessasse uma heresia à qual nunca tinha cedido, com o risco de enodoar todos os seus? O que lhe restaria? Quando a pena pendia para o pergaminho, ele o cobria com a sua mão e deixava a ponta furar sua pele para impedir que a tinta se depositasse nele.

Depois, inclinava a lamparina para o chão, a fim de recolher os despojos das baratas que os pés da leprosa tinham pisoteado.

Abençoava-as e, com as unhas, cavava suas sepulturas na terra do muro estreito. Examinando suas carapaças, seus olhos encontravam deformações e tumores; nas patas tortas, provas invisíveis de infecção. As baratas leprosas não tinham direito ao beijo da paz que ele oferecia a suas irmãs, mas ele orava ardentemente por elas. Quando o oblato voltava para pegar o pergaminho virgem, encontrava Robert sempre ajoelhado.

O tempo urgia. O plano era claro, as confissões deviam ser assinadas o mais depressa possível. Cada dia que passava dava mais força aos aliados de Guillaume. O inquisidor não poderia enfrentar o bispo e o dirigente de sua ordem, que exigiam libertação imediata. Sem a confissão de heresia, ele teria de soltar Robert e perderia todo o poder sobre o velino.

O oblato matutava no pátio dos calabouços. A resistência daquele frade o intrigava, mas ele conhecia bem os homens. Aquele não aguentaria mais muito tempo. Seus guardas o ouviam delirar dia e noite e abençoar os bichos daquela enxovia. Ele suplicava como um danado que tirassem a leprosa de lá, quando ela já havia saído. Mais alguns dias bastariam para dobrá-lo, mas o inquisidor não toleraria mais nenhum atraso.

Agachada no pátio diante de sua tigela, a leprosa esperava. Quando a noite avançava, e sua tarefa junto do frade estava cumprida, ela era posta para fora da casa Seilhan. Então retornava a seu pardieiro e voltava no dia seguinte para receber a comida. O vestido rasgado deixava descobertas as partes íntimas de seu corpo. Os soldados divertiam-se, e o oblato ordenara que ela fosse coberta com um xale. Ninguém ousava se aproximar dela, e ele mesmo estendera o pano com a ponta da espada. Então tinha visto o peito dela corroído pelo mal e gangrenado pelo pus. Nada pior do que o visto nos campos de batalha da Palestina. Nada que pudesse comover seu coração de cruzado acostumado a todas as crueldades, mas as zombarias dos guardas jovens feriam o que lhe restava de honra.

Um dia ou dois..., pensava. O inquisidor não aceitaria mais. O peito da leprosa voltava a seu pensamento, e a imagem dela se unia à do frade. Então lhe ocorreu uma ideia. Ele talvez tivesse o meio de dobrá-lo. Ordenou que abrissem a porta do muro estreito.

Robert orava à sua frente, curvado e com as mãos juntas.

— Reze pela cura da leprosa — disse-lhe o velho soldado —, porque esta noite você vai fornicar com ela.

Capítulo 29

Longo desejo

O sacristão serviu a Guillaume sua tisana de memória, como a cada começo e fim de dia, quando ele ditava a Antonin. Uma mistura de alecrim e um cogumelo com juba que nascia nas árvores mortas e conferia gosto de leite coalhado à beberagem.

O velho frade olhava-o engolir seu preparado com repugnância. O prior sempre lhe propunha dividi-lo com ele, só para apoquentá-lo.

— Melhor ter vazios de memória do que buracos no estômago — resmungava.

Guillaume esperava um sinal. Quando afirmara a Antonin que Robert não saía de sua cabeça, estava dizendo a verdade. Na comunidade dominicana, a palavra irmão tinha um sentido. Os irmãos de fé não tinham o mesmo sangue, mas o sangue que irrigava suas veias tinha sido abençoado pela mão de seu prior. E essa bênção os tornava filhos diante de Deus. Um dominicano nunca abandonava um dos seus.

O sinal da cruz de Verfeil começava com "Em nome do irmão", que era como Guillaume o ensinava aos que ingressavam na sua comunidade. E Robert, condenado pelo inquisidor, condenado por Deus, sabia que nenhum castigo podia romper aquela fraternidade que dava alento à sua esperança.

Guillaume recebera as respostas dos bispos e do provincial do Languedoc. Os dois lhe garantiam a libertação de Robert. O inquisidor não podia se opor. O curtidor recebera dele a tarefa de rondar a casa Seilhan, mas nenhuma notícia de libertação de prisioneiro lhe chegara. Guillaume não entendia. Sobre uma briga entre frades de duas ordens diferentes o inquisidor não tinha autoridade. O próprio prior franciscano de Albi havia mandado uma carta para a libertação de Robert. Guillaume esperava com fé, mas seu humor se anuviava. Só a paixão de Antonin lhe dava um pouco de entusiasmo. Ela e a tisana de memória, que lhe facilitava o retorno ao passado.

"Foi em Colônia que o ódio de Kanssel parou de crescer. Lá ele decidiu que sua maturação era suficiente e que estava na hora de agir.

"Os dez anos passados em Estrasburgo e nas estradas da Teutônia haviam tornado Eckhart ainda mais célebre. Suas pregações em língua alemã tinham agregado a seu público o povo que não entendia latim. Terminada sua missão na Alsácia, deveríamos ir para a França ou para seu convento de origem em Erfurt, mas a ordem tinha necessidade de homens de sua envergadura. Ele saiu de Estrasburgo com uma nova missão: continuar o ensino de teologia no Studium de Colônia e a pregação nos conventos e nas beguinarias da região.

"Um público cada vez mais numeroso nos seguia para ouvir sua palavra. Às nossas portas também acorriam franciscanos. A popularidade de Eckhart atravessava as fronteiras espirituais.

"Antes de pregar, ele sempre ficava meditando em silêncio durante uma hora. Eu preparava seu hábito e o barrete de mestre, que não lhe agradava usar. Ele tomava uma merenda, um suco de fruta ou pedaços de açúcar.

"'Qual é o objetivo da vida, Guillaume?', perguntava-me antes de subir à cátedra.

"'A união a Deus.'

"Só nos separávamos depois dessas palavras que sentia necessidade de ouvir.

"Em Colônia, morávamos no coração da cidade, no convento dos pregadores da Stolkgasse. O mestre preferia ensinar lá, mas aceitava os convites das outras comunidades.

"Kanssel assistiu a um sermão em Mariengarten, convento de cistercienses próximo ao nosso. Percebeu então a medida exata do carisma de Eckhart. Eu o vi entre seus frades. Ele não ouvia as palavras, observava os rostos. E, em cada um, a paixão ardente que os sermões do mestre provocavam. Vi repulsa em sua expressão; ele parecia dominado pela náusea a cada vibração do auditório. No fim, despediu com rudeza os franciscanos que o cercavam, ordenando-lhes que retornassem ao convento e defendessem em silêncio a pobreza de Cristo, em vez de se fazerem cúmplices dos cães que ladravam sua palavra.

"Kanssel estava decidido a esmagar a soberba dos dominicanos e restabelecer o ideal evangélico dos frades mendicantes. O cerne de seu ódio era fiel à sua fé, o que o tornava feroz. Para atingir a ordem deles, o que haveria de mais perfeito do que balançar seu representante mais prestigioso?

"'Balançar' Eckhart podia parecer presunçoso da parte de um frade cuja cultura cabia em um quarto de pergaminho. Mas Kanssel tinha uma energia inesgotável e uma rede de informantes em todos os conventos e beguinarias da Alemanha. Além disso, os sermões do mestre tinham sido criticados pelas altas instâncias de sua ordem, e os rumores de heresia continuavam crescendo em torno dele como odores mortais. Por fim, Kanssel não tinha medo de nada. A fama de Eckhart não o impressionava. Nunca pronunciava a palavra 'mestre' ao falar dele; 'frei Eckhart' bastava. Quanto a mim, ele me chamava de 'cachorrinho' e não parava de me insultar.

"Eu falava dessas ameaças ao mestre, mas sua resposta mostrava que ele não tinha a exata medida do perigo: 'Esse franciscano é um homem de Deus, Guillaume. É vulgar e estúpido, mas sua estupidez é pura, e sua vulgaridade, transparente. São qualidades que devem ser respeitadas.'

"Em Estrasburgo, Kanssel já havia tentado pôr a Inquisição em nosso encalço. Até mesmo viajara a Avignon para apresentar pessoalmente ao papa João um protesto contra o vigário-geral e os desvios que ele deixava espalhar-se pelos conventos de mulheres e pelas beguinarias assediadas por êxtases místicos e sensuais. Afirmava que as palavras de seus sermões apareciam nos poemas inflamados daquelas pecadoras e que neles se reconhecia o Livre Espírito. O papa enviara cartas, mas daí a iniciar um processo de Inquisição... O poder da Ordem Dominicana ainda se impunha na cúria.

"Depois dessa viagem, Kanssel percebeu que seria impossível destruir Eckhart desse modo. Como não podia atacar o mestre, decidiu atacar o homem. Quis entrar em sua intimidade e arrancar minhas confidências, enviando até mim um jovem franciscano que me ofereceu falsa amizade. Inútil. Não havia nada que reprovar em Eckhart. Sua conduta era a de um frade num mosteiro que era o mundo, onde ele respeitava as regras de sua ordem.

"Mas havia Mathilde.

"Kanssel soube da existência daquela beguina velada que cantava e expunha sua nudez. Eckhart parecia ligado a ela. Um informante lhe contou que, sempre que podia, o mestre voltava a Ruhl e que os dois trocavam abundante correspondência. Kanssel interceptou algumas cartas e mandou copiá-las. Não encontrou frases suficientemente comprometedoras para apresentar, mas colóquios espirituais e os submeteu ao estudo de um mestre franciscano. Este não conseguiu extrair nenhuma palavra dissidente, mas ressaltou um ponto que Kanssel já havia vislumbrado: Eckhart corrigia Mathilde.

"Os poemas que ela lhe enviava eram penetrados por um fogo místico que ardia além dos territórios da Igreja. Neles se detectavam palavras que não teriam sido renegadas pelos adeptos do Livre Espírito. As respostas críticas de Eckhart, tão amenas na expressão, eram a prova de que nos escritos da beguina apareciam de fato indícios de heresia. Kanssel decidiu utilizar aquelas cartas para instruir um processo de Inquisição não contra Eckhart, mas contra Mathilde. Nesse processo, ele transformaria Eckhart no principal acusador daquela beguina.

"Nós não sabíamos de nada dessa armadilha. Eu nunca poderia pensar que no coração de um frade pudesse haver tanta crueldade e perversidade.

"Durante o ano seguinte, a correspondência entre Eckhart e Mathilde foi abundante. O mestre a convertera numa confidente espiritual. Apresentava-lhe os temas de seus sermões futuros e dava ouvidos a seus conselhos sobre a maneira mais adequada de expressar suas teses.

"A vida de Mathilde se transformara desde que o conhecera. Ela dedicava o essencial de seu tempo às conversas com ele. A grande dama precisara chamar sua atenção, para que ela não negligenciasse o trabalho na enfermaria junto aos doentes.

"Um dia lhe escreveu um poema que rapidamente se tornou famoso no mundo das beguinarias. Nele, retomava a imagem do 'longo desejo'. Dirigia-se a Deus como a um esposo e começava com esta prece: 'Cobre-me com o manto de teu longo desejo'. O teólogo franciscano a mando do arcebispado encontrou aí a prova da vontade de união carnal com o Criador. E Kanssel o usou para o primeiro ato da denúncia de Mathilde.

"'*Cobre-me com o manto de teu longo desejo*
"*Não deixes meu corpo nu morrer no frio do mundo*
"*Não deixes o dia extinguir-se para ele*
"*Recolhe em tua paixão um pouco de minha dor*
"*Recolhe em tuas mãos feridas o pouco de minha carne*
"*E conduze-me ao ponto em que, desfeito de matéria e tempo,*
"*Só subsista de mim o longo abraço de tua graça*
"*E, no âmago desse abraço,*
"*O segredo de teu amor e de minha eternidade*
"*O longo desejo.*'

"O 'longo desejo' voltava em quase todos os poemas de Mathilde. Essas duas palavras, lidas nos escritos de uma freira flamenga, falavam a seu coração e continham o amor a Deus com a mesma força de uma página do Evangelho. Nele, Kanssel só via lubricidade. Eckhart a advertia. Mas Mathilde respondia com malícia, usando fórmulas bem mais provocantes extraídas de seus próprios sermões.

"Distantes daquelas ameaças, voltávamos a Ruhl despreocupados. Estávamos em casa. Apesar da distância, desde a partida para Colônia, Eckhart não deixava de fazer aquela viagem a cada nova estação. Suas tarefas administrativas ocupavam a maior parte de seu tempo, mas o ar de Ruhl as tornava menos penosas. 'Purificava o pensamento', garantia. Ele trabalhava durante o dia e preparava os sermões à noite. Dizia que o lugar lhes dava a profundidade que ele procurava. Foi lá que escreveu suas mais belas páginas. As frases que nelas depositava não continham apenas a marca de Deus mas também a da acolhida das beguinas, dos cantos celestiais de Mathilde e da pequena sombra que seguia seus passeios noturnos pela área murada.

"Marie estava sempre onde estava o 'Coruja'. Eckhart me confidenciou que aquela criança lhe dava algo de sua graça e o ajudava a combater as angústias da noite e, mais que isso, a convertê-las em discursos. Falando de Marie, dizia: 'A graça, Guillaume, é o que Deus dá por nada. Na presença dela é o que eu sinto: a graça e o nada. Todos os meus sermões são escritos com essas duas palavras...'

"Mathilde continuava a velar o rosto diante da filha, e seu coração permanecia fechado para ela. As palavras do mestre sobre esse assunto tinham malogrado, como as de suas irmãs. E nada parecia poder preencher a fenda aberta na alma de Mathilde. Nem a palavra dos homens, nem a de Deus, nem a de Eckhart."

Capítulo 30

Processo

"À frente do Studium de Colônia, a mais prestigiosa escola da Teutônia, Eckhart se encontrava. Sem se conceder o mínimo descanso, lançou-se a uma atividade exaustiva de ensino, acrescida da redação de uma grande obra em que deviam ser desenvolvidos todos os temas de sua pregação.

"Ele pregava diante de multidões cada vez mais numerosas.

"O convento da Stolkgasse estava mais bonito. O sucesso dos sermões garantia benefícios importantes que financiavam as obras, e afluíam doações para a obtenção de sepultura no cemitério dos dominicanos.

"Assim como em Estrasburgo, o clero secular se insurgiu contra aqueles 'mendicantes' de bolsos cheios de ouro. A atmosfera da cidade era deletéria. O papa não retirara o interdito.* As portas das igrejas tinham sido trancafiadas, e o badalo dos sinos havia sido removido, para torná-los mudos. O povo, sem missa e sacramento, sem bênção para seus mortos, lamentava-se. Muitos apoiavam o imperador excomungado que, em segredo, incentivava as heresias. Nas arcas dos pregadores do Livre Espírito, fora encontrado ouro imperial.

---

* Decisão do papa que suspende toda a vida religiosa numa região.

"O arcebispo Henrique de Virneburgo defendia ardentemente o papa. A cúria lhe destinava rendimentos cada vez mais caridosos para sustentar sua boa vontade. Os franciscanos, que criticavam seu luxo na corte de Avignon, pregavam a rebelião. Diante da ameaça de anarquia espiritual, foi recomendada a todos os prelados a maior severidade possível.

"Para afirmar a autoridade da Igreja, o velho inimigo de Eckhart reiniciou sua cruzada contra o Livre Espírito. Foi sangrenta. Ele caçou impiedosamente todos os que, de perto ou de longe, pudessem ter algum elo com a heresia. As fogueiras crepitavam em todas as cidades da Teutônia.

"Sob a influência de traidores a soldo do imperador, o espírito de rebelião contaminou alguns conventos dominicanos, desencadeando o furor do papa. Henrique de Virneburgo aproveitou essa situação favorável e retomou o procedimento de inquisição contra Eckhart. Em situação difícil por causa da revolta de seus conventos, o conselho não pôde se opor.

"Em maio de 1326, o arcebispo mandou redigir uma lista de quarenta e oito erros extraídos de seus sermões e impetrou o processo de inquisição, mas não o pôs nas mãos dos dominicanos, e sim nas dos franciscanos, mais propensos a condená-lo. O caso arrastou-se por meses.

"Diante da Inquisição, em Colônia, Eckhart não renegou nenhuma de suas proposições e as defendeu com grandeza.

"'Posso me enganar, sim, mas não posso ser herege', foi sua única concessão ao tribunal.

"Enquanto outros artigos suspeitos de heresia constituíam novas acusações, Eckhart decidiu recorrer de todas elas, para se defender diretamente diante de João XXII.

"Na metade do inverno de 1327, aprontamos as malas para viajar a Avignon.

"Eckhart compareceu ao julgamento com altivez, inconsciente dos perigos que pesavam sobre ele. O arcebispo de Virneburgo ganhara importância na cúria. Tornara-se o escudo do papa contra o imperador. A envergadura espiritual do mestre não resistia com tanta firmeza a tal vantagem política.

"Três leitores da Teutônia nos acompanhavam para trabalhar em sua defesa e dar testemunho do apoio da Ordem Dominicana.

"Ficamos hospedados no amplo convento dos pregadores, perto do palácio da cúria. Durante meses intermináveis, duas comissões de cardeais e de mestres em teologia examinaram as proposições suspeitas de heresia. O tempo se imobilizava em torno de nós. Eckhart estava assoberbado de trabalho, e eu, de tédio.

"Ele passava os dias redigindo sua defesa e debatendo cada artigo com os leitores. Os dias se eternizavam, e as portas do palácio permaneciam fechadas. O caso era muito delicado para a cúria, que se equilibrava entre a força da Ordem Dominicana, que sustentava Eckhart, e a vontade do papa de satisfazer seu arcebispo, de modo que nenhuma decisão era tomada por ninguém.

"O calor do verão maltratou nosso corpo habituado à atmosfera gélida da Alemanha. O silêncio que nos cercava e a suspeição que sentíamos crescer nos convertiam em dois prisioneiros que não haviam recebido notificação da pena. Podíamos sair do convento sem nos afastar do olhar dos frades carcereiros que nos vigiavam. Meu coração só se alegrava quando eu pensava na beguinaria. O de Eckhart parecia encher-se de furor à medida que continuavam chegando acusações que agravavam a denúncia.

"Seu humor se tornou instável. Alternava-se entre momentos de abatimento e de exaltação raivosa contra o encarniçamento de que estava sendo vítima. Pela primeira vez na vida, sentia que sua autoridade já não valia. Não estávamos em Paris nem nas cidades universitárias que o respeitavam. Os turbilhões políticos eram tão poderosos que engoliam as grandes figuras do passado e as vozes que já não tinham ressonância no tempo presente.

"Sua glória fenecia, e o resultado do processo não mudaria o curso da história.

"História: era ela que arrastava Eckhart. O poder espiritual aos poucos se dobrava diante do poder temporal. Os tempos já não eram de ambições místicas. O mundo olhava para a terra. O povo tinha fome e frio. Não queria se unir a Deus, mas alimentar seus filhos e abrigá-los sob um teto. Não esperava a ajuda dos frades mendicantes que lhe propunham confissões, e sim a dos leigos que lhe prometiam trabalho. Não era o arcebispo o maior inimigo de Eckhart, mas a desespiritualização do mundo.

"Empenhado incansavelmente no processo, ele negligenciava os sermões e a redação de sua grande obra. De tanta leitura à luz vacilante das velas, sua vista estava se toldando. Ele me mandava correr à cidade em busca de todos os boticários para comprar consolo-de-vista, que possuía a maravilhosa propriedade de curar os olhos. Foi o único remédio aconselhado pela medicina que o vi tomar. Mas a ameaça da cegueira o mergulhou em tal angústia...

"Ele me dizia que seus sermões não resistiam diante da promessa da escuridão. Repetia que seus olhos o tratavam de impostor porque sua elevada espiritualidade não lhe servia de nada para aceitar o destino que lhes estava prometido. Quando via as imagens escurecer, era dominado pelo pavor, e o homem pobre que ele sonhava ser inclinava-se diante do homem cego e aterrorizado.

"Para repouso, restavam as cartas de Mathilde.

"Era por minha voz que as ouvia, para não cansar os olhos. Que lindas coisas pude ler, Antonin, e esquecer! Sua pluma nos levava à beira da beleza dos céus. Deus pusera a tinta.

"Mas Eckhart estava se esgotando. Em novembro, ficou gravemente doente."

Capítulo 31

Em nome de Eckhart

"Foi acometido por uma tosse maligna e escarrava sangue. Um médico da cúria diagnosticou uma febre mortal que tomava conta dos pulmões. Eckhart recusou as sangrias e mandou embora todos os terapeutas. A febre aumentava, apesar dos banhos de água fria e das decocções de folhas de salgueiro. Ele parou de comer, e era preciso lutar para fazê-lo beber alguma coisa. As tosses sanguinolentas arrancavam-lhe estertores de dor. Começou a delirar.

"Como sua morte parecia próxima, pediu-se uma extrema-unção. Os cardeais precisaram debater para saber se era ortodoxo administrá-la a um suspeito de heresia. Afinal, foi administrada. E o estado de Eckhart continuava piorando.

"Uma noite, foi tomado por violentas convulsões que o arrancaram do leito. Ao cair, fraturou o ombro e mordeu gravemente a língua. Sua fala se tornou incompreensível, e as semanas seguintes transcorreram na maior confusão.

"À noite, eu lhe relia os poemas de Mathilde, que acalmavam sua agitação.

"Desde nossa chegada a Avignon, ela escrevia todos os dias. Recebíamos as cartas graças à ajuda de um noviço dominicano que trabalhava no encaminhamento da correspondência da cúria para as dioceses. Por algumas moedas, os mensageiros que percorriam a região a cavalo deixavam-nos aproveitar suas sacolas.

"Um dia, as cartas pararam.

"Aos poucos, Eckhart afundava no coma. A febre avançava e recuava. Sua consciência ressurgia por instantes, e ele então se debatia em meio a sofrimentos atrozes. Naquele tumulto, eu conseguia fazê-lo beber alguns goles de água. Um médico ensinou-me a administrá-la pelo ânus, quando seu estado impedisse qualquer outro meio.

"Seu pulso enlouquecia. A respiração parava. Mil vezes achei que ele tinha morrido. Mas sua vida resistia. Durante semanas eu esperava os momentos em que sua consciência despertava para lhe dar um pouco de comida. O que me preocupava era o silêncio de Mathilde.

"Fora do convento, ninguém sabia de nada. Dentro, os frades não tinham o direito de falar comigo e se afastavam quando eu passava. A acusação de heresia pesava sobre nós, e, até prova em contrário, éramos culpados. Impossível, naquelas condições, ter notícias do mundo.

"Em janeiro, o noviço trouxe-nos uma carta assinada pela grande dama de Ruhl.

"Mathilde tinha sido presa. A Inquisição a julgava em Colônia, com outras beguinas acusadas de heresia.

"Eu não sabia o que fazer.

"A audiência que pedi à cúria para buscar ajuda me foi recusada. O provincial da Teutônia, Henrique de Cuso, que viera apoiar Eckhart, deixou de me oferecer socorro. Defender uma beguina herege só podia agravar a situação do mestre e desservir sua causa. Ele me despediu.

"Eu me vi sem solução e numa solidão absoluta. Por fim, decidi pegar o caminho de Colônia, confiando os cuidados do mestre aos frades do convento.

"Naquele ano, a cheia do Reno inundou todas as estradas. As tempestades se sucediam. Levei mais de um mês para alcançar a cidade. Assim que cheguei, pedi audiência ao palácio do arcebispo, que saíra de suas terras em Bonn. Supliquei, em nome de Deus e do papa, que a concedesse.

Ele me fez esperar sua resposta uma semana. Uma semana que passei girando, impotente, por aquela cidade onde tínhamos sido aclamados e onde eu só encontrava indiferença ou suspeita.

"Implorei então o apoio da universidade onde Eckhart ainda tinha um cargo. As portas do Studium permaneceram fechadas.

"A audiência finalmente foi marcada, e, naquele dia, fui ao palácio episcopal orando por Mathilde. Cheguei pela manhã, e me fizeram esperar até a noite. A sala de audiências só se abriu para mim depois da saída do último visitante e dos lacaios que limpavam o chão. Penetrei naquele extenso aposento onde o mestre várias vezes desafiara tão imprudentemente a autoridade da Igreja. O arcebispo não me esperava lá, mas sua cátedra não estava vazia. Kanssel ocupava o lugar dele.

"Mandou que me aproximasse. Estava cercado por seus dois noviços, mais encovados que nunca. Ele pendia a cabeça para o ombro, com a pupila de serpente fixada em mim.

"'Irmãos, contemplem o cachorrinho de Eckhart, que veio ganir', declarou.

"Os dois espectros se inclinaram para enxergar melhor aquele jovem dominicano em sua batina ainda manchada da lama da viagem, com o rosto macilento de cansaço, tão lastimável quanto eles diante de seu algoz.

"'Chegue mais perto', disse Kanssel.

"Avancei para a cátedra, baixando os olhos. Seus pés nus nas sandálias estavam cobertos de sujeira.

"'Como vai seu mestre? Dizem que o diabo tem a intenção de chamá-lo a si.'

"'Vai viver.'

"Kanssel aproximou seu rosto do meu. Ainda sinto seu mau cheiro.

"'Sei por que ele o manda aqui. Por causa da prostituta de Ruhl.'

"'É em nome de...'

"'Cale a boca', gritou. 'Você envergonha sua ordem, envergonha Cristo. Enquanto servia o herege, seus irmãos franciscanos purificavam esta região infectada. Seu mestre transvia as almas e as mergulha no caos, e sou eu que as corrijo. A beguina velada cometeu os piores pecados, os escritos dela vertem luxúria.'

"Os dois noviços uniram as mãos ao ouvirem essa palavra.

"'A pecadora pedia: *'Cobre-me com o manto de teu longo desejo.'* Eu a cobri com um manto de chamas', escarrou Kanssel.

"Aquelas palavras me fizeram cambalear. Todo o mal da terra parecia estar concentrado no corpo raquítico e torto do franciscano. O mestre estava enganado, o mal tinha, sim, existência, e o demônio se encarnava nos homens.

"'Ela teve direito a um processo justo', continuou. 'Suas irmãs renegaram os desvios que cometeram e fazem expiação em mosteiros de onde não sairão nunca mais. Só ela perseverou no erro. E seu mestre ajudou bastante o inquisidor.'

"Eu não entendia o que aquelas palavras significavam. Kanssel as repetiu, com uma espécie de volúpia.

"'As cartas dele a acusaram mais que todas as provas que levantamos. Elas corrigiam com amizade os enlevos, os êxtases, a arrogância de sua fé, mas, ao corrigi-los, eram suas testemunhas. Quanto ao resto, o chicote obteve a confissão de seus crimes.'

"Kanssel parou e perscrutou meu rosto para nele buscar a ferida de suas palavras.

"'Quantas culpas para uma alma tão jovem! Lubricidade, impudicícia e heresia! Ela pretendia se unir a Deus... abrindo as coxas. Aliás, tenho certeza de que o manto de seu mestre a cobriu. O maligno estava dentro daquela mulher. O véu não protegia sua virtude, escondia seus apetites. Ela confessou a inspiração diabólica de seus poemas e a contaminação de vossas beguinarias, antros do Livre Espírito...'

"Balançou a cabeça, e sua voz se tornou benevolente:

"'No entanto, a Inquisição estava pronta para lhe perdoar. O arrependimento dela era integral. Ela havia assinado a renegação de tudo o que tinha escrito e também o juramento de nunca mais se comprometer. Sua penitência exigia a mesma indulgência com que foram tratadas suas irmãs. Você, dominicanozinho, sabe melhor que ninguém, o tribunal não condena com dureza os erros reconhecidos pelos culpados. Mas seu braço cai impiedosamente sobre aqueles que persistem no erro ou que reincidem: os relapsos.'

"Essas últimas palavras deviam ter cheiro de carne. Os dois noviços se aproximaram como abutres.

"'Eu poderia tê-la deixado em paz, mas pensei nos crimes impunes de seu mestre. Então decidi ir em busca de um castigo mais justo. Eu sei que a Igreja nunca ousará condená-lo como merece. A justiça dos poderosos não castiga os poderosos. Mas eu, frade mendicante, eu faço a justiça dos pobres. Por que os hereges do povo seriam os únicos a queimar? Nunca se vê um príncipe arder nas chamas, nenhum mestre de universidade, nenhum bispo!'

"Kanssel agarrou meu braço.

"'Fui pessoalmente visitá-la no calabouço no dia seguinte ao julgamento. O véu lhe havia sido arrancado fazia muito tempo. Ela tinha o rosto de todo mundo. Fui com as minhas testemunhas', disse, designando seus noviços. 'Bastava-me ouvir uma única palavra renegada para mandá-la de volta ao juiz.'

"A raiva me revirava o estômago, Antonin, eu era como que um inseto nas garras de Kanssel e sentia o coração abandonado de Mathilde bater ao lado do meu.

"'Você a torturou...'

"'Não, não a toquei. Um franciscano não faz mal a ninguém. A única coisa que eu fiz foi lhe mostrar a denúncia. Quando viu que o nome de seu mestre estava lá como primeiro acusador, ela se enroscou num canto como uma minhoca arrancada da terra. E, você sabe como as almas possuídas pelo diabo podem agir de maneira insensata, em vez de gemer, ela começou a cantar. A cantar como numa capela, quando estava apodrecendo no fundo de uma masmorra.'

"Kanssel deu uma olhada zombeteira para seus noviços.

"'Esses dois aí acharam que o canto tinha algo de suave. A alma ignorante deles se deixou enfeitiçar pela suavidade malfazeja. Mas eu não. Eu achei algo de duro. Eles', disse com voz forte, fazendo recuar seus servidores, 'só ouviram uma melodia que saía da garganta dela. Eu não, eu vi seus lábios se mexendo. O canto tinha palavras. Fui tentar descobri-las bem pertinho dela. E ouvi claramente as palavras do poema que ela havia renegado diante de Deus. Aquelas palavras que ela havia jurado nunca mais pronunciar. 'Longo desejo', murmurava, 'longo desejo'...'

"A boca de Kanssel encostou-se na minha orelha e articulou lentamente a sentença: 'Relapsa.'

"'Sim, cachorrinho, relapsa diante de três testemunhas. Nossos testemunhos de homens da Igreja foram suficientes, e ela não os contradisse. Fechou-se no silêncio até o fim. Eu mesmo a fiz montar na carroça para a fogueira.

"Kanssel apontou a porta.

"'Fora daqui, agora. Você vai poder dizer a seu mestre que ela foi queimada em nome de Eckhart.'"

A voz do prior Guillaume tremeu ao se lembrar daquele dia em Colônia. A emoção apertava a garganta de Antonin. Na sala do capítulo instalou-se um silêncio doloroso.

— E a menina? — perguntou Antonin.

— Depois de Colônia, voltei à beguinaria. A menina tinha sido levada pelos franciscanos. Ninguém sabia para onde tinha ido.

— Eckhart estava...?

O prior levantou a mão para indicar que precisava descansar.

Antonin se calou e voltou ao *scriptorium* para copiar os escritos do dia no velino. Sua pena estava pesada. O martírio de Mathilde partia seu coração.

"Por nada, repetia, por nada..."

O prior lhe contara o resultado do julgamento de Eckhart. Sua defesa e a forte influência da Ordem Dominicana permitiram evitar a acusação de heresia que englobava a obra e o homem. Acabou-se por abrir um simples processo de censura que só atingia a formulação de seus sermões. Guillaume se lembrava de uma declaração do mestre sobre o assunto.

"'Só preciso renegar aquelas proposições', dizia. 'Elas serão censuradas, mas não declaradas heréticas. Heresia pressupõe persistência no erro. Eu não persisto. O tribunal aceita a inocência de quem professou ideias contrárias ao dogma se houver um reconhecimento público do erro e essas ideias forem desmentidas. Pois bem, Guillaume, eu as desdigo depois de dizê-las. Os julgamentos dos homens não remontam no tempo. Eu aceito ser censurado, mas não quero morrer pela mão dos tolos.'"

Eckhart, portanto, nunca foi declarado herege, só seus escritos foram condenados. A Ordem Dominicana, porém, cobrou caro a clemência do tribunal, banindo-o de sua história, mas ele não foi perseguido, e sua morte impediu um novo processo.

A sentença de seu julgamento concluía-se com uma frase curta, ridículo epitáfio para tantos sofrimentos e tantas almas extintas: "Ele quis saber mais do que convinha."

"Por nada...", pensava Antonin, traçando com arte a maiúscula da primeira palavra depositada no velino.

Capítulo 32

Cruz de cinza

Dia do oblato. O prior Guillaume convocara Antonin no alvorecer. Era preciso ganhar tempo e oferecer algumas migalhas ao inquisidor. Uma nova carta do provincial do Languedoc lhe garantira que a libertação de Robert não poderia mais ser adiada. A ordem se empenhara, e um emissário estava a caminho de Toulouse. Algumas páginas de suas memórias atiçariam o apetite do inquisidor. Não seriam as que ele ditava a Antonin. Essas não estavam escritas para olhos ávidos. O inquisidor sempre odiara Eckhart e ainda perseguia seus discípulos, os "eckhartianos", seita cujos segredos ele tinha certeza de que o prior de Verfeil protegia.

Às vezes, Guillaume se perguntava se sua vontade seria suficientemente forte para resistir à cobiça da morte. Suas lembranças eram tão candentes. Sentia um aperto no peito quando revivia as horas de Colônia. Mas que importavam as dores de seu corpo e a impaciência de suas Parcas? Nada, dizia, poderia impedi-lo de concluir sua confissão, pois Deus queria ouvi-lo até o fim.

Copiadas as páginas para o inquisidor, Guillaume prosseguiu com o texto para o velino.

"Retomei o caminho de Avignon. As notícias do mestre eram melhores. Ele tinha saído do coma, porém eu não sabia mais que isso.

"Nunca me esqueci da primeira imagem que tive de Eckhart quando entrei em seu quarto. Ele estava sentado na cama, calmo; seu corpo magro, coberto por um lençol, dava a impressão de ser desmesurado. Ele pousou em mim um olhar no qual faltava alguma coisa. Seus olhos, afundados nas órbitas, pareciam mais claros, como que desbotados. Tinham ganhado a imobilidade da idade e sua marca de ausência. Ele ergueu a mão direita num aceno de boas-vindas, mas nenhum sorriso iluminou seus traços absolutamente fixos. A mão esquerda envolvia um objeto familiar, que seus dedos faziam girar na palma da mão: a corujinha esculpida na beguinaria.

"Apesar da fraqueza, ele conservava a presciência. Assim que me viu, soube que Mathilde estava morta. Indicou um banco perto da cama, e eu me preparei para lhe fazer o triste relato de minha viagem a Colônia. Mas ele preferiu não ouvir. Deixou o silêncio falar por mim.

"Sua pele tinha cor de pedra. Um ligeiro tremor agitava-lhe os lábios, e seus dedos apertados empalideciam sobre os relevos da coruja. Eu sabia que estava sendo invadido por forte emoção. Mas ele ainda era Eckhart, o homem que ensinava o desprendimento. E soube se recompor. Pediu que o ajudasse a se levantar e que o levasse até a lareira, onde repousavam as cinzas de um fogo apagado. Pegou um punhado e, deixando a cinza escapar devagar de seu punho, desenhou uma cruz no chão. Depois, ajoelhou-se diante dela. Fui me pôr a seu lado para rezar com ele diante da cruz de cinza. E jamais, Antonin, houve prece mais ardente do que aquela de que participei com o mestre naquele triste dia do ano de 1328.

"'Serão as cinzas de Mathilde', murmurou, indicando a cruz.

"Ele me pediu suas luvas de couro. Cortou um de seus dedos, encheu-o de cinzas e me pediu que o costurasse no forro de seu manto.

"'Onde está a menina, Guillaume?'

"Sua fala estava entrecortada. A febre tinha amalgamado os humores de seu crânio. Reinava nele a bile negra. As veias de sua garganta palpitavam sob seus golpes, prova de acédia. Em Paris, eu tinha visto barbeiros sangrar a jugular dos frades afetados pela melancolia, e o sangue era escuro, como o que Eckhart expelia dos pulmões. A roupa branca em torno do leito ainda estava coberta por aquele sangue.

"A sangria dos frades melancólicos era a única exceção aceita pela Igreja para a proibição de derramar o sangue dos doentes. Eu sabia fazê-la, mas conhecia de antemão a resposta dele, e não a propus. Nenhum tratamento consagrado caía nas suas graças. À parte o consolo-de-vista, que retinha a luz do dia, ele recusava todas as preparações dos boticários e só acreditava nas virtudes dos corpos alquímicos. Possuía ouro em pó e sulfetos extraídos da urina aquecida. Toda noite, tomava seus pós em doses ínfimas misturados a água. Em suas unhas ficavam vestígios desse preparado. À noite, elas se iluminavam com ligeira fosforescência.

"'Onde está a menina, Guillaume?', perguntou de novo.

"Eu não sabia. Tinha interrogado nossos frades no caminho de Avignon, mas ninguém sabia de nada. Um convento franciscano me dera hospitalidade por uma noite. Seus frades conheciam Kanssel de nome, mas não tinham nenhuma ideia da história de Mathilde e de Marie. Já não tínhamos apoio. As cartas para o vigário-geral da ordem e para o arcebispo demorariam semanas para chegar e provavelmente não teriam resposta.

"'Precisamos voltar a Colônia', declarou Eckhart. 'É o único meio.'

"Ele mal se sustinha em pé. Eu tentava demovê-lo, mas ninguém demovia Eckhart. Se as forças de seu corpo não eram suficientes, as da vontade eram. Ele as reuniu. E aquele homem de ferro exigiu andar. Contrariando seus músculos atrofiados, suas articulações enrijecidas, seus humores em excesso. Contrariando aquele corpo enfraquecido que precisava obedecer como um servo a seu senhor. Nunca vi alguém se tratar com tal dureza. Já no dia seguinte a meu retorno, ele me ordenou que o preparasse.

"'Para o claustro, Guillaume.'

"Eu o arrastava como um boneco pelas aleias. Carregava seu corpo morto nas costas. Suas pernas bambas se cruzavam e descruzavam sob ele. Seus braços em torno de meus ombros se contraíam com o esforço, e eu ouvia, perto do ouvido, o arquejo rouco de seus pulmões. A exaustão me invadia, mas nem pensar em descansar.

"Os frades do convento ficavam longe, contemplando com curiosidade aqueles dois homens entrançados, lutando em seu santuário. Foi preciso que o cansaço me pusesse de joelhos, para que Eckhart concordasse em voltar à sua cela. À noite, eu adormecia moído, mas nunca dormia por muito tempo. Sua voz vinha varar meu sono:

"'Para o claustro, Guillaume.'

"Com raiva, ele batia nas pernas mortas. Seu joelho direito tinha se dobrado durante o tempo que ficara na cama, e a rigidez era quase invencível. Eu precisava esticá-lo com toda a força, provocando dores fulminantes que o aniquilavam.

"'Continue!', ordenava, embora seu rosto gotejasse suor.

"E eu continuava, mesmo com o risco de fraturar sua perna, que estalava em minhas mãos. Assim que conseguiu levantar os pés, pediu ferros para prender os tornozelos. Um ferreiro os forneceu. A cada dia de progresso, ele acrescentava um ferro. O tilintar de seus passos lembrava o dos condenados sendo conduzidos acorrentados à forca. E ele era como eles, com suas próprias cadeias, Antonin, mas eu ainda ignorava que elas eram bem mais pesadas do que as que eu o via usar.

"Apesar dos esforços, sua fraqueza não cedia. Ele tinha perdido um quarto do peso. Amaldiçoava sua magreza e, transgredindo a regra, ordenava-me que fosse comprar carne às escondidas para alimentar seus músculos consumidos pela doença.

"Nunca conheci vontade tão aguerrida. Ele insultava o próprio corpo, como se lhe fosse estranho, como se fosse um cachorro desobediente que não atendesse às suas ordens. Era a ele que lançava aqueles bocados de carne, em sua goela aberta, para cevá-lo. Mal os mastigava, para não sentir seu gosto.

"Precisou de um mês para se levantar sozinho.

"À noite, girava pela nossa cela entre duas bengalas fortemente empunhadas, com as pernas presas em talas de madeira. Em meu meio-sono, eu entrevia aquela sombra, surgida das trevas, mancando, com as mãos brilhantes das luzes maléficas do sulfeto. E, quanto mais o olhava, mais me dizia que aquele homem não tinha escapado à morte como eu acreditava, mas que tinha sido escolhido por ela para andarem de braços dados."

O prior Guillaume ficou pensativo. No silêncio da sala do capítulo, ouvia-se a fricção aguda da pena de Antonin correndo por seus cadernos.

"Assim que conseguiu dar alguns passos, pediu autorização para sair de Avignon. Foi concedida. A censura de suas obras tinha sido sentenciada. Oficializado o seu compromisso de não mais pregar ideias 'malsonantes e que excedessem o entendimento', ele estava livre para voltar a Colônia.

"Com o consentimento da ordem, em consideração a seu estado de saúde, mandou atrelar uma carroça. Eu não tinha o direito de ir com ele e precisava andar como os outros pregadores. As chuvas torrenciais que caíam na região atrasaram nossa partida em uma semana.

"Eckhart recuperava-se devagar, mas havia mudado. Seu humor continuava sombrio. Ele se queixava de dores de cabeça e de tonturas. Dizia que sua memória estava fraca e que já não era capaz de escrever. Tinha quebrado vários estilos de raiva. Afirmava que seu pensamento já não conseguia conceber mais nada. Tinha sido invadido: Marie ocupava todo o seu espaço. Muitas vezes, parecia falar para si mesmo, mas as palavras eram dirigidas a ela, como se ele tivesse voltado à beguinaria, e a menina seguisse seus passos. Desenhava sua cruz de cinza no chão, como tinha feito para Mathilde. Mas não rezava diante dela, apagava-a brutalmente com um tapa ou a pisoteava. Praguejava então, proferindo as piores maldições. Prometia abrir o ventre do céu se Marie não lhe fosse devolvida. Eu rezava para que Deus perdoasse suas blasfêmias.

"O retorno a Colônia foi uma provação, uma luta contra os elementos, que conspiravam para nos derrubar, e contra o fogo que arrebatava o discernimento de Eckhart.

"O arcebispo pretextou uma doença para não nos receber. Kanssel estava fora da cidade e, no palácio, ninguém podia nos dar mais informações.

"Nem a poderosa universidade nem nossa ordem ofereceram ajuda. Todos os nossos apoios desmoronavam. Eckhart tinha perdido o poder.

Já não pregava, recusava-se a retomar as aulas e só se dedicava à busca da menina. Alguns frades que tinham permanecido fiéis percorriam as regiões da Alemanha para encontrar vestígios. Em vão. Não descobríamos nada, não sabíamos nada. A carroça de Eckhart sulcava os caminhos dos conventos e das beguinarias. Por minha vez, eu saía interrogando boticários e médicos que pudessem ter atendido uma pequena beguina. E foi o puro acaso que finalmente me pôs numa pista, em Coblença."

Capítulo 33

Caminho de Deus

"Eu visitava as enfermarias da cidade e dos conventos franciscanos das imediações que tivessem a bondade de me abrir as portas. Com a ajuda de meus conhecimentos de medicina, oferecia meus serviços e conseguia vencer a desconfiança de nossos inimigos mendicantes. Foi no coração de uma de suas enfermarias que encontrei um dos dois noviços de Kanssel em estado de pura inanição, morrendo lentamente.

"Custou-me reconhecê-lo. A desnutrição tinha vincado sua pele e arrancado todos os cabelos de seu crânio. Ele tinha a boca inteiramente desdentada, e dela escorria uma saliva preta.

"Estava fraco demais para responder a perguntas e a mil léguas do jovem dominicano que seu mestre humilhara no palácio de Colônia. Eu lhe dediquei todos os meus cuidados. Eckhart prescreveu incontáveis preparações suas de pós alquímicos, que eu lhe administrava em segredo. Também o alimentava, escondendo sob a batina frutos, ovos e toicinho, que ele engolia com avidez. Seu estado melhorou, e ele me dedicou seu justo reconhecimento.

"Assim que conseguiu falar, perguntei-lhe de Marie. Ele não sabia onde ela se achava, mas tinha ouvido conversas de seus confrades. E as notícias que recebi de sua boca me gelaram. Kanssel deixava a pequena morrer de fome."

— Nenhum frade de Cristo aceitaria tamanha ignomínia — exclamou Antonin.

Guillaume continuou seu relato, com voz abafada.

"Os frades que cuidavam dela ficaram alarmados com sua magreza, foi o que me revelou. A menina recusava comida. Eles perguntaram a Kanssel qual era a melhor atitude. 'Não se metam', respondeu, 'ela vai para o céu sem ter possuído coisa alguma.'

"Nós a tínhamos procurado em todos os lugares, Antonin, mas ela já não estava na Alemanha.

"Ele a enviara à Itália, ao Norte, perto de Milão, onde os franciscanos tinham conventos e beguinarias.

"Assim que contei as revelações do noviço a Eckhart, ele decidiu que partiríamos. Demoramos um mês para chegar ao convento dominicano de Milão. Eckhart conseguia andar curtas distâncias, apoiado em duas bengalas. Fazia questão de descer da carroça sempre que podia, mas caía com frequência. Os caminhos montanhosos eram percorridos em lombo de mula, o que martirizava nossas vértebras. Sei que ódio é pecado, Antonin, mas o ódio que nutri por aqueles animais durante toda a minha juventude superou meu medo do inferno.

"Eckhart fez aquela viagem em absoluto silêncio.

"Os frades que nos acolheram sabiam onde Kanssel se encontrava. Estava terminando seu giro anual pelas beguinarias e fazia retiro no convento de Monte-Alto a vinte léguas em direção nordeste. Não tivemos tempo de pôr nossas coisas nas celas. Eckhart quis partir de novo antes do anoitecer.

"Monte-Alto fica empoleirado num pico rochoso que domina a planície do rio Pó. Ali se chega atravessando florestas de acácias e pântanos onde planam garças-reais às centenas. Ao amanhecer, a carroça atolou, e passou-se um dia inútil na umidade e sob nuvens de mosquitos que atormentavam qualquer forma viva. Alguns camponeses vieram nos socorrer e nos levaram aos franciscanos.

"Estávamos tão cansados e desesperançados, Antonin! Fazia meses que caçávamos Kanssel, e eu acabava por acreditar que o céu o protegia. Aquele homem estava sempre nos escapando. Eu me dizia que ele tinha encontrado uma aliada à sua imagem e semelhança na lama que havia afogado nossa carroça. Ele sabia que estávamos no seu encalço, e aquelas horas perdidas nos charcos tinham-lhe sido mais uma vez injustamente concedidas.

"O prior do convento nos ofereceu hospitalidade. Fomos conduzidos à sala de aquecimento para secarmos nossas roupas úmidas ao pé do fogo, mas eu não me aquecia. Lembro-me de ter achado que as brasas franciscanas eram mais frias que as nossas. Esperamos muito tempo, sozinhos naquele aposento. O convento parecia deserto, mesmo assim sentíamos a presença daquela serpente, Antonin. Eu achava que ele se esconderia sob a proteção do prior. Mas Kanssel não estava se escondendo.

"Ele apareceu. Seu ar era menos miserável do que no palácio do arcebispo.

"Em suas terras e entre os seus, parecia um frade.

"Avançou em nossa direção e ficou em pé diante do mestre.

"'Não tenho medo de você, frade dominicano.'

"'Onde está ela?', perguntou Eckhart.

"'Morreu', respondeu Kanssel com voz calma.

"Eckhart vacilou.

"'Sim, eu a salvei de sua influência diabólica.'

"'Você a matou', murmurou Eckhart.

"'Não', disse Kanssel. 'Fiz dela uma franciscana. E talvez uma santa. Ela entrou em jejum por livre e espontânea vontade.'

"'E?'

"'E quem sou eu, eu, mendicante de Cristo, para interromper um jejum de santidade?'

"'Você a deixou morrer de fome', sussurrou Eckhart. 'Você a deixou morrer de fome...'

"Kanssel pousou a mão no ombro dele.

"'Meu irmão', disse, 'o caminho de Deus é escarpado para as criaturas e defendido das trevas. Você sabe disso como eu. É preciso que nossa fraternidade nos ajude a percorrê-lo juntos e a enfrentar suas provações com dignidade.'

"Eu agarrei a batina daquele demônio e empunhei minha bengala para enfiá-la na garganta dele, mas Eckhart me deteve.

"'Largue-o, Guillaume!'

"Kanssel me olhava sem a menor perturbação. Não havia medo nele. Desenhou uma cruz de bênção sobre a testa do mestre e retirou-se.

"De raiva, arrebentei a bengala no chão."

O prior Guillaume calou-se. O sacristão estava preocupado com seu cansaço e se dispôs a acompanhá-lo à cela, mas Guillaume continuava imóvel e pálido, mergulhado nas lúgubres lembranças que acabava de revelar. Seu olhar fixava as brasas que escureciam no aquecedor.

— ... Todos aqueles mortos, Antonin, que não precisam de terra para serem enterrados e se encontram nas lareiras apagadas. Todas aquelas cruzes de cinzas que devemos erguer para eles... E, como eles, sem sepulturas, nossas esperanças, alegrias, certezas... Quantas cruzes de cinzas traçar no chão de nossas celas para nossas desilusões?

Antonin voltou ao *scriptorium*, deixando o sacristão cuidar do prior.

Sem pressa, traçou no velino as preciosas letras que guardavam a memória de uma beguina queimada e uma criança abandonada. Ele gostaria de saber o que o destino reservara a Eckhart depois do encontro com Kanssel. Mas o prior não tivera forças para continuar.

Antonin saboreava aqueles longos momentos de solidão e arte, em que sua mão, sobre as peles, ia ganhando segurança. O lugar lhe parecia tão sagrado quanto uma capela. E, se lá as horas paravam, era porque o tempo também orava.

Ficou até tarde da noite. No momento em que ia apagar as velas para dormir, um frade empurrou a porta.

O prior o chamava.

Antonin quis cobrir a escrivaninha e proteger o velino, mas o frade o apressou. O chamado era urgente. Ele acelerou o passo em direção à sala do capítulo. O sacristão lhe abriu a porta. O jovem curtidor estava lá, Antonin não tinha sido avisado de sua vinda, mas não teve tempo de se alegrar. Profunda seriedade marcava o semblante do prior, sentado em seu lugar diante do livro.

Fez-lhe sinal para se adiantar. Pelas expressões alteradas do curtidor e do sacristão, Antonin imaginou que lhe seria anunciada alguma notícia funesta.

Apertou os punhos quando a voz de Guillaume se elevou.

— Robert assinou confissões de heresia.

Capítulo 34

Por Robert

Robert tinha sido libertado do muro estreito e posto numa cela mais ampla, com uma lucarna que dava para o céu. Tinha direito a duas refeições por dia e a água limpa. Bem diferente do regime que havia conhecido. Apesar disso, nunca tinha sentido tamanho sofrimento. Seus joelhos estavam manchados de sangue, tantas vezes ele rezara implorando perdão a Deus por sua fraqueza. Sua miserável fraqueza. Sentia saudade do muro estreito, onde deixara a coragem e o amor-próprio. Abandonados lá, entregues à podridão. A matraca da leprosa arrebatara tudo. E o corpo devorado daquela mulher, desnudado pelo oblato e jogado na sua cama, o separara de seu próprio espírito. A mão que assinara as confissões se tornara estranha. Ele gostaria de decepá-la. Por suas faces corriam lágrimas quando pensava no convento de Verfeil e em seu confrade Antonin, que ele nunca mais veria, pois tinha decidido morrer.

— Quem pode fazer alguma coisa? — perguntou Antonin.
— Ninguém — respondeu o prior com voz apagada. — As questões de heresia não cabem ao clero. Ficam sob a autoridade exclusiva do inquisidor. Mesmo que eu tivesse todos os cardeais de Avignon comigo, nada mudaria. O único superior do inquisidor é o papa, e o papa nunca

vai desautorizá-lo. Foi ele que o nomeou, que o impôs, contrariando o voto de seu conselho. Os dois se conhecem bem e se estimam. E ele desconfia de mim. Eu o encontrei depois da morte de Eckhart, quando fui depor diante do tribunal que havia condenado os sermões dele. Era cardeal e me disse que teria mandado Eckhart para a fogueira, se tivesse poder para tanto.

— E agora?

Os três homens estavam em silêncio. Antonin prendia a respiração. O prior tossiu durante muito tempo, depois acenou para o sacristão.

— Atrele uma carroça. Partimos amanhã de manhã.

O velho frade se retesou.

— Você não pode ir, Guillaume. Mal consegue andar.

— O inquisidor quer um livro, eu vou trocá-lo por um frade.

— Ele nunca vai deixar você sair de lá.

— Jean... — disse o prior com voz mais branda.

O sacristão baixou a cabeça.

— Em Kaffa, conheci um frade que não tinha medo de nada, que vi lutar de espada em punho ao lado dos soldados.

— Em Kaffa eu tinha 20 anos — respondeu o sacristão.

— É a idade de Robert.

— Você nunca vai convencer o inquisidor.

— Ele me deve uma coisa.

— Porque você impediu que ele fosse coroado com uma cabeça de porca? — zombou o sacristão.

— Não, por uma palavra que cumpri.

O sacristão deu de ombros.

— Ele tem tanta honra quanto um rato.

Ao alvorecer, uma carroça puxada por um grande cavalo de tiro saiu do convento de Verfeil. Um homem que parecia doente ia deitado num leito de palha, com um cobertor sobre as pernas e um capuz que lhe cobria o rosto. Dois rapazes caminhavam à frente: um frade de túnica branca e outro que não usava hábito. Atrás, um velho frade fechava o cortejo.

Este empunhava um estranho cajado de peregrino envolvido em panos atados, que parecia bem pesado.

Durante a noite, o velino tinha sido encerrado num cofre de chumbo e escondido numa cavidade, dentro do reservatório de cal.

Sobre a carroça caía a chuva pesada. O sacristão estendera uma tela para proteger o prior, cuja saúde se degradava. Três dias de viagem, com longas pausas exigidas pelos acessos de falta de ar. Fazia frio, e a chuva não parava. As duas noites na floresta, sem fogo, foram glaciais. A lama invadia os caminhos, e as rodas atolavam. Todos estavam cansados e sombrios. Andavam como peregrinos quase sem forças. Quando Toulouse e suas muralhas se mostraram, era como se eles vissem a Terra Santa.

O curtidor reconheceu os perfumes familiares nas proximidades da pelaria. Os bons fedores que anunciavam o repouso. Passaram a noite perto dos couros postos a secar. Encontrou-se um quarto para o prior, e seus companheiros precisaram se contentar com enxergas na oficina dos pergaminhos. Apesar dos turcos que trabalhavam ao redor, Antonin sentia-se em casa, como no jardim dos símplices. A transparência das peles tinha a pureza de um elixir, e ele não se cansava de acariciá-las como se fossem matéria viva e macia. A rameira tinha ido embora do lugar, mas a mão de Antonin a reencontrava no contato com os velinos.

A vida de Antonin retomava o caminho perdido e seguia em linha reta.

Ele havia recuperado a amizade do curtidor, que lhe contara sua história durante a viagem. O pai dele vinha de uma aldeia próxima de Montpellier, onde tinha sido surrador de peles num povoado que produzia um couro medíocre, distribuído aos produtores de sapatos. Ele lhe ensinara o ofício e prometera um futuro igual ao seu. Até que desejável, pois nunca lhes faltaram pão e madeira de aquecimento.

Nos arrabaldes havia sido aberto um curtume mais nobre, protegido pelo senhor do lugar. As peles que ali secavam eram bonitas, organizadas e exalavam um cheiro mais sutil que a do povoado. Subia das tinas nas quais ficavam de molho as matérias brutas, cheias de casca de carvalho e cinzas que perfumavam os cheiros nauseabundos. O jovem artesão muitas vezes se demorava nas imediações para respirá-los nos dias em que ia entregar calçados no mercado de La Condamine. Foi lá que conheceu um iluminador que apreciava seus couros. Aquele homem bem-nascido interessou-se por aquele vendedor de calçados que falava das peles com paixão. Revelou-lhe a existência do couro dos pergaminhos preparados no curtume nobre, onde o recomendou. O curtidor então ingressou num mundo novo. Levantava-se com o alvorecer para sair cedo do mercado e ir ao encontro do pergaminheiro que o empregava como aprendiz.

Iniciava-se na profissão sem dizer ao pai, que não queria saber daquilo. Para ele, o couro dos pergaminhos estragava peles para fazer livros que ninguém sabia ler. Os clérigos não passavam de uns preguiçosos incapazes de pôr as mãos para trabalhar, fanáticos que matavam vacas para borrar a pele delas com tinta de escrever.

Quando ele morreu, o jovem artesão foi com os irmãos para Toulouse, onde quis continuar no ofício. O curtume dos turcos lhe ofereceu emprego porque ele conhecia o tratamento dos pergaminhos, cuja fabricação eles pouco dominavam. Ele se tornou fornecedor dos iluminadores da cidade que trabalhavam para o clero ilustrando livros de horas e missais.

Em contato com eles, aprendeu a reconhecer as letras. Um frade dominicano que tratava com os iluminadores concordou em iniciá-lo na leitura e na escrita. Ele mostrou ser talentoso.

Ouvindo falar daquele curtidor que fazia o belo couro de seus pergaminhos e sabia ler, o prior Guillaume o chamou a Verfeil. Julgou-o digno de confiança. Mais do que de pergaminhos, ele precisava de mensageiros e homens confiáveis que pudessem informá-lo dos sobressaltos do mundo. Sentiu ardor naquele coração ainda novo. Abriu para ele textos litúrgicos e livros santos para aperfeiçoá-lo e apreciou nele a disposição para o estudo. Confiou seu aprendizado ao sacristão, que se apegou àquele rapaz que o ouvia com um respeito que ele não recebia de ninguém. Um dia, o prior entregou solenemente a seu novo adepto um texto que não se encontrava no *scriptorium*. Era um sermão de mestre Eckhart traduzido para o francês. Texto simples, destinado às beguinas, que conquistou o coração do jovem. Sua emoção foi tão violenta que ele acreditou em revelação divina e perguntou ao prior se seu destino não seria ingressar no convento. Guillaume desaconselhou.

Seguiram-se outros sermões, cujo sentido o prior esclarecia. Cada um acendia a mesma chama naquela alma apaixonada. O curtidor começou a preparar os velinos como objetos sagrados. "Relicários destinados a receber as frases encantadas de mestre Eckhart, tão preciosas quanto os pregos da cruz ou os espinhos da coroa de Cristo", declarara com ardor.

Mandou gravar uma medalha com um E gótico e a pendurou no pescoço, sem nunca a abandonar. Ofereceu uma ao sacristão e uma ao prior, como sinal de reconhecimento aos amigos do mestre. Mas Guillaume recusou:

— É ao texto que você deve prestar homenagem, não ao homem.

Tudo o que dissesse respeito a Eckhart precisava permanecer secreto. O prior limitava-se aos sermões e nunca respondia a perguntas sobre a vida do mestre.

As coisas tinham mudado, pensava Antonin, que não entendia o que havia incitado o prior a revelar o que sempre quisera esconder. Os males que os tinham atingido haviam nascido daquele livro, e outros viriam, ele pressentia.

Que destino esperava Robert? Cada uma das páginas daquele velino maldito representava horas de vida. O tempo de seu companheiro consumia-se na ponta de sua própria pena. As palavras que ele escrevia escorriam como gotas de uma clepsidra que medisse seus dias.

O prior estava confiante, mas Antonin se perguntava se tudo aquilo valia a pena, se não seria melhor deixar os velinos virgens e que os segredos morressem com aqueles que os carregavam.

Pela manhã, atravessaram Toulouse debaixo de uma chuva torrencial, até uma praça que Antonin logo reconheceu. As portas da casa Seilhan se abriram para dar passagem à carroça deles, depois se fecharam atrás deles com um estrépito de martelada no ferro.

O oblato esperava no pátio, com a cruz vermelha bem visível no peito. Deu-lhes boas-vindas e inclinou-se diante do prior Guillaume. Alguns frades se encarregaram de ajudá-lo a descer da carroça. Sua vinda tinha sido anunciada. Eles foram conduzidos ao pavilhão de recepção de hóspedes.

Enquanto se dirigiam para o local de repouso, Antonin estacou de repente, no meio do pátio, com expressão transtornada. O sacristão gritou-lhe que os seguisse, mas ele ficou surdo a seus chamados. Fixava a ala dos calabouços como se seus olhos pudessem atravessar as paredes. E, em meio ao silêncio geral da casa, começou a berrar o nome de Robert, como um demente.

Aquele grito paralisou o cortejo dos frades que os acompanhava. Sua voz ressoou nos aposentos do inquisidor, nas salas, nos corredores, e penetrou até a ala dos calabouços. O grito perfurava as pedras, buscando passagem para o muro estreito. Esbarrava em suas barreiras espessas, mas Antonin sentia que Robert podia ouvi-lo. Assim como era capaz de ouvir seus sonhos através das paredes de suas celas contíguas em Verfeil. Os frades dominicanos se persignaram diante daquele homem certamente possuído pelo diabo.

O oblato avançou para Antonin, a fim de silenciá-lo. Mas, antes que sua mão lhe agarrasse o colarinho, um golpe brutal em suas costas projetou-o para a frente. Sua perna ferida o desequilibrou, e ele caiu pesadamente de joelhos. O silêncio voltou ao pátio. Todos os olhos se fixaram no sacristão. O velho frade encarou o homem que ele acabava de derrubar. Um guarda correu em sua direção, para castigá-lo, mas o oblato o rechaçou com uma ordem seca. Levantando-se a duras penas, apoiado na espada, passou um bom tempo desempoeirando a capa. Depois, sem cólera aparente, ignorando o sacristão, que esperava de punhos cerrados, ordenou a seus homens que voltassem a seus postos.

Capítulo 35

Primeira conversa

— Robert nunca foi herege.

— Não fui eu quem segurou a pena que assinou suas confissões de heresia.

Guillaume sentia-se cansado, mas sua voz era firme.

— Quero vê-lo.

— Claro. Ele foi bem tratado. Eu o coloquei numa cela confortável, você poderá se certificar. Não me esqueci de quem ele era: um frade dominicano e, ainda por cima, de Verfeil, da comunidade de meu velho amigo, o prior Guillaume.

O inquisidor recebera o prior em seu apartamento, na ala sul da casa Seilhan. Um vestíbulo dava para um salão onde duas janelas estreitas permitiam distinguir as paredes de tijolos vermelhos da cidade. O cômodo era espaçoso, mas o rigor dominicano era respeitado. Nada nas paredes caiadas, afora um crucifixo com um Cristo em majestade. Algumas cadeiras e uma mesa tinham sido aproximadas de uma lareira grande demais, onde o fogo perdia calor.

A acolhida tinha sido fraterna e simpática. O inquisidor deixara transcorrer a noite de repouso necessária, antes de convidar Guillaume a ir ao seu encontro pela manhã.

Tinha indagado demoradamente sobre os rigores da viagem e demonstrado uma compaixão que não parecia fingida. Um frade trouxera água e alimentara o fogo.

— Você está com um ar cansado, Guillaume. Suas pernas se parecem com as minhas, e sua respiração está curta. Está com jeito de quem deve morrer.

O olhar do inquisidor perdeu-se no pedaço de céu cinzento que pendia das janelas. Continuou como se falasse para si mesmo.

— Os médicos dizem que o edema vem de uma fraqueza do coração. É uma coisa que eu tinha percebido em você.

— Eu não acho que um coração duro me daria pernas melhores — respondeu Guillaume.

O inquisidor aproximou as mãos do fogo. Elas pareciam encobrir sua luz, tão desmesurado era seu tamanho: palmas largas, dedos grossos e curtos com pontas arredondadas como cotos. O indicador, que continha o anel de ferro, estava azulado em torno da marca profunda que o metal sulcara na pele intumescida.

Os dois homens, sentados lado a lado, olhavam a lenha úmida estalar sob as chamas, emitindo espessa fumaça. Não pareciam ter pressa de chegar ao termo da conversa nem ao termo dos silêncios que separavam seus diálogos. A regra dominicana impunha reflexão e tempo para ir do pensamento à fala. Ambos a respeitavam.

Cada um conhecia o valor do outro. Guillaume sabia que a menor fraqueza seria farejada por aquele homem cuja mente aguçada penetrava a natureza profunda das almas. Admirava nele a inteligência, a cultura e, de certo modo, a implacável dureza. Nela havia algo de puro. Um cristal de crueldade talhado a serviço de Deus.

O inquisidor, por sua vez, respeitava Guillaume. Era um sentimento inabitual e antigo, ainda bem vivo depois daqueles anos em que seus caminhos se haviam cruzado com frequência. Na verdade, ele o achava à sua altura. Guillaume tinha convivido com o mais elevado espírito do século. Mestre Eckhart, embora a ordem tivesse decidido derrubá-lo e apesar de seus erros, continuava sendo um modelo de pujança intelectual que ele sempre invejara. Algo de seu esplendor permeara Guillaume. O inquisidor sabia que sobre ele seu poder não se exercia. Não só porque os protetores dele eram poderosos, e ele estava consciente da alta estima em que o tinham, como também porque Guillaume, assim como ele, havia atravessado o caos do mundo. Os sobreviventes da peste sentiam aquela fraternidade de espécie que desaparecera e que os impedia de odiar-se mortalmente demais.

Durante muito tempo, tinham ficado afastados, carregando cada um os seus segredos como espadas embainhadas por um pacto de confiança.

Mas o inquisidor decidira mudar o futuro. E o que Guillaume sabia podia ser um obstáculo à nova via que se descortinava através do que lhe restava de existência. Tinha chegado a hora de sair do caminho tortuoso que precisara seguir desde o início da vida de clérigo nos bancos da Sorbonne, à sombra de todos aqueles que ele tinha servido. As sombras de seus mestres ainda o envolviam como o invólucro de tortura que se fechava sobre os condenados para triturar seus ossos.

Quando a prestigiosa Inquisição lhe confiara aquele cargo, ele tinha julgado a honra insuficiente. "Insuficiente", escrevera em letras de ouro sobre o selo de seus desejos. E a palavra cintilava na capela onde ele rezava todas as manhãs antes do nascer do dia e nas noites da casa Seilhan, na qual seu corpo pesado sufocava como num muro estreito construído em torno dele.

Com os anos, todos aqueles que poderiam ter freado sua marcha estavam mortos ou reduzidos ao medo. Guillaume era o único que ainda tinha poder sobre seu destino.

Ele possuía um objeto que podia macular sua honra. Um simples objeto que lhe pertencia e que ele não tinha tentado recuperar até então. Recebera a promessa de um homem que não traía o próximo. Ele confiava em Guillaume, mas seu passado de inquisidor lhe ensinara que o homem de confiança é sempre o homem que ainda não foi submetido à tortura. Agora ele precisava ter a certeza de que nada poderia vir perturbar a transparência de seu passado.

Quando ficou sabendo que Guillaume estava redigindo suas memórias, o acordo de paz entre eles pareceu-lhe ameaçado. O frade Robert, que fazia penitência em seu muro estreito, vigiava sem saber a sua segurança.

O inquisidor se aproximava da meta. O velino era a chave que poderia finalmente destrancar as portas que haviam sido fechadas às suas costas. O plano antigo que devia vingar tão triunfalmente todas as afrontas repousava hoje sobre os segredos que aquelas páginas queriam revelar ao mundo. Era inconcebível qualquer contratempo na bela mecânica que ele havia montado. Primeiro recuperar o objeto, depois obrigar Guillaume a lhe entregar o pergaminho.

Ele rompeu o silêncio.

— Eu achava que você passaria por Avignon antes de vir falar comigo. O papa é o único que pode lhe devolver seu frade.

— O papa é seu amigo.

— Ah, amizade, Guillaume, era o que havia entre nós, parece.

O prior encarou o olhar do inquisidor.

— A única coisa que me importa no momento é a saúde de Robert.

— A saúde dele depende de você. Como eu lhe disse, ele está sendo tratado dignamente. Ele passa tão bem quanto todos os que estão sob minha responsabilidade. Compreendo sua afeição por ele. É um frade corajoso.

— Eu achava que você desprezava a coragem.

— Sou um frade, Guillaume. Um frade não despreza nada. Mas, como disse o apóstolo: "A coragem, no sol de sua glória, sempre projeta uma sombra de covardia." É a sombra que me interessa, aquela que você não percebeu em seu discípulo, aquela que revela o que são os homens. A heresia é uma água fétida que se infiltra em toda parte, até nos corações mais puros.

— A heresia de Robert é de pertencer à minha comunidade e de poder servir às suas ambições.

O inquisidor deu de ombros.

— Já não tenho idade para ambições.

— Voltaremos a falar disso — disse Guillaume. — Mas você não perguntou o motivo de minha vinda.

— Eu sei qual é. Apresentar-se a mim, em pessoa, e pleitear a libertação de seu frade.

— Pleitear a você não justificaria a viagem, nós dois sabemos disso.

— E então? — perguntou o inquisidor.

— Então, eu vim lhe trazer o que você queria.

— O que eu quero, Guillaume? Será que você sabe mesmo o que eu quero?

Guillaume inclinou-se para o inquisidor e indicou seu flanco direito.

— A resposta está aí...

O inquisidor contemplava com espanto o dedo apontado para seu ventre. Guillaume deixou que por seus olhos passasse um brilho de zombaria.

— O fígado é o órgão do desejo. Os gregos diziam isso, e por essa razão seus deuses condenaram Prometeu a tê-lo arrancado eternamente pelo bico de uma águia.

— É você a águia? — brincou o inquisidor.

— Não, Louis, eu acho que ninguém seria bastante forte para arrancar os desejos do homem que você se tornou. Eu não arriscaria nisso as minhas garras. Vim para ajudá-lo sensatamente a realizá-los. Isso lhe custará uma vida poupada, que é um preço bem módico para você.

— Seu manuscrito será suficiente.

— Ele está longe de ser acabado, e não acho que meu manuscrito seja suficiente para matar sua sede. Mas tenho uma coisa que lhe pertence.

A palidez tomou conta do rosto do inquisidor.

— Você trouxe o objeto consigo? — perguntou com perturbação na voz.

— Eu o devolverei hoje à noite em troca da libertação de Robert.

A conversa demorava. A pouca distância de lá, três homens atormentados esperavam no pavilhão dos hóspedes. O ar do aposento pesava sobre os ombros de cada um.

O inquisidor mandara levar-lhes uma refeição que eles não tinham tocado. Estavam livres para movimentar-se, mas eram vigiados pelos oblatos. Revezavam-se para dar voltas no pátio interno, e era impossível escapar da vigilância deles. O prior tinha saído de lá sereno, sentimento de que nenhum de seus companheiros participava.

O sacristão ruminava a decisão de Guillaume. Jogar-se na goela da Inquisição era o pior meio de recuperar o frade. Antonin esperava, abatido, num canto. O silêncio de Robert em resposta a seus gritos consumira suas forças. O curtidor, por sua vez, tinha a impressão de que sua permanência na casa Seilhan poderia ser a última na face da terra. Era o único não clérigo, o que poderia lhe garantir lugar de honra na subida à fogueira.

As horas escoavam lentamente. Quando o prior foi trazido de volta, todos correram a indagar sobre a saúde de Robert e sua libertação. Ele os tranquilizou sobre o estado dele e, quanto ao resto, declarou: "Não é hora de respostas." Sua respiração estava obstruída, e a voz, fraca. Parecia mais exausto do que na carroça da viagem. O sacristão o ajudou a deitar-se na cama, mas um acesso de tosse obrigou-o a se erguer e ficar sentado, o que era melhor para a chegada do ar aos pulmões. Passou muito tempo para ganhar fôlego. Depois, a respiração se acalmou, e seus lábios murmuraram uma invocação à Virgem Maria, que o sacristão repetiu com ele, ao lado do curtidor e de Antonin. Os quatro permaneceram em prece.

No final, Guillaume pediu a mão do sacristão e a manteve sobre seu coração. A emoção do velho frade foi enorme, e só a presença de seus jovens companheiros reteve as lágrimas em suas pálpebras. O prior o contemplou com benevolência.

— Continua aí, Jean?

— Por muito tempo — respondeu o sacristão.

Guillaume fez um sinal para Antonin.

— Pegue o pergaminho. Há algumas coisas para escrever.

A voz do sacristão ressoava nele. "Por muito tempo..."

Para sempre só pertencia a Deus.

Capítulo 36

A caravana dos dominicanos

"Os historiadores dirão que foram os navios de Kaffa que trouxeram a peste para a Europa. É falso. A peste foi trazida pela caravana dos dominicanos."

Os três homens ouviam as palavras de Guillaume. Antonin preparava a pena, ajudado pelo curtidor, que esticava as bordas do pergaminho na mesa, em torno da qual estavam sentados.

O sacristão não tinha tentado dissuadir o prior de revelar os segredos do tempo da peste. Os jovens companheiros tinham ganhado o direito de ouvi-los. Aquela história era a fonte de tudo o que eles tinham vivido: a escrita do velino, a prisão de Robert e a obstinação do inquisidor.

"Quando os tártaros saíram da terra de Kaffa, nenhuma quarentena foi decidida. Ninguém queria reconhecer a realidade da peste e, principalmente, ninguém queria paralisar o comércio. A Rota da Seda abria-se de novo, e os mercadores se impacientavam. Muitos, entre os quais aqueles que haviam passado pelo cerco, desejavam rever os seus, voltar o mais depressa possível para casa, em Gênova, Veneza, Marselha... As embarcações eram aprestadas assim que os ventos se tornavam favoráveis.

"Portanto, teria ocorrido pelo mar a disseminação da peste. Pelos miasmas que os porões dos navios encerravam. Ocorre que todos os que entravam nos portos da Itália e da França passavam pela severa quarentena de que tinham escapado ao saírem de Kaffa. As galeras que transportavam doentes foram queimadas, e os primeiros casos de peste, ao contrário do que se afirmou, não apareceram nas cidades costeiras, mas longe do mar, no interior das terras, em aldeias às vezes afastadas, aonde só era possível chegar atravessando florestas ou montanhas."

A voz do prior Guillaume ficou trêmula.

"Foi a caravana que transmitiu a peste ao mundo."

Guillaume ficou calado alguns instantes para buscar na memória as lembranças precisas que entregaria à pena de Antonin. Continuou:

"Em 1336, sete dominicanos foram escolhidos pelo papa para ir evangelizar os pagãos da Ásia. Jean lhe dará o nome de cada um. A missão deles era perigosa, os últimos missionários tinham sido encontrados sobre cruzes, na entrada das estradas, esfolados vivos pelos tártaros, para celebrarem sua recente conversão à religião dos sarracenos. Havia necessidade de homens excepcionais. Antes de sua partida, no pátio do palácio de Avignon, todos receberam das mãos do papa a medalha da espora de ouro. Uma cruz de Malta com o nome de cada um gravado e uma espora enganchada no braço inferior da cruz. A mais alta das distinções.

"O mérito recompensado por aquela medalha era o de contribuir para propagar a fé católica ou de participar da glória da Igreja por meio de feitos de armas ou outra ação brilhante. A missão na Rota da Seda rasgada pelos tártaros era sem dúvida um feito de armas. Nenhum frade distinguido se separava jamais de sua espora. Apresentar a medalha sem o frade significava que ele estava morto."

Antonin continuava não entendendo a relação entre a história que o prior contava e a presença deles na casa da Inquisição. Esperava que Guillaume deixasse o passado para trás e retornasse ao único tempo que importava, o tempo vivido por Robert hoje, a pouca distância deles, bem longe dos caminhos da caravana dos dominicanos. Mas era preciso ter paciência, pois a memória do prior nunca se desgarrava.

"Dez anos depois, quando os exércitos da Ásia se movimentaram para o oeste, devastando as igrejas por onde passavam, o papa deu a seus missionários a ordem de se dirigirem ao porto de Kaffa para refugiar-se, antes da volta à Europa. Entre os sete dominicanos, seis conseguiram juntar-se a nós. A cabeça do sétimo estava fincada no alto de um estandarte quando da chegada das tropas tártaras à frente de nossos muros.

"Todos retornaram muito enfraquecidos. As febres contraídas nas estradas da China voltavam a acometê-los a cada mês, com acessos de quatro dias. Elas resistiam à artemísia de que estavam cheias as arcas dos boticários do Oriente e com muita frequência os levavam às fronteiras da morte. Nós os vimos pouco durante o cerco, pois eles ficavam juntos em sua casa transformada em convento e só saíam para as preces coletivas e as missas.

"Nas últimas semanas, vieram nos socorrer na enfermaria e deram mostras de notável devotamento.

"Depois que os tártaros partiram, a peste demorou alguns dias para sair dos cadáveres projetados por cima das muralhas e ocupar o ar que respirávamos.

"Começou na enfermaria, entre nossos feridos sem vigor. Os dominicanos se recusaram a abandonar os doentes, mas o chefe da guarda ordenou que saíssem de lá. A epidemia era tão mortífera que se acabou por proibir o atendimento e por murar as casas onde se encontrassem corpos. Os dominicanos ficaram enclausurados várias semanas. A data do embarque deles tinha sido marcada, mas os navios rareavam na baía de Kaffa. Os primeiros tinham transmitido rumores de pestilência, e a chuva de mortos impressionava as imaginações. Dizia-se que o lugar era maldito. As galeras preferiam atracar no entreposto de La Tana, mesmo sendo preciso navegar mais seis dias pelo perigoso mar de Azov, com gelos de inverno e águas pouco profundas. Víamos seus veleiros passando diante de nós, e sobre eles choviam injúrias proferidas no cais do porto.

"Os dominicanos decidiram então fazer a viagem por terra.

"Saíram da cidade antes do fim do ano de 1347. O isolamento os protegera da doença. Fiquei sabendo da história de seu périplo pela boca de um frade que deles recebera confissão e que conheci por acaso bem depois.

"A viagem devia durar quatro meses. Seguia os caminhos do Danúbio, percorrendo as regiões selvagens da Bulgária pelo norte, Dobrich, Ruse, Lom. Era preciso atravessar montanhas, vales cheios de pântanos fétidos, lugares incultos onde se podia topar com tropas tártaras que iam fustigando os reinos e com quase tudo o que a escória humana pode apresentar em matéria de miséria, perversão e barbárie.

"Na Sérvia Oriental, perto das gargantas de Djerdap, na margem direita do rio, um frade dominicano adoeceu. Sua febre não se parecia com a dos pântanos e não dava os mesmos calafrios. Ele começou a tossir e a escarrar uma saliva misturada com sangue. Foi posto na carroça que os acompanhava, mas sua fraqueza aumentou tanto, e as dores a cada solavanco eram tão fortes, que foi preciso parar. Uma aldeia de pescadores os recebeu com humanidade. O curandeiro do lugar mandou levar ao doente um colar de cura feito de cascas de nozes contendo aranhas vivas, consideradas capazes de absorver as pestilências. Seu estado piorou. Alguns peregrinos que voltavam, seguindo o caminho das cruzadas, vieram socorrer aquele homem de Deus. Os dominicanos acompanharam a procissão deles até Zeislerlic, na fronteira com o reino húngaro, onde ocorria a grande feira dos tecelões uma vez por ano. Os peregrinos foram recepcionados por uma multidão benevolente que pediu bênçãos e beijos de paz aos frades. Outro frade da caravana foi então acometido pela febre e começou a tossir dolorosamente. Chamou-se um médico, que examinou com atenção os dois homens, descobrindo no corpo deles a mesma erupção de manchas vermelhas parecidas com picadas de inseto. O primeiro frade doente entrou num estado de prostração entrecortado por acessos de tremores e contraturas. O segundo queixava-se de violentas dores nas articulações e nos músculos, além de dores de cabeça atrozes. O terapeuta aconselhou a aplicação de ventosas nas manchas que se ulcerassem e lavagens que pareceram aliviar os sintomas.

"Um frade tinha ouvido falar de um lugar santo pelos lados do vale de Tzakrik, perto da cidade de Gran, antiga capital do reino. Um mosteiro onde houvera milagres. Lá viviam frades ortodoxos. A caravana, portanto, subiu para o norte, seguindo as curvas do grande rio. Percorreu aos solavancos caminhos mal e mal traçados, que custaram dez dias de marcha até o mosteiro das curas. Mas lá eles só encontraram um cemitério com cadáveres em putrefação, alinhados em estrados improvisados e expostos às aves de rapina. A varíola devastara a região, e os frades sobreviventes tinham-se dispersado. Os camponeses haviam desenterrado os mortos para que não contaminassem a terra, preferindo esse pecado mortal ao risco de uma colheita infectada.

"O primeiro dominicano morreu ali, e o outro se recuperou devagar da febre, mas ficou tão debilitado que foi preciso arrastá-lo numa padiola improvisada.

"Pouco depois, dois eixos da carroça se partiram num atoleiro. Todo o carregamento se derramou no caminho, e uma arca que não pertencia a nenhum dos frades se abriu no chão. Nela foram descobertos ratos mortos. Ninguém conseguiu explicar a origem daquela arca, quem a pusera na carroça nem por que aqueles ratos estavam lá. O fato era inexplicável. Conjecturou-se que deviam ter lá esquecido um saco de sementes, colonizado antes da partida pelos ratos que pululavam em Kaffa. Mas não se tratava de um ou dois animais, havia uma dezena deles, em ordem, colocados lado a lado, como que voluntariamente encerrados. Um guia da caravana falou de uma parada, no segundo dia da viagem, na casa de um velho eremita, que abrigava bandos de ratos. O dominicano mais velho mandou-o calar a boca.

"A febre acabou levando embora o segundo doente, quando a caravana atravessava o rio.

"Depois, entraram nas terras do Santo Império, e as estradas se tornaram mais seguras e hospitaleiras. A caravana atravessou as grandes cidades, Viena, Ratisbona, Mogúncia. Os conventos acolhiam com honras os missionários que traziam notícias do Oriente. Três meses haviam transcorrido, os dominicanos acreditavam estar livres dos miasmas de Kaffa, mas a peste estava adormecida em sua bagagem, e foi durante a parada na casa de Deus, no grande convento dominicano de Mogúncia, que ela decidiu despertar.

"Os quatro frades assistiam a uma assembleia geral da ordem, na basílica, em companhia dos vigários das regiões, quando os primeiros sinais se declararam em um deles.

"O prior de Mogúncia, ao saber que um dos missionários acolhidos padecia de forte febre e que suas axilas intumesciam com tumores, mandou que eles fossem conduzidos a um eremitério fora da cidade, lugar afastado à beira de um penhasco que dominava o Reno. Lá, acreditava ele, seus miasmas não ameaçariam ninguém. O terceiro missionário morreu em alguns dias, e os outros frades foram adoecendo um a um. Entre eles, afirmavam reconhecer os sintomas da febre dos pântanos. Sua violência era inabitual, e eles sentiam a presença de um mal bem mais poderoso, mas nenhum ousava falar de peste. O objetivo da viagem estava tão próximo: Estrasburgo, Lille, Paris a um punhado de léguas. Optaram por não respeitar a quarentena que lhes tinha sido aconselhada pelo prior de Mogúncia e retomaram a viagem. A peste os matou um a um. Tendo ficado escondida durante muito tempo no corpo dos primeiros doentes, prolongando sua agonia sem aparecer, dessa vez deflagrou. Seu fogo devorou os pulmões dos doentes em algumas noites. O último, esgotado, não teve forças para enterrar os outros dois e deixou que as batinas manchadas de excrementos lhes servissem de mortalha.

"Um camponês encontrou o último sobrevivente da caravana dos dominicanos agonizante e sozinho. Comovido pelo estado lastimável daquele homem de Deus, levou-o de volta para os arrabaldes de Mogúncia, onde foi reconduzido ao convento de onde acabava de sair.

"Depois de longa confissão, o último missionário de Kaffa entregou ao prior que lhe fechou os olhos um cofre com as esporas de todos os seus confrades desaparecidos e a sua própria.

"Esporas como esta..."

Guillaume abriu a mão. Antonin e o curtidor ficaram pasmados. A medalha parecia forjada em ouro puro e cintilava sob o brilho das velas do aposento.

"O prior de Mogúncia era um ex-discípulo de Eckhart. Durante o magistério deste na Teutônia, tínhamos nos encontrado com frequência pelo caminho. O mestre o recomendara à ordem. Entre nós tinha nascido uma amizade que não foi alterada pela condenação de Avignon. Dez anos depois de meu retorno de Kaffa, chegando ao final de sua vida terrena, ele me pediu as cópias dos sermões proibidos do mestre para que o acompanhassem em sua última viagem. Eu os entreguei pessoalmente. Ele recebeu meus pergaminhos com gratidão, como uma última bênção, e contou-me a história. Ainda tenho um mapa traçado por sua mão, em que está desenhado o itinerário da caravana.

"Antes de morrer, mandou enviar à cúria todas as esporas que havia recebido dos missionários. Todas, exceto uma.

"Quando voltei ao convento de Verfeil, depois de nosso encontro, a espora que faltava me esperava na sala do capítulo. Junto a ela, uma mensagem: 'Fique com ela, para sua proteção.'

"Logo reconheci o nome gravado no ouro. Entre os frades da caravana encontrava-se aquele que assim se chamava, o último dominicano a ir ao encontro de Nosso Senhor após se confessar ao prior de Mogúncia. Seu nome era Enguerrand de Charnes, irmão mais velho de Louis de Charnes, grande inquisidor do Languedoc."

O sacristão disse em tom áspero:

— Você acha que o inquisidor vai soltar Robert em troca de uma medalha?

— É a honra da família dele que está em jogo. A caravana dos dominicanos disseminou a peste pela Europa, não acredito que Louis queira que essa glória seja atribuída a um dos seus. Ele sabe que a verdade será revelada no velino e passará a ser conhecida por todos.

— Quando vamos poder ver Robert? — perguntou Antonin.

— Foi autorizada uma visita minha após as vésperas.

Até a noite, Antonin pensava na carta que poderia escrever a seu companheiro. Mas nenhuma palavra lhe ocorreu. Quando os sinos tocaram, procurou em seu alforje e encontrou um pedaço de toicinho que lhe sobrava da viagem de Verfeil. Embrulhou-o com precaução num pedaço de pano e sobre ele desenhou à pena as iniciais dos dois, interligadas. O prior os deixou com aquela mensagem.

Robert desenhava cruzes andando.

Seus pés traçavam uma linha da frente para trás, a partir da porta até a parede oposta. Outra linha a cruzava no meio. Desse modo, ele havia percorrido milhares de cruzes desde que fora transferido para a nova cela. O muro estreito lhe parecia distante. Ele já não pensava no passado. As lembranças de Verfeil feriam demais seu coração. Demasiada dor em torno dos rostos de Antonin, do prior, das cozinhas do convento, por onde ele gostava de vagar, perfumes do jardim dos símplices e das florestas circundantes. Essas lembranças não eram benéficas. O que lhe enternecia a memória destilava um terrível veneno de saudade que acabava por entristecê-lo. Rezava, mas já não tinha esperanças. A esperança era tão cruel quanto a lembrança das boas coisas.

Às vezes, era tomado por alucinações. Estas casavam as sombras da cela em pares demoníacos. Seus cortejos o atravessavam como se ele não fosse mais nada. Na véspera, acreditara ouvir uma voz distante chamando seu nome. Uma voz que ele reconhecia, à qual tinha respondido, murmurando, para que os ouvidos do diabo não ouvissem.

"Antonin."

Antonin: esse nome lhe dera alguns minutos de um repouso interior que agora cobrava um preço doloroso por sua passagem consoladora.

Os gonzos da porta rangeram, e ele achou que as miragens demoníacas vinham de novo assaltá-lo. O prior Guillaume entrava em sua cela de braços abertos.

Capítulo 37

O mestre pobre

O inquisidor não tinha autorizado outra visita a Robert senão as do prior. Contudo, concedeu a Antonin e ao sacristão o favor de assistirem a seu passeio pelo pequeno claustro reservado aos prisioneiros. O voto de silêncio e a distância que os separava deviam ser rigorosamente respeitados.

Robert girava em torno do poço num canteiro relvado, enquadrado pelas aleias do claustro. Os dois homens tinham ordem de ficar debaixo das abóbadas, sentados num banco, sob a guarda de um oblato.

Quando avistou Robert, Antonin não conseguiu deixar de levantar a mão. Robert estava de hábito, com o capuz abaixado e parou ao ver aquela mão saindo do fundo escuro da galeria. Distinguia silhuetas, mas não rostos. O oblato ordenou que Antonin não se mexesse. Robert ergueu o capuz e ficou intrigado com o movimento de sua própria boca, que desenhava a estranha forma de um sorriso, o primeiro a renascer após meses de aprisionamento. Demorou a identificar seu significado. Quando entendeu o que seu coração tinha sentido antes da consciência, uniu as mãos em direção a Antonin e ao sacristão e ajoelhou-se. O frade que o vigiava quis obrigá-lo a levantar-se, mas ele resistiu. Sob as abóbadas, o oblato ameaçava os dois frades que tinham se levantado para irem ao encontro de Robert no meio do claustro e acabou por empurrá-los brutalmente para trás. Apesar da proibição, o velho sacristão e Antonin também se ajoelharam. Os três homens oraram frente a frente, como se cada um reconhecesse no outro a presença do céu.

O retorno às celas foi leve. No início, a emoção mantivera Antonin apartado dos outros. A angústia acumulada naqueles últimos meses se afastava, mas um temor supersticioso o impedia de se entregar à alegria. Os cabelos de Robert tinham embranquecido. Os dias do muro estreito haviam sulcado cicatrizes em seu rosto emaciado. Seus vestígios nunca desapareceriam completamente. A paz de Verfeil poderia encobri-las, nas elas esperariam a luz certa ou a sombra certa para reaparecer.

Guillaume mandara entregar a espora ao inquisidor. A libertação de Robert viria a seguir. A pequena comunidade vivia o instante. Esperando a hora das vésperas, o curtidor jogava dados sob o olhar interessado do sacristão. O velho frade impedia de se mover a mão que desejava participar do jogo, perguntando-se se a regra proibia aquele jogo tão categoricamente quanto afiançavam seus próprios sermões aos jovens frades de Verfeil, acusados de frivolidade. O curtidor acabou por lhe enfiar os três dados na palma da mão e venceu sua resistência. Ele olhou com inquietação para o prior, como um noviço apanhado em falta, depois lançou aqueles objetos de pecado com felicidade.

Guillaume e Antonin tinham se aproximado e observavam, divertidos, a alegria do sacristão e seus gestos infantis reencontrados. Desde a revelação das lembranças de Eckhart, entre eles se criara uma nova cumplicidade, e a afeição protetora do prior se fortalecia a cada dia. Ele gostava do vigor daquela presença a seu lado, que acalmava as brasas da memória.

A noite avançava, Guillaume pediu a Antonin que o ajudasse a retornar à cela. As lembranças de Eckhart voltavam a toldar seu humor, como sempre acontecia àquela hora. E seus pensamentos, para se apaziguarem, precisavam ser divididos com o jovem frade que os gravava no velino.

Ainda não lhe falara da loucura de Eckhart. Ela já tomara conta de grande parte dele no tempo da viagem a Avignon. A morte de Mathilde havia reaberto as chagas que a doença sulcara em seu cérebro e acumulado nelas grande quantidade de humor sombrio. Mas foi a criança assassinada que subjugou seu espírito. A menina da beguinaria cuja luz continuava brilhando.

As últimas palavras de Kanssel tinham dilacerado o coração de Eckhart, agravando seus transtornos e sua melancolia, mas a visão de Marie faminta até morrer tinha sido bem mais determinante.

Antonin desenrolou o pergaminho e preparou a pena. Sentia a presença do mestre na cela do prior. O rosto de Guillaume se sulcava, e uma ruga, profunda, começava a cortar sua testa. Sinal de Eckhart.

O relato terminara na Itália, no convento franciscano, última etapa na pista de Marie. Antonin ignorava o que o destino havia decidido em seguida. Guillaume tinha falado de um retiro na Saboia, em Acoyeu, numa comendadoria templária abandonada. Um hospitalário que guardava o lugar lhes oferecera abrigo num canto de sua torre em ruínas, transformada por ele em eremitério. O prior deixara a continuação em suspenso.

A morte do mestre tinha sido proclamada em 4 de abril de 1328. Mas a história não parava aí. O jovem frade estava impaciente e sentia que chegara a hora. Como Eckhart tinha morrido? Onde repousava? Que segredos se escondiam ainda nas memórias sobreviventes?

Guillaume respondeu, com lassidão.

"Tanta gente veio me perguntar, bispos, cardeais, acadêmicos que o respeitavam ou o consideravam louco. Todos pediam os sermões que tinham sido destruídos e foram escondidos por mim num armário de fundo duplo. Copiei-os quatorze vezes desde então, e agora eles repousam nas beguinarias e com clérigos em terras do Império, apesar da perseguição dos inquisidores. Ninguém poderá apagá-los.

"Todos quiseram saber as circunstâncias de seu desaparecimento. Respondi que não estava presente naquele dia, Deus julgará essa mentira, e que tinham me informado de seu afogamento no Reno ao voltar do julgamento para Colônia. Sua embarcação teria virado, e o rio o teria carregado.

"O Reno parecia uma sepultura à sua altura.

"Eu me recolhi com seus fiéis na margem. Deixei meu pensamento seguir o deles, subir o curso daquelas águas tumultuosas com o corpo do mestre, que elas, porém, nunca possuíram. Meus confrades da Inquisição teriam com muito gosto me mandado para a tortura e ordenado que atenazassem minhas carnes depois de me darem a bênção, para obterem a prova incontestável de sua morte. Essa prova ninguém nunca apresentou. A ordem então lhe infligiu uma morte espiritual, ao apagar seu nome e proibir suas obras. Visto que seu corpo não tinha sido encontrado, que ao menos se tivesse a certeza de que seu espírito não lhe sobreviveria."

O prior abriu um cofrinho que o sacristão tinha guardado em seu alforje durante a viagem de Verfeil. Lá havia uma página de pergaminho cuidadosamente enrolada. Guillaume a entregou a Antonin. Era uma página manuscrita de Eckhart, a única que devia restar no mundo. O jovem frade a desenrolou com precaução, como se tivesse um ser vivo nas mãos.

A caligrafia era semelhante à do prior, com letras mal desenhadas e sinais no meio das linhas, pontos e traços que freavam a leitura. A página estava escurecida, mas havia uma única palavra para ler, escrita e reescrita indefinidamente, cobrindo toda a superfície. "Aflição", leu Antonin, sem ir até o fim.

Guillaume o repreendeu.

"Se você não ler cada uma dessas palavras, uma a uma, não estará realizando seu trabalho de leitor e de homem. Eckhart dizia isso, ele não as escreveu à toa. Nenhuma delas à toa. E eu o compreendia, Antonin. Eu tinha vivido a morte de Mathilde e daquela criança. Cada uma dessas palavras transmitia o desespero dele, cada letra continha uma ínfima parte dele como um fardo no lombo das bestas de carga. Se a página não fosse lida na íntegra, tudo lhe seria devolvido. Ele não era o tipo de homem que pede ajuda ou externa sentimentos, mas essa página era simplesmente uma questão de sobrevivência. Pois, quando deixou a Itália, a aflição extravasava dele. Tudo o que um homem podia conter de desespero tinha sido contido, e as ondas continuavam a desabar. Massas de aflição, Antonin, desabando. Já não cabiam mais em Eckhart.

"Era um tempo tão triste. A peste, nos dias mais sombrios, não tinha esgotado todo o sofrimento que o coração de um homem podia aguentar.

O inferno havia perfurado o coração de Eckhart para fazer brotar uma fonte inexaurível.

"Ele não comia mais, sua magreza era pavorosa. Nada mais existia daquilo que ele tinha sido. Dizia que já não era um homem, nem mesmo uma coisa da terra. Abaixo de morto, incapaz de vida. Uma árvore tinha mais existência, seu sangue não seria suficiente para alimentar uma única de suas folhas. A casca da árvore era semelhante a ele. Casca de homem, bom alimento para o fogo.

"Pobre homem, Antonin, pobre mestre. Ele se separava de si mesmo.

"Seu corpo estava coberto de chagas profundas e, em contato com a cadeira ou a cama, as carnes se abriam. Com o ossos salientando-se da pele, desnudado pelas ulcerações, ele era o retrato da desolação.

"À noite, quando encontrava forças, ia se deitar na terra. Às vezes os cães vinham cheirá-lo. Ele não os enxotava. Afundava as mãos no chão e agarrava as raízes que lá se achavam.

"Seus dedos sempre voltavam à terra, pois era lá que repousava a menina. A terra encerrava sua lenta desagregação. Conduzia-lhe seus insetos, num calor doce e úmido que restituía um destino aos mortos. A sua profundeza era o lugar onde nasciam as vidas simples e primitivas, onde se multiplicavam os organismos invisíveis que estavam ligados a nós por uma cadeia. Eckhart sentia aquele coração vivo da terra e o via bater no peito daquela que estava enterrada.

"E ocorreu-lhe então a ideia de uma troca possível entre sua própria vida e a da criança perdida. Pois, como ele havia pregado, no extremo do desprendimento absoluto existia um lugar de criação em que o ser da criatura se mesclava ao ser do Criador e comungava seu poder. A ressurreição dos mortos estava ao alcance daquele que se entregasse o suficiente, pois naquele estado de graça o homem se tornava Deus.

"Ressuscitar Marie, Antonin, era disso que Eckhart se acreditava capaz.

"E, para isso, ele decidiu se aniquilar."

Capítulo 38

Ressurreição

"Eckhart então deu início ao aterrador caminho do desprendimento. Mas aquele desprendimento nada tinha a ver com a elevada espiritualidade que ele havia ensinado. Não se tratava de unir-se ao pensamento de Deus, mas de ir procurar a criança em suas entranhas, para arrancá-la de lá. Nada mais restava do ato nobre ao qual ele exortava todos os que ouviam seus sermões. O caminho de paz para Deus se transformara num caminho de guerra e vingança. Ele pervertia sua força espiritual e estendia a mão ao diabo."

— Ninguém conseguia chamá-lo à razão? — murmurou Antonin.

— Ninguém chamava Eckhart à razão — disse Guillaume. — Mas ouça com atenção.

"Para atingir esse objetivo insano, ele precisava de vida. De um fluido vital para ser transmitido à criança além da morte. Ele o tirou de si mesmo."

— Como assim? — perguntou Antonin.

"Ele condenou seu próprio corpo. Impôs a ele um jejum absoluto. Não só de alimentação exterior, mas também de toda e qualquer comunicação com ele mesmo, separando-o de seu espírito, exilando-o de sua consciência como uma matéria estranha."

— Mas por quê?
— Para que seu corpo não desviasse nenhuma energia à sua sobrevivência. Para que tudo pudesse ser dado a Marie.

"Ele vedou a seus membros que se movimentassem e fechou a consciência, entrando num meio-sono; depois, se voltou para o andamento íntimo de seus órgãos: os batimentos do coração, o fluxo dos pulmões, o calor do sangue. Era aí, dizia, que se encontrava o fluido vital necessário à ressurreição."

— Será possível acreditar, Antonin, que um homem seja capaz de retirar de si mesmo a força da vida e dispor dela?
— Não — respondeu o jovem frade.
— Eckhart conseguia.

"Sua pele estava fria, seu coração, lento, e sua respiração, mal e mal audível. E, fosse por feitiçaria ou por sabe-se lá que misteriosa operação alquímica, a criança lhe aparecia. Dormindo, ele sentia sua presença, distante, etérea, mas absolutamente indubitável. A forma era diáfana, apenas delineada, como um esboço de corpo que se definisse sob a mão invisível que traçava seus contornos.

"À medida que ele enfraquecia, Marie renascia. Ele lhe dava sua vida. Mas a vida não se vergava. Defendia o corpo de Eckhart que continuava habitando. Resistia à vontade dele, que a oferecia em sacrifício. Lutava contra ele. Deixava as necessidades da carne atormentá-lo com sofrimentos, a fome e o frio martirizá-lo. Montava um cerco a seu espírito, crispando-o com angústias lancinantes.

"Eu não entendia nada daquilo. Só via demência e possessão. E o socorria, Antonin, com todas as minhas forças de discípulo eu o socorria, quando deveria tê-lo deixado morrer. O frade hospitalário me oferecia ajuda. Juntos, metíamos-lhe comida diluída em água na garganta com o uso de um canudo, como se faz para a engorda dos gansos. Esquentávamos sua cabeça para esvaziá-la dos humores ruins e esticávamos seus membros para combater a rigidez. Eu massageava o tempo todo seu corpo coberto de escaras e batia em sua pele para trazer o sangue de volta. Mas não sabia ouvir os gemidos que escapavam de sua boca. Não eram de dor, Antonin, mas de desolação. Porque, cuidando dele, eu me opunha ao retorno de Marie.

"Na hora do cataplasma que eu aplicava em seu ventre, seus dedos se fechavam sobre os meus com tal violência que me parecia que se quebravam. Eu lutava pela cura dele, mas ele arrancava minhas mãos de seu corpo e continuava a arrancá-las a cada vez que eu lhe dispensava cuidados. Eu não sabia que, quanto mais forças ele recobrasse, mais eu traía sua vontade. Como podia saber que a loucura de Eckhart tinha sua verdade e que, no fundo extremo de sua deterioração voluntária, onde só o diabo podia se reconhecer, encontrava-se o poder de Deus?

"Como podia saber que, salvando Eckhart, eu matava Marie pela segunda vez?

"Uma noite, seu estado piorou. Não sei por qual magia, ele conseguiu diminuir mais o ritmo do coração e dos pulmões, reduzindo ainda mais o calor da pele.

"O frade trouxe à sua cabeceira um barbeiro, velho que tinha trabalhado na casa de misericórdia da comendadoria no tempo dos templários, antes da destruição da ordem deles.

"Depois de examinar o mestre, ele declarou:

"'Está fraco demais para a sangria, mas', disse, avaliando minha juventude, 'talvez seu sangue possa lhe transmitir seus bons humores.'

"'Meu sangue?'

"'Sim, é uma medicina que vem da Pérsia. Um mouro me ensinou. Pode matar ou ressuscitar. Os cruzados a utilizavam nos feridos na Palestina.'

"E explicou o método. Tratava-se de introduzir sangue novo nas veias do doente para alimentar seu coração. Nenhum médico ensinava essa prática no Ocidente. Toda doença significava acumulo de humores, que era preciso retirar por sangria ou purga. Encher com um líquido um corpo doente, que já estava cheio demais, era uma heresia. Mas Eckhart estava morrendo, e não tínhamos nenhum remédio.

"Então, dei meu braço.

"O barbeiro abriu uma veia na dobra do cotovelo. Inseriu um tubo de vidro fino e comprido, prolongado por um talo flexível, cuja extremidade recortada como agulha ele introduziu sob a pele do mestre. Em pé, acima dele, eu deixava meu sangue se misturar ao seu. O barbeiro interrompia regularmente o fluxo.

"Quando viu que o corpo de Eckhart não rejeitava meu sangue, dobrou o tempo de troca. O efeito foi impressionante. A carne dele acolhia aquele alimento e se fortalecia. O coração recobrava o ritmo normal, a pele se coloria. A vida voltava a ele e se difundia, estancando a sede que devorava seus órgãos. Mas ele ainda resistia. Defendia a criança com as últimas forças de sua vontade, lutando contra o vigor que sentia renascer. Em vão. A silhueta de Marie se tornava mais imprecisa. E, quanto mais se apagava, mais violentas se tornavam as dores que o atravessavam. Seus gemidos eram lastimáveis, e as lágrimas corriam inesgotáveis por suas faces.

"Um dia, o sofrimento foi tanto que sua boca se abriu de repente para soltar um grito agudo, como o de um pássaro. Ele tentou arrancar a cânula de vidro e foi amarrado ao leito com cordas apertadas nos punhos e nos tornozelos. Mas rejeitava meu sangue, Antonin, eu sentia através de minhas próprias veias. Subitamente, ficou lívido e parecia ter parado de respirar. O barbeiro retirou a cânula do braço dele para procurar uma veia maior. Palpou seu pescoço e plantou a agulha na jugular. Um fluxo fortíssimo penetrou, e o corpo de Eckhart se arqueou, rijo, sobre a cama, quebrando o fio de vidro que nos ligava. Recuei, transtornado, para o fundo do aposento.

"E talvez a estranha alquimia da mistura de nossos humores anuviasse minha mente, mas tive a sensação de ser transportado para fora de mim mesmo e de penetrar na alma dele. Então participei da horrível visão de Marie, afundando na terra, nua, no meio do vazio e, em torno de sua forma franzina, todos os fluidos do corpo de Eckhart refluindo dela para deixá-la na extrema solidão. Para abandoná-la, Antonin..."

A voz do prior Guillaume ficou entrecortada, e ele precisou esperar antes de continuar o relato.

"Aquela imagem ainda assombra minhas noites. Eu estava com o mestre diante daquela menina que amávamos, e via a vida de Eckhart se retirar dela como uma maré para voltar inutilmente a ele e deixar a terra cobri-la.

"Então, houve aquele minuto em que a dissolução da criança pareceu se deter. Um tempo em que o restante de sua presença se manteve bem perto do mestre pobre, como uma última oportunidade oferecida antes do desaparecimento definitivo.

"E ele enfrentou aquele último instante, sem socorro para a criança, mudo e de mãos vazias. Sem nada além de si mesmo. Enfrentou, Antonin, sem resposta para aquela que ouvira sua promessa, suspenso sobre a linha do nada, mas ainda na distância de amor. Depois, ao cabo desse silêncio, que era a certeza de que ele já não a salvaria, o curso da destruição recomeçou, e a menina morreu.

"O urro de Eckhart atravessou o eremitério, e nada pôde fazê-lo cessar.

"Mais tarde, quando ele abriu os olhos, seu olhar já não me via. Eu já não existia para ele. Levantou-se e, assim que teve forças, me enxotou dali."

Guillaume calou-se e tomou a mão de Antonin. Os dois permaneceram em prece até que a sombra de Eckhart se retirasse da cela e os dois corações se apaziguassem.

Capítulo 39

Segunda conversa

O inquisidor serviu vinho a Guillaume. Parecia feliz por dividir aquele momento com ele. Tinha se livrado da capa e das insígnias. Tinha aberto o colarinho da batina, que lhe mordia a pele como o cilício que usava sob a camisa. Considerando a penitência a chave de todos os perdões, nunca se separava daquele cinto de crina enrolado no ventre, cuja rugosidade o deixava em carne viva.

Um noviço trouxera uma refeição frugal, mas o inquisidor pedira vinho para selar aquela amizade recobrada. Guillaume, que fazia muito tempo havia perdido o gosto pelo vinho, aceitou molhar os lábios. O anfitrião cedeu à vontade e bebeu duas taças cheias, contando com as dores purificadoras do cilício para o seu perdão.

O vinho lhe soltava a língua.

— Um dia, este mundo será pequeno, Guillaume. Os verdadeiros senhores do mundo serão os pequenos; pobres, medíocres, feios e idiotas formarão exércitos. Olhe para nós, solitários e defendidos um contra o outro. Olhe para eles, em clãs enlaçados, unidos por elos de sobrevivência. Juntos, eles gritam mais alto, e suas mandíbulas, somadas à sua envergadura, infligem as mordidas mais profundas. Não vão obter grandes triunfos, mas sim mil pequenas vitórias, sem honra, que acabarão por impor a lei deles.

O inquisidor tirou o escapulário e os tamancos que lhe apertavam os pés.

— Ouvi dizer que uma aldeia pelos lados de Foix estava cheia de crianças que vinham ao mundo inacabadas. A boca não se fecha quando nascem, e os lábios não fundidos ficam abertos sobre os dentes. Aqueles focinhos de lebre amedrontam os outros, e o povo das imediações foge deles ou os repudiam. Tornam-se párias e acabam na pior solidão. Mas, se eles se sentissem suficientemente poderosos para buscar seus semelhantes, se se unissem e defendessem sua causa diante do tribunal do mundo, com sua vontade inabalável e sua energia temperada por todas as humilhações sofridas, poderiam convencer que representam a norma da natureza. E pode ser que, sob o efeito dessa convicção, "o tribunal do focinho de lebre" decidisse que todas as crianças nascituras deveriam ter lábios partidos.

O vinho tornava o inquisidor tagarela.

— E sabe qual é o último baluarte que nos salva da dominação dos pequenos? — perguntou com ar cúmplice.

Guillaume permanecia em silêncio.

— É que o correio é lento.

— O que quer dizer com isso?

— No dia em que as cartas chegarem depressa e deixarem de se transviar nas bebedeiras dos mensageiros e dos postilhões, os pequenos se encontrarão, se unirão e falarão em uníssono. Nesse dia soará o fim dos homens como nós.

— Eu nunca me considerei um grande homem, Louis, e sim um simples frade cuja missão é exatamente ajudar os pequenos.

Guillaume estava farto.

— Quando vai libertar Robert?

O inquisidor suspirou.

— Você só fez a metade do caminho. A libertação de Robert está no fim. No entanto...

— Você prometeu, Louis — cortou Guillaume. — Eu lhe dei a espora.

Um sorriso desdenhoso passou pelos lábios do inquisidor.

— Não vou lhe devolver seu frade ridículo em troca de migalhas.

Guillaume abafou a cólera.

— Eu não imaginava que um dominicano tratasse um frade dessa maneira.

— Os dominicanos nunca me consideraram um dos seus. Por causa de meu peso, em primeiro lugar, pois sempre desconfiaram que por trás estava o pecado da gula, apesar de meus jejuns públicos. Mas principalmente porque, na origem, eu não era dos seus, é verdade. Meu pai me levou aos cistercienses, em Fontfroide, a poucas léguas de Narbona, onde nasci. Os professores viram em mim algumas aptidões intelectuais e aconselharam minha família a desenvolvê-las junto aos dominicanos, cujo ensino era insuperável. O bispo deu autorização, e troquei o hábito branco de Cister pela capa preta da ordem.

— Como ficou sabendo da caravana? — perguntou Guillaume.

— Por uma confissão. Quando a peste começou a refluir, fui investigar o desaparecimento de meu irmão. Disseram-me que ele havia saído de Kaffa em 1347 para voltar à Europa e que seus rastros tinham sido perdidos. Ele teria desaparecido nas regiões do Danúbio durante a viagem. Eu já havia guardado luto por ele. Contudo, alguns anos depois, descobri que as esporas dos falecidos missionários do Oriente tinham sido enviadas à cúria. Todas as esporas, menos uma.

"Pus em ação os meus melhores oratores,[*] que encontraram vestígios de sua passagem em Mogúncia. Fiz a viagem, fiquei seis meses naquela cidade para ouvir as testemunhas. Frades, que quiseram respeitar o voto de silêncio, apesar das perguntas que eu fazia, esquecidos de que o direito da Inquisição prevalece sobre a regra dos mosteiros.

"Foi por um de seus conversos que fiquei sabendo que, nos primeiríssimos tempos da epidemia, um missionário que retornava do Oriente acabou morrendo da peste entre eles. Não duvidei de sua sinceridade,

---

[*] Espiões da Inquisição.

mas, diante dos frades mudos, eu o submeti a um ordálio. Mandei que incandescessem uma barra de ferro e a pusessem na mão daquele homem corajoso, para que ele saísse andando com ela. Pelo menos oito passos, número de Deus, sem largar. Ele cumpriu. Sua mão foi enfaixada e, três dias depois, mandei examiná-lo. A ferida estava isenta de infecção e começava a cicatrizar. O homem, portanto, dizia a verdade.

"O ordálio causou forte impressão. Quando a propus aos frades que continuavam calados, subitamente o silêncio deles se tornou menos irredutível. O mais velho da comunidade, incentivado pelos seus, pediu-me que o ouvisse em confissão. Ele havia conhecido o velho prior que dera a absolvição àquele missionário e mantinha os arquivos do convento. Foi ele que me revelou o segredo da caravana."

— Eu achava que você queria o velino para salvar a honra de sua família. Seu irmão estava entre os que nos trouxeram a peste. Você tem a espora, e eu lhe dou minha palavra de que o nome dele não aparecerá em lugar nenhum.

— O frade de Charnes não existe para mais ninguém, Guillaume. Já mandei fundir a espora que você me deu. Quem se lembra dele? Os arquivos das missões arderam em Avignon, no palácio dos papas, durante o incêndio da torre de Trouillas em 1354. Os que poderiam testemunhar estão mortos. O único documento que resta é o relatório de minha investigação. Lá você lerá que a pista daquele frade intrépido foi perdida no Oriente, aonde suas corajosas missões o levaram. Para todos, ele deve descansar lá mesmo, em terras tártaras, e o local de sua sepultura será desconhecido para sempre. Eu queria a medalha para apagar meu nome daquela caravana maldita. Está feito. Que sua alma esquecida tenha paz.

— Seu coração de frade bate com tanta ternura...

O inquisidor deu de ombros.

— Aquele nome era o único bem que tínhamos em comum. Quanto ao resto, eu nem sabia qual era a aparência dele. Era meu irmão mais velho e entrou para o claustro aos 7 anos; só conheci sua cama vazia ao lado da minha.

— O que é que você quer, Louis?

— A púrpura de cardeal, Guillaume. E, quando ela me for dada pelos dominicanos, usarei o hábito branco dos cistercienses para lhes mostrar a quem pertenço de fato.

O inquisidor fechou os olhos para que ressoassem melhor dentro de si as palavras que acabava de proferir.

Guillaume o contemplava com piedade.

"Por uma ambição de cardeal", pensava... E dimensionou toda a derrisão do momento. A fantástica derrisão em que se precipitava o final de sua vida de homem, num oceano de absurdo em que se afogavam, com ele, Eckhart e suas cruzes de cinza, os mortos de Kaffa, os cadáveres dos tártaros girando sob o sol e a peste ceifando a terra.

— O consistório não o aceitará. Você não é estimado por ninguém, você é inquisidor e, como bem disse, dominicano só pela metade.

— O papa Bento XII era cisterciense, de Fontfroide também. Dirigiu pessoalmente o tribunal da Inquisição contra os últimos cátaros antes de se tornar cardeal. Está vendo esses sinais no céu, Guillaume?

— O céu não o ajudará em Avignon, Louis.

— Eu sei, e é aí que você entra. Não tenho ouro suficiente para comprar o apoio dos dominicanos da cúria. Não tenho apoio dos nobres nem do imperador alemão, que odeia a Inquisição. Como obter o que se quer quando ninguém quer saber de você?

— Pelo medo, suponho.

— Exatamente, pelo medo. Diga-me, Guillaume, o que seria da ordem se eu tornasse pública a prova de sua responsabilidade no aparecimento da peste? Se o mundo ficasse sabendo que é mais provável a caravana dos dominicanos ter transmitido o mal à Europa do que os navios de Kaffa? Imagine — prosseguiu o inquisidor com ardor — as fantásticas consequências sobre a nossa Igreja. Cristãos pregadores da peste... Santa notícia para os hereges e os infiéis! A palavra de Cristo semeando os miasmas da epidemia mais mortal do universo. Nossa fé seria enxovalhada para sempre, e nossa confraria, certamente sacrificada. A cristandade sobreviverá; os dominicanos, não.

— Então é para isso — disse Guillaume com amargura. — Para ouvir a palavra "eminência" lisonjear seus ouvidos. Para tornar-se príncipe da Igreja quem despreza tanto os príncipes do mundo... Eu achava que você defendia uma causa nobre, Louis, mas, a seu ver, a única importância do velino está em forçar a ordem a apoiar sua candidatura à batina cardinalícia. Mas é o papa que escolhe os cardeais.

— O papa não assina nenhum decreto e não escolhe nenhum de seus cardeais sem o acordo dos dominicanos.

— Você acha que o velino será suficiente? A ordem é poderosa demais e nunca abrirá as portas da cúria a um chantagista.

Guillaume se inclinou para o inquisidor, destacando cada palavra:

— Nos dominicanos o medo não vencerá o desprezo, e é ele que acabará com você.

O inquisidor balançou a cabeça, depois murmurou com falsa resignação:

— Veremos.

Capítulo 40

Nova Inquisição

Os dois homens tinham ficado muito tempo em silêncio. Guillaume pensava na nova situação. Tinha sido ingênuo. A libertação de Robert nunca dependera da entrega da espora. O sacristão estava correto, a honra não tinha lugar no plano do inquisidor. Agora ele precisava decifrar suas verdadeiras chaves.

— Quem lhe disse que falo da caravana nesse livro? — perguntou.

— Você não teria escolhido um pergaminho tão bonito para contar sua vidinha de frade em Verfeil... Está se aproximando a hora de sua morte, e um frade tão admirável não poderia deixar este mundo sem confessar todos os seus segredos. Quando fiquei sabendo que você tinha mandado buscar a tinta e as peles preciosas, percebi que finalmente havia chegado a hora...

— ... de fazer um jovem frade pagar o preço da sua cobiça?

— Está me subestimando, Guillaume — respondeu o inquisidor. — É verdade, primeiro pensei em usar o velino como uma espada que servisse apenas ao meu destino. Tudo era simples: eu o obrigaria a me entregar o couro em troca da vida de seu protegido. Em seguida, eu levaria o velino a Avignon e ofereceria sua confissão como testemunho de minha servil fidelidade. A ordem a destruiria e, com ela, a última prova da existência da caravana dos dominicanos. Eu me esforçaria por apagar os vestígios do que pudesse fazê-la sobreviver, em troca da púrpura cardinalícia como recompensa de meus serviços. Quanto a você e aos que o acompanham...

O olhar do inquisidor se encheu de compaixão.

— Robert, nas suas confissões, acusou você de hereticação* em companhia de seu sacristão e de seu secretário. Vocês iriam a julgamento, e o povo veria frades unidos a hereges na fogueira de Toulouse. A ordem, assim, provaria a pureza de sua disciplina, mostrando que não poupa seus próprios filhos. Quanto a você, Guillaume, visto que a nossa amizade ainda está viva, eu condenaria à vida no muro estreito para livrá-lo das chamas. Sua doença o libertaria, dando-lhe a graça de morrer depressa.

— Sua solicitude me comove, Louis.

O inquisidor ergueu sua taça vazia.

— Mas você tem razão, a arma do velino, usada com tanta vulgaridade, ofuscaria seu próprio brilho. A história da caravana só se baseia em nossas duas palavras. O que impediria o conselho de me agradecer a nobre lealdade e depois me despedir sem nenhuma recompensa? Ou então, por precaução, garantir minha eleição a um mundo melhor pela autoridade do veneno... Seu velino merece mais do que essas insignificâncias.

— Mais que a púrpura? — ironizou o prior.

— Pensei em alguma coisa mais grandiosa, sim, alguma coisa que nos superasse, a você e a mim. Os dominicanos desprezam a Inquisição. A cada dia eles a deserdam um pouco mais de sua afeição e seu respeito, tal como um pai que rejeitasse o próprio filho. Um membro do conselho deles já me ofereceu ouro para que eu mandasse um inocente à fogueira. Ouro, como a um mercenário... Mas quem sou eu, Guillaume?

A voz ficou mais alta, e o dedo do anel de ferro se levantou.

— Eu sou o grande inquisidor do Languedoc. Minha mão permaneceu virgem de joias. Deixei as esmeraldas para os bispos e os príncipes. Dediquei toda a minha vida a este anel de ferro, a servi-lo e a continuar

---

* Sacramento administrado nas comunidades cátaras do século XIII e ainda vivo no XIV nas comunidades heréticas, equivalendo a um batismo espiritual que marcava a filiação.

fiel ao que ele é. Um metal duro, cinzento e justo. Fiz o trabalho de mil cruzados em minhas terras. Eu as tornei limpas para Deus, arrancando todas as raízes impuras. E hoje, quando reina Sua lei, quando as grandes heresias estão vencidas e eu só tenho feiticeiras ridículas para destruir, vejo homens corrompidos cobiçar meu tribunal e meu poder.

— E, quando meu velino o tornar cardeal, você vai mudar o rumo das cobiças?

— Vou mudar muito mais.

O inquisidor agitou uma sineta. A bexiga o incomodava. O frade que o servia levou-o à "retrete", palavra com que os nobres designavam as latrinas de seus castelos. As do inquisidor eram salas particulares. Ele combatia diariamente os senhores de seu corpo, que lhe contestavam a autoridade. O da urina era o mais insubmisso, obrigando-o a se levantar de hora em hora durante a noite. Ele gostaria de esconder de Guillaume essas fraquezas, mas Guillaume não era um inimigo.

O buraco das latrinas abria-se acima de uma fossa cheia de feno e de ervas aromáticas inúteis, que não encobriam os cheiros nauseabundos. Um lugar onde se podia pensar, considerava Louis de Charnes.

A bagagem dos frades de Verfeil tinha sido vasculhada. Nenhum sinal do velino. Ele ia precisar ser prudente. Guillaume só pensava em seu frade aprisionado, não tinha noção da amplidão do que estava em jogo. No fundo de seu convento, longe das realidades do mundo, ele não percebia o estado de decadência da Igreja, empesteada por padres sem cultura, bispos enriquecidos e mendicantes escarradores de moral. Todos uns saltimbancos que repetiam incansavelmente a triste farsa que Cristo nunca teria escrito.

Louis de Charnes acreditava na mensagem evangélica e tinha perseguido a vida inteira aqueles que a desfiguravam; os hereges, claro, mas a heresia não era o inimigo mais perigoso da fé; o mais perigoso era o inimigo interno, que morava na sua Igreja. O traidor, o frade corrupto seduzido pela voz do mundo e pelo canto dos príncipes que queriam tomar posse dela.

A Inquisição estava infectada, como aquela fossa que água nenhuma drenava suficientemente.

Os nobres encarregavam os inquisidores a seu serviço de perseguir inimigos que eles queriam destruir. As cortes de justiça faziam pressão para que os juízes inquisitoriais perdessem seus privilégios. Os tribunais leigos já não toleravam aquela justiça paralela e se obstinavam em transformar as acusações de heresia em crimes comuns, para poderem julgá-los.

Era preciso tirar a Inquisição daquele mundo de desvios e lhe dar uma segunda vida. Uma vida marcada pela honra e pela dignidade. Desse renascimento ele seria o artífice, e era essa a fonte de sua ambição de se tornar cardeal. A Nova Inquisição seria o coroamento de sua peregrinação terrena.

Guillaume não precisava conhecer a verdade. Uma única pessoa no mundo a comungava com ele: o papa Urbano.

Os dois estavam de acordo quanto a um grande projeto construído no segredo da casa Seilhan: a fundação de uma comissão de seis cardeais-inquisidores reunidos em torno do papado, em Avignon e depois em Roma, para onde se anunciava o retorno da cúria.

Livre das influências dos príncipes, esse tribunal supremo julgaria os delitos em matéria de fé, com direito de agir contra prelados, bispos, arcebispos e cardeais, se necessário. Nenhum dominicano faria parte dele.

As decisões dessa comissão soberana presidida pelo papa seriam extensíveis a todos os crimes. A Igreja faria justiça na terra como no céu. Sua lei seria a dos Evangelhos, sem que fosse retirada uma única vírgula. E essa justiça prevaleceria sobre a dos reis e imperadores.

O inquisidor finalmente estava para alcançar seu objetivo. O alto desígnio que eles tinham forjado juntos esperava um sinal do céu para se realizar. Este chegara na forma de um pergaminho.

O velino de Guillaume.

O inquisidor nunca conseguira levar o papa à decisão de passar à ação, mas o poder daquela confissão finalmente o convencera. Sem aquela arma, ele não teria ousado enfrentar o poder da ordem, e a Nova Inquisição teria ficado enterrada atrás dos muros da casa Seilhan.

Em breve, Urbano receberia o velino de suas próprias mãos. Este encontraria lugar entre as preciosas relíquias escondidas nos porões do palácio, depois de autenticada pelos membros do conselho. Com aquela trela, "os cães de Deus" se tornariam "os cães do papa", e os dominicanos viriam mendigar ossos a seus pés.*

---

* Cães de Deus, apelido dos dominicanos. Jogo entre a palavra dominicanos e o latim *"dominis canes"* (cães de Deus).

Capítulo 41

Em odor de pecado

Longe da casa Seilhan, um homem sozinho meditava. As decorações douradas de seu quarto e os perfumes de incenso não tinham nada em comum com a austeridade dos aposentos do inquisidor, mas ele gostava de deixar seu espírito ir ao encontro do rigor daquele lugar para reencontrar um frade digno de sua confiança.

O papa apertava na mão a nota do conselho. O financiamento da nova cruzada que prometera à cristandade estava sendo examinado. Examinado... Como ousavam? Ele já não tolerava o poder daquele círculo sobre seus próprios decretos. Seus membros não temiam debatê-los em sua presença. Acreditavam-se iguais a ele. Iguais a ele! Ele, o sucessor do apóstolo Pedro, o soberano pontífice e vigário de Cristo na terra, cuja autoridade só estava submetida a Deus. O inquisidor lhe dera as provas de que alguns dominicanos do conselho questionavam essa filiação sagrada. Tratavam-no de "meeiro", encarregado de administrar para eles os campos da Igreja. "Um meeiro!", repetia ele com raiva quando saía daquela sala onde todos deveriam dobrar os joelhos diante dele.

Aquela função fizera de sua existência um espaço estéril, um lugar vazio de probidade e afeição. Ninguém recebia tantos falsos testemunhos. Fidelidade, lealdade, devotamento... Ele só estava cercado de almas servis e enganosas.

O inquisidor era o único que não frustrara suas expectativas; respeitava-o. Não só pela inteligência e cultura. Nele via virtude e um entusiasmo que seu coração cansado havia perdido. Aquele homem odiado, escarnecido e irmão de solidão conservara intacto o ardor pela justiça. O dele arrefecera. Naquele palácio de Avignon, cujos corredores largos viam passar tanta pequenez e tantas paixões insignificantes, o papa pensava com frequência na volumosa silhueta daquele companheiro distante. Ela estava à altura do lugar e do tempo. E o eco de seus passos pesados perto dos dele acompanhava de amizade seus humores melancólicos.

Guillaume tinha frio. O inquisidor lhe entregou o cobertor para cobrir as pernas e mandou atiçar o fogo. Seu corpanzil levantou-se com dificuldade; ele não aceitou a ajuda do frade que mandara chamar e deu alguns passos pelo aposento gelado. Guillaume, tomado por uma tosse seca, tentava respirar entre os acessos. O inquisidor propôs que alguém o acompanhasse de volta, o prior recusou. O médico da casa Seilhan podia recebê-lo na enfermaria, mas Guillaume respondeu que não precisava de cuidados.

O inquisidor aprovou no íntimo o vigor da alma de seu hóspede. Sentou-se de volta a seu lado e declarou com voz apaziguadora:

— Você escreveu um livro de confissão, Guillaume. A caravana não é um pecado que você cometeu. Não é a Ordem Dominicana que em breve vai comparecer diante de Deus, é você sozinho. É você que deverá responder por seus próprios pecados. E, eu sei, nas páginas que escreveu há a verdade sobre um inimigo da fé, um homem a que você serviu e, portanto, ajudou a corromper tantos espíritos simples e puros. As faltas dele são também suas, e você precisa confessá-las para esperar a absolvição delas.

E levantou a taça vazia.

— A seu mestre — zombou. — Esta taça vazia para beber em sua honra. É o que merecem todos os homens, aliás, taças vazias para brindar à saúde de seus destinos miseráveis.

— Eckhart tinha mais ambição para os homens do que você.

— União a Deus, nada mais que isso... — O inquisidor suspirou. — Seu mestre era um fanático, Guillaume. Como pode defender a memória dele?

— Não defendo a memória dele, defendo as obras.

— Exatamente, as obras... Dizem que você as divulga, que seus frades as copiam em segredo, sem parar.

— É mentira.

O inquisidor se retesou.

— Eu não dei a questão de Eckhart por terminada, Guillaume. A Igreja nunca o puniu como ele merecia. Um homem daquela envergadura não merecia uma pena tão ridícula como a censura de algumas frases de seus discursos.

A mão pesada do anel pousou sobre a do prior.

— Aliás, seria uma homenagem a seu mestre honrá-lo com uma condenação à altura dele. Nunca conheci homem tão superior. O que acha? Na sua opinião, qual seria a pena digna de Eckhart?

— O descanso — respondeu Guillaume.

O inquisidor retirou a mão.

— Tenho certeza de que você ainda cultiva sementes diabólicas em seu jardim de Verfeil. Encontrei sermões com a marca de seu *scriptorium*.

— Há muito tempo não copio os sermões de Eckhart — afirmou Guillaume. — Meu serviço acabou no momento da morte dele.

— No momento da morte dele? Há quase quarenta anos, eu vi você testemunhando diante da cúria, que lhe fazia perguntas sobre o fim de seu mestre. E senti alguma coisa... Os pecados têm um odor, Guillaume. No tribunal, muitas vezes fecho os olhos e peço silêncio ao réu para farejar o perfume das palavras que ele acaba de pronunciar em sua defesa. As palavras dos culpados fedem. E as suas, sobre o desaparecimento de seu mestre nas águas do Reno, tinham esse mesmo gosto deteriorado. Eckhart era um homem vigoroso, com uma chama interior bastante forte para resistir aos ataques do tempo e talvez até ao grande holocausto que atravessamos.

— Eckhart estava morto bem antes da peste.

— Está mentindo. Tenho prova de que ele estava vivo depois de 1328, data em que você declarou o falecimento dele. Tenho o testemunho de um frade hospitalário que o recolheu numa comendadoria da Saboia, e você estava presente. Você mentiu, Guillaume. Traiu a Inquisição e traiu sua Igreja.

— E se Eckhart tivesse vivido vinte anos ou cem anos a mais, Louis, qual a importância disso? Hoje, ele já se foi, e nós nos preparamos para ir também. É nisso que você deveria pensar.

O inquisidor contemplou a lareira e murmurou como que para si mesmo:

— Se ele viveu um dia a mais, esse dia escapou à justiça.

Depois de alguns instantes, aproximou a cabeçorra do fogo e cuspiu sobre as brasas. Guillaume ouviu a crepitação de sua saliva.

— Está vendo? — disse. — Queimar um herege é isso aí. É queimar uma cusparada.

Guillaume já não ouvia. Sua confissão ainda não estava terminada. O inquisidor não conhecia a verdade sobre o destino do mestre. Só ele a conhecia, e só ele a padecia.

Capítulo 42

Queimar Eckhart

"Eckhart". Essa palavra ressoava na cabeça tonsurada do gordo inquisidor. Nunca tinha deixado de ressoar, como os sinos que ritmavam as horas da casa Seilhan. A vida inteira o inquisidor lutara contra o Livre Espírito, as beguinas, os místicos de todos os tipos. Mas, na verdade, sempre tinha combatido um único homem. A voz das heresias era a voz de Eckhart, o maior Judas da cristandade, que prometia Deus a todos. Sua loucura continuava alimentando as piores impiedades pelas quais ele havia mandado queimar homens que não eram os verdadeiros culpados. Todos os que afirmavam que a Igreja era inútil, que desprezavam o papa, os frades, os sacramentos. Todos os que só contavam com suas próprias forças espirituais, que se sentiam capazes de ser Deus, todos esses eram filhos de Eckhart.

O inquisidor perseguira os insubmissos acusados de possuir escritos do mestre. Tinha queimado centenas de páginas de seus sermões, mas não tivera acesso às bibliotecas dos grandes do reino, nem às dos intelectuais e dos acadêmicos que conservavam cópias deles. O ensinamento de Eckhart agora era uma heresia de ricos.

Os desvios que seduziam os pobres eram ruidosos e fáceis de destruir, arrastavam multidões, cujos gritos crepitavam bem nas chamas, mas nenhum som escapava dos gabinetes secretos dos eruditos que estudavam seu pensamento malsão. Este se difundia lentamente pelo alto. Suas raízes estavam no céu do mundo, elevadas demais para serem cortadas. Nenhum homem nunca lhe parecera mais perigoso.

As palavras... As palavras de Eckhart ocultavam sua putrefação. Não infectavam o espírito como os remorsos ou as lembranças vergonhosas que giram livres nas profundezas. Seus miasmas não se formavam nos charcos e nos lugares de podridão. A morte não as acompanhava, e elas não aterrorizavam ninguém. Enfeitiçavam. Seus vapores subiam sutilmente, despertando um desejo luxurioso. Seu fascínio era igual ao das rameiras que levam para os caminhos de danação. As palavras de Eckhart tinham essa mesma beleza, pensava o inquisidor, sua pele, a mesma maciez, seu perfume enlaçava, irresistível. Excitavam os desejos mais enterrados, mais voluptuosos que os do corpo. Perturbavam a alma. Atraíam-na como o canto das sereias para destroçá-la ou desbaratá-la nas ilusões da união divina.

Na época da grande pestilência, os ratos anunciavam a chegada do mal, suas coortes fugiam diante do inimigo invisível antes de serem aniquiladas. As palavras prometiam uma epidemia mais devastadora. A peste dos ratos matava as criaturas, mas poupava Deus. A peste de Eckhart o puxava para a terra, separava-o do céu, pondo-o ao alcance do homem, em outras palavras, ao alcance da arma. Sem a distância de majestade, o coração de Deus estava exposto. Era só fazer pontaria.

Fazia tempo que o inquisidor tinha proposto a reabertura do processo, mas o conselho se opusera. Apesar dos desvarios, Eckhart continuava sendo um grande mestre dominicano. Ocorre que, como o papa declarara categoricamente, o processo só poderia ser aberto com a concordância da ordem, o que, na opinião de todos, era impossível. O velino de Guillaume derrubaria esses obstáculos. E assim seria, pensava o inquisidor, porque não fora feita justiça. Suas obras tinham sido censuradas, mas o homem não havia sido condenado, e a distância de majestade, que garantia a soberania absoluta de Deus, não tinha sido vingada como merecia.

Nada nos procedimentos impedia a reabertura de um processo contra um réu morto, caso aparecessem provas novas. No século anterior, em Carcassonne, tinham sido queimados os ossos de uma mulher que recebera o infame sacramento dos cátaros antes de morrer.

Queimar os ossos de Eckhart! O inquisidor tinha jurado que o faria. Essa ideia arrepiava a pele de seu corpo enorme, e o cilício punia aquela exaltação como um desejo pecaminoso. Ele havia instruído numerosos processos póstumos em sua carreira. Sessenta e nove exumações, três das quais de padres culpados de terem assistido a "hereticações". A presença do corpo de um herege profanava o cemitério. Era um dever exumar seus restos malditos, que eram jogados em sacos, enganchados em selas de cavalos para desfilarem pelas ruas ao som dos gritos do nome do ímpio, antes de seus ossos serem calcinados, moídos e espalhados sobre esterco.

Pouco importa que os despojos de Eckhart não possam ser arrancados de seu repouso. O espectro de seu espírito é que seria convocado pela Nova Inquisição. O julgamento de Eckhart seria o julgamento de todos os intelectuais que desnaturavam a palavra de Cristo. O inquisidor tinha convivido com eles. Eram aqueles que lutavam nas universidades para imporem seus dogmas e suas ideias filosóficas. Comentavam súmulas que uma vida inteira não bastava para ler. Sua própria cultura fazia dele um integrante dessa família. Ela não era um bom alimento para o corpo da Igreja, que tinha necessidade de fé e de inocência.

— Você fala como um franciscano — dissera-lhe Guillaume, ao ouvir suas palavras.

— É preciso crer com simplicidade — respondera o inquisidor. — Esse é o segredo de uma religião forte.

— Você ainda se interessa pela religião, Louis?

— Eu me interesso pela justiça.

Um frade esquálido, trazendo duas taças de tisana fumegante numa bandeja, atendeu à sineta do inquisidor. Este havia comunicado a Guillaume a abertura em breve de um novo processo contra seu mestre. O processo póstumo de Eckhart seria realizado sobre o túmulo do Conselho dos Dominicanos. A refundação da Inquisição como tribunal universal reduziria a nada o domínio destes. A humilhação de sua ordem infligiria a primeira estocada, e o processo de Eckhart seria a espada.

— Você está entrando na guerra tarde demais.

— A Inquisição está morrendo, Guillaume, e não se recupera dos tempos da peste — continuou, depois de tomar um longo gole da beberagem sem parecer sentir o seu calor. — Sabe como o povo chama a grande epidemia? Flagelo de Deus. É o nome que davam ao meu tribunal. Mas o braço que os castigou golpeou com muito mais força que o meu. Foi a peste que corrigiu a cristandade. Nenhum de nossos castigos, nenhuma de nossas torturas poderia aterrorizar os pecadores a esse ponto. Desde então, o povo faz penitência. Na Alemanha e ao longo de todo o Reno, entre Basileia e Estrasburgo, grupos de leigos se reúnem com simplicidade a serviço dos outros. Sua única aspiração é imitar Cristo. São chamados "amigos de Deus". Deveriam dizer "amigos da peste". Eles não são sondados pelas heresias porque não pensam. Não pensam a fé, vivem-na. Simplesmente. A peste matou o pensamento. As ideias morreram nas carroças que carregavam os corpos de suas vítimas. As catástrofes têm esse efeito sobre a humanidade, matam as ambições. Devolvem a humildade ao mundo e tornam as inquisições inúteis. Os amigos da peste nunca tentarão atingir o céu. Tomam Jesus como mestre de vida. Jesus, o homem, não o filho de Deus. A altura do homem, Guillaume, é a altitude do futuro. Ninguém vai querer subir mais alto.

— É por isso que quer queimar as cinzas de Eckhart, para que ninguém suba mais alto?

— Não, pelo bem do mundo. A religião precisa sobreviver. É ela a garantia de justiça. Os homens têm necessidade de leis celestes. As que eles escreveram com as próprias mãos não resistem aos sofrimentos terrenos, e, sem a Igreja que seu mestre queria destruir, a barbárie deles arrastará tudo.

— Você tem bem pouca estima pelo próximo.

— Só há dois grandes inquisidores capazes de inspirar medo suficiente para segurar nosso rebanho: Deus e a peste. Deus fará respeitar a justiça, Guillaume, derramando menos sangue. Deus ou a peste, será preciso escolher.

— Você perdeu a alma, Louis.

— Não, minha única ambição é proteger nossa fé. Vou levar o velino a Avignon, entregá-lo ao papa e, com ele, vergar o orgulho dos dominicanos! Você não imagina, Guillaume, o que vou fazer com suas lembranças. Elas marcarão o fim de todos os tribunais corrompidos e terão um lugar na história da Igreja. Não me reduza a essa personagenzinha sem honra que vê em mim. A púrpura não será o hábito de minha avidez, mas de minha fé na justiça.

Guillaume sentia-se cansado, mas a presença do inquisidor provocava uma impressão estranha em seu coração, uma forma de apaziguamento que o retinha ao lado dele. Nada de obscuro, apenas a sensação de estar em boa companhia consigo mesmo. Desde muito tempo, seu ofício de prior e a direção de seus frades de Verfeil tinham tornado amarga e importuna essa companhia. A responsabilidade de conduzir almas varrera de sua própria alma todos os restos de despreocupação que nela sobreviviam. Sem trégua, ele lutava contra si mesmo para proteger os seus, vigiava suas palavras, sua conduta, suas decisões e resistia a suas próprias sombras. Diante do inquisidor, finalmente tinha um adversário externo para combater, bênção que nem todos os homens recebiam.

— Dê-me o velino, Guillaume, e eu juro perante Deus que lhe devolvo o frade.

O prior pediu para se retirar. O inquisidor ordenou que o levassem de volta depois de lhe recomendar que ponderasse bem sua decisão. Não esperaria muito tempo a resposta.

Ao transpor o limiar da casa de hóspedes, Guillaume se sentiu em paz. A dúvida abandonara seu espírito. Seu velino não terminaria no porão de relíquias de um palácio de Avignon ou de Roma, perto das coroas de espinhos e dos pregos da verdadeira cruz que os cruzados traziam de Jerusalém. Cofres cheios de pregos capazes de crucificar Cristo dez vezes... O velino era uma mensagem de verdade para o mundo e não pertencia a ninguém.

Capítulo 43

A cadeia rompida

— O que está fazendo? — perguntou o sacristão.

— Meus baús — respondeu Guillaume.

O jovem curtidor e Antonin trocaram um olhar de incompreensão. O prior relatou a segunda conversa. O destino de Robert não seria resolvido na casa da Inquisição.

— Eu lhe disse que ele não cumpriria a promessa — soltou o sacristão.

— Não é ele que vai cumprir a promessa, mas a ambição dele.

— Ele quer ser papa?

— Cardeal, para começar.

— E?

— E o segredo da caravana lhe dá poder sobre o Conselho dos Dominicanos.

— Ninguém vai acreditar nessa história.

— Ele tem testemunhos, e o velino confirmará.

O sacristão balançou negativamente a cabeça.

— Ele não vai nos deixar partir, Guillaume.

— E como ele vai justificar à cúria a detenção de um prior de sua ordem e de três frades dele? Sem processo, sem julgamento? Vamos partir.

— Para Verfeil?

— Não, para Avignon. O inquisidor tem muitos inimigos na diocese. Vou reunir um cortejo de homens influentes que nos acompanhará. O papa será obrigado a nos ouvir.

Antonin e o sacristão ajudaram Guillaume. No fundo de sua bagagem estava o pequeno são Pedro, escultura de madeira pintada que ele guardava na mesa de cabeceira de sua cela de Verfeil e sempre levava ao alcance da mão nas estradas. Representava o apóstolo pranteando a si mesmo após a traição quando o galo cantou.

Antonin a ergueu delicadamente e, com os dedos, acompanhou as lágrimas esculpidas na face direita, três lágrimas pelas três renegações de Cristo. Só uma corria pela face esquerda.

— Esta conta mais — dissera Guillaume. — Se a comparar às outras, verá que é mais grossa e corre reta. Poderia conter todas. Essa quarta lágrima nenhum frade deveria jamais esquecer, nenhum homem deveria jamais esquecer. É a lágrima do perdão.

Antonin embrulhou a madeira num pano, pensando em Robert, que ele ia abandonar de novo. Uma coisa era certa: a lágrima do perdão nunca correria sobre sua face.

Guillaume lhes pediu que se reunissem em torno dele, e eles oraram para a Virgem Maria até que soasse o sino das vésperas. Depois, cada um se retirou para sua cela.

Guillaume meditava. O sol se punha naquele dia do Senhor. Seu primeiro domingo sem missa em muitos anos. Ao amanhecer, seria aberta a mensagem que, partindo, ele entregara ao frade mais velho de Verfeil. Sem notícias dele, frei Bruno, velho companheiro que perdia a visão, mas tinha um coração que enxergava longe, agiria como lhe fora pedido e tomaria o caminho do reservatório de cal, onde repousava o cofre do velino. Ainda havia tempo de avisar o inquisidor e enviar um mensageiro, pensou Guillaume.

Uma hora transcorreu até a escuridão da noite. A casa dos hóspedes parecia em repouso. Um círio espalhava sua bela claridade na entrada. Antonin recolhia sua chama com um longo acendedor para distribuí-la pelas velas de sebo de cada uma das celas.

Quando entrou na do prior, encontrou-o sentado na cama, com expressão grave, punhos fechados, apertando o cobertor que lhe cobria os joelhos. Sua respiração estava ruidosa e difícil. Antonin quis ajudá-lo a deitar-se, mas Guillaume o impediu.

— Não tenho muito tempo mais, Antonin. Talvez não o suficiente para lhe contar o fim do mestre. Mas o importante é você gravar na memória o segredo da caravana dos dominicanos.

— Por que na minha memória?

Guillaume apontou com ternura a testa de seu jovem frade.

— O velino mais precioso está aí.

Antonin baixou os olhos.

— Eu lhe disse um dia o que era preciso fazer do pergaminho se eu desaparecesse. Será preciso levá-lo ao papa e preparar duas cópias: uma para o imperador da Alemanha e outra para o rei da França. A verdade sobre o segredo da peste não estará apenas nas mãos dos homens de Deus. A doença atingiu o mundo sem fazer escolhas. A verdade será como ela, dada a cada um.

Guillaume via o rosto do jovem frade se anuviar. A sombra de Robert passava sobre ele. Guillaume sentiu sua presença, e a dúvida voltou a afligi-lo. O calabouço estava ali perto, uma palavra bastaria para abri-lo.

— Antonin, o que você faria em meu lugar?

Sem erguer os olhos, Antonin respondeu com voz firme.

— Eu daria o velino ao inquisidor, pela vida de Robert.

Guillaume pareceu subitamente cansado e desiludido. "Guiar-se pela verdade" era o mandamento ao qual ele havia dedicado seus votos de jovem dominicano cheio de fé e esperança. "Esperança...", murmurou para si mesmo, erguendo imperceptivelmente os ombros.

A quem ele devia a verdade?, poderia ter perguntado Antonin. Aos mortos pela peste, que ele não ressuscitaria? À ordem, para fazer penitência? À história? A Deus, que não precisava de confissão escrita para julgar pecados? A verdade tinha seu próprio destino. Quem era ele para se acreditar seu dono?

Mas o que ele era já não importava. Ele contemplava a juventude daquele frade, que proporcionava um repouso mais ameno a seu coração do que uma prece. Aquela juventude guardava suas lembranças e saberia protegê-las do esquecimento. A cópia de seu pergaminho dormiria em paz na memória de Antonin sem ameaçar a vida de ninguém. "Assim", repetia Guillaume, "o velino terá sido escrito duas vezes: por minha mão no couro perecível e por minha voz na mente de um frade que saberá transmiti-lo." Essas palavras, nele, iluminavam as sombrias escolhas futuras.

A noite avançava. Sentado na beira da cama, perfeitamente imóvel, o prior parecia esperar.

— Escute — disse de repente a Antonin.

O silêncio foi quebrado por ruídos de passos e ecos metálicos de homens armados que se aproximavam.

— Tomei uma decisão sobre o velino — declarou Guillaume, com ligeiro sorriso.

A porta se abriu bruscamente, revelando a silhueta alta do oblato. Dois homens o acompanhavam. Ele lançou um olhar ao baú aberto.

— Está indo embora?

Guillaume levantou-se com tranquilidade sem lhe conceder nem um olhar. Vestiu lentamente o escapulário, depois o manto.

— Vocês não poderão esconder minha detenção — disse com voz tranquila.

— Ninguém o detém, frade dominicano — respondeu o oblato. — Você é um hóspede de qualidade, e o inquisidor quer alojá-lo como merece. Vou conduzi-lo a seu apartamento, onde ficará residindo.

O sacristão e o curtidor esperavam no aposento principal. O prior saiu da cela, seguido pelo oblato. O sacristão quis se interpor, mas Guillaume o impediu com um gesto. Pediu a Antonin que fosse buscar sua capa. Ao ajustá-la nos ombros, agarrou a corrente que sustinha a cruz sobre seu peito e rompeu-a com um gesto seco. Antes de transpor a porta, entregou-a sem uma palavra ao sacristão e saiu com dignidade.

Capítulo 44

Um plano

No alvor da aurora, frei Bruno, que exercia as funções de prior do convento de Verfeil na ausência de Guillaume, tomou a direção do jardim dos símplices. Sua vista vacilante o fez tropeçar num cepo que seus frades não tinham arrancado direito. Pouco ligou, pois estava acostumado a tropeçar nos obstáculos da terra, e por isso nunca apressava o passo. Fazia anos que o dia nascia só pela metade para seu olho direito e nunca para o esquerdo.

A carta de Guillaume estava amarrotada no bolso de sua batina. Ele sabia que devia pensar em queimá-la antes que seus frades acordassem. Na ponta do jardim, chegou à fossa cheia de cal. Levantou a tampa de bronze. Com uma corrente, puxou o cofre de chumbo escondido na cavidade secreta. Abriu-o com cuidado e despejou seu conteúdo na fossa, como Guillaume lhe ordenara. Sua vista embaçada lhe deu a entrever as folhas de um pergaminho que lhe pareceu de grande pureza. Com uma pá, espalhou sobre as peles várias camadas de pó branco. Quando estavam inteiramente cobertas, ele fechou a fossa, respirou o ar gelado da manhã e retomou o caminho do claustro, cuidando de não tropeçar em nenhum obstáculo.

A algumas léguas de lá, os peregrinos de Compostela saíam dos subúrbios adormecidos de Toulouse. Seus tristes bandos se assemelhavam a um exército desbaratado. Arrastavam atrás de si os mesmos homens pálidos, cobertos de farrapos, que se apoiavam em cajados como soldados feridos em retirada. Mas nenhum deles olhava para o chão; as cabeças estavam erguidas, os olhos, fixos no sul, num horizonte que um soldado vencido não teria buscado.

No centro da cidade, a casa Seilhan encerrava seus próprios peregrinos, que contavam seus passos entre as paredes das celas.

O desânimo parecia poupar o sacristão. Seus dois companheiros, ao contrário, davam dó, cada um num canto, contemplando lastimosamente o chão empoeirado da casa dos hóspedes que o prior acabava de deixar. O sacristão lhes pediu que se aproximassem e, em voz baixa, declarou que chegara a hora.

— Nós mesmos precisamos libertar Robert.

Antonin levantou a cabeça acima da tropa miserável que formavam. Se o destino de Robert estava nas mãos deles, então já estava cumprido...

O jovem curtidor mostrava menos acabrunhamento. As palavras do sacristão tinham acendido uma pequena chama em seus olhos.

— É a opinião do prior? — perguntou.

— Não é uma opinião — respondeu o sacristão —, é uma ordem. A corrente quebrada significa que precisamos fugir.

Ficaram reunidos sem proferir palavra. Todos tiveram o mesmo pensamento: fazer Robert fugir.

Em Verfeil, Antonin tinha cavado sem descanso o túnel que o libertaria do muro estreito e desferido mil golpes de clava nas pedras do calabouço depois de rachar a cabeça de todos os guardas. Mas a casa Seilhan era mais defendida que um castelo. Como um velho frade e dois rapazes desarmados poderiam conseguir o que ninguém jamais conseguira antes deles? Abrir as garras da Inquisição em sua toca.

No dia seguinte, não tiveram nenhum contato com Guillaume. Não se permitia nenhuma visita. O inquisidor mandara dizer que a saúde de seu prior exigia repouso e um conforto que uma cela de frade não podia lhe proporcionar. O prior encarregava o anfitrião de cumprimentá-los em seu nome e de tranquilizá-los. Os três homens buscavam meios, mas a angústia e a falta de sono lhes obscureciam a mente. "Impossível", repetiam as vozes interiores. A voz do sacristão acabou por se elevar para silenciá-las.

— Vocês vão vigiar dia e noite a cela de Robert, anotar as horas de guarda e de passeio. É preciso conhecer os frades que lhe levam comida e os que têm acesso aos calabouços.

O curtidor recebeu aquelas palavras com um meio sorriso.

— Já comecei.

Fazia dias que Robert não aparecia no claustro.

Do andar que ficava acima das celas, o jovem curtidor passava o tempo observando os rituais de cada um, o cotidiano dos frades entre as horas de prece que todos respeitavam como no mosteiro, os costumes, as manias, os detalhes úteis.

Quando eles atravessavam os corredores do claustro, o curtidor observava pacientemente seus modos de andar, que revelavam segredos de caráter. E, aos poucos, as peças foram se juntando em sua mente.

Os frades dominicanos da casa Seilhan se revezavam na função de socorro espiritual aos prisioneiros. A ala dos calabouços estava permanentemente guardada por um oblato soldado e um frade de guarda que ocupava uma de suas celas.

— A ceia dos oblatos é servida após a dos religiosos. O frade sempre fica esperando a volta do oblato de guarda que vai à cantina. Ele pode ficar sozinho uma meia hora. Esse seria o melhor momento.

O sacristão e Antonin ouviam com atenção o relatório do curtidor.

— Pode durar menos? — perguntou o velho frade.

— Nenhuma vez esta semana e uma hora inteira na quinta-feira. Os soldados se entediam e escondem vinho na cozinha.

— Como você sabe?

— Pelo gato. Ele se enfia em todo lugar.

O curtidor indicou o pequeno noviço que desenhava números no chão empoeirado do quintalzinho.

— Confia nele? — perguntou Antonin.

Ele aquiesceu sorrindo.

— Confio. Esse aí nunca vai ser frade. É um comerciante. Quer aprender a fazer contas para ficar rico. Eu lhe ensino com uma condição. Em troca de minhas aulas, ele me vende os segredinhos da casa.

O noviço prosseguia com aplicação o desenho de seus números. Ergueu para eles um olhar cheio de malícia, antes de voltar a sua tarefa. Era baixo, mas robusto. Um rosário pendia de seu cinto. "Novo demais", pensou o sacristão, que, pelo desgaste dos rosários, sabia reconhecer os noviços devotos, que deviam ser incentivados, e os preguiçosos, que precisavam ser corrigidos.

O curtidor arquitetava planos, mas a tarefa parecia inatingível. Contrariando a aparência de convento calmo, por onde zanzavam frades, a casa da Inquisição era uma masmorra impenetrável, com seu conjunto de pátios e construções formando quadrados que se encaixavam como cubos. Nos dias seguintes, Antonin e o sacristão esperaram orando. Durante esse tempo, o jovem curtidor girava com impaciência entre as paredes da casa dos hóspedes, buscando o detalhe que lhe escapava. Havia declarado que talvez tivesse encontrado um meio, mas faltava-lhe uma peça da obra. Como silenciar o frade de guarda? O noviço tinha sugerido "uma boa paulada na cabeça", mas o menor ruído faria a soldadesca acorrer.

A noite caía sem o acalmar, o sono fugia.

Oito dias já haviam transcorrido desde a prisão do prior. Os sinos das matinas soavam na madrugada. Antonin levantou-se e vestiu-se para ir à capela com o sacristão. Envergou a túnica branca, sob o olhar interessado do jovem curtidor, que dividia a cela com ele.

— O que está olhando? — perguntou.

— Nada, continue.

Por cima da batina, Antonin vestiu o escapulário, prolongado pelo capuz branco nele costurado. Envolveu-se na capa preta antes de buscar os sapatos grosseiros, de beiradas gretadas pelos caminhos de pregação. Ergueu o capuz para baixá-lo sobre o rosto. A voz do curtidor o deteve.

— Por que faz isso?

— Um dominicano sempre baixa o capuz sobre o rosto quando cumpre seus deveres no mundo. Você não sabe disso?

— O frade que guarda a cela de Robert... — continuou o curtidor com ar ausente. — Quando chega o turno de guarda, ele abaixa assim também?

Antonin o olhou sem compreender.

— Como?

— O capuz.

Antonin achou que seu companheiro devia ter bebido uma água menos benta do que a que ele lhe servia. Os oblatos tinham sua adega, e o curtidor tinha seu noviço que se infiltrava em todo lugar e era bem capaz de abastecê-lo do vinho de missa que os leigos da casa desviavam para seu consumo pecaminoso.

— Se o dominicano abaixar o capuz, eu talvez tenha a solução para libertar Robert.

O sacristão veio ao encontro deles, e o curtidor lhes expôs seu plano em voz baixa.

— Existe uma substância — começou —, a folha de coriária, que é usada como tintura. Precisa ser manipulada com luvas. As feiticeiras a colhem e vendem como veneno de quimera. Se penetrar na pele, põe para dormir na hora e escancara a porta dos sonhos, como se a pessoa tivesse bebido um tonel de vinho.

— É certeza esse efeito? — perguntou o sacristão.

— Eu pus uns turcos para dormir com isso, quanto mais dominicanos...

— E como...

— Ele precisa usar.

O sacristão fez um gesto de impaciência.

— O veneno — prosseguiu o curtidor. — É uma tintura que precisa entrar em contato com a pele. No curtume era mandando prensar os couros impregnados que a gente punha os turcos para dormir.

— E como você quer colar isso na pele de um frade?

— Ainda não sei. Vou pensar... Mas, se a gente conseguir entorpecer o frade durante o tempo em que ele fica sozinho nos calabouços, vai ser possível tirar Robert de lá.

— E depois?

— Depois? Isso eu vou dizer quando dormir — concluiu o curtidor bocejando.

Capítulo 45

Audácia

O noviço bateu de leve à porta para mendigar uns números. O dia acabava de nascer. O curtidor mandou-o aproximar-se.

— Você pode descobrir o nome do frade que vai ficar de guarda à noite?

O noviço sentiu os olhares postos nele e a gravidade do silêncio à espera de sua resposta. Isso lhe deu grande satisfação; o orgulho era um pecado que ele tinha deixado de confessar.

— Eu posso — respondeu, com importância.

— Está bem. Tenho outro favor para lhe pedir, mas vai ser preciso andar.

O noviço ouvia com atenção.

— Preciso de uma tintura.

— Ele pode sair daqui livremente? — disse o sacristão com espanto.

— Eu posso — afirmou o novo aliado sem esperar a resposta do curtidor.

Este último aquiesceu.

— Ele sai pelas latrinas da administração. Esse vai ser o nosso caminho.

— A gente passa debaixo do cu dos cruzados — declarou o noviço com jovialidade, visivelmente pouco atormentado por preocupações espirituais.

— Ele está acostumado — continuou o curtidor. — Sai à noite para comerciar. Traz açúcar, toicinho e cerveja. Os oblatos são fregueses dele.

O curtidor redigiu uma mensagem e a entregou a seu aluno.

— O percurso não vai ser longo. Se correr, chega ao curtume em uma hora. Entregue esta mensagem aos turcos, eles sempre têm reserva do produto. Volte com dez onças.

— E essa tintura, como a gente vai dar ao frade de guarda? — perguntou o sacristão.

— Isso vai depender de Antonin — respondeu o curtidor, enigmático.

O noviço saiu para cumprir sua tarefa.

Antonin e o sacristão ouviram atentamente.

O plano parecia audacioso demais para um frade velho e outro inexperiente, mas o que estava em jogo era a vida de Robert. O sacristão hesitava. A ordem de Guillaume era categórica, mas ele estava apreensivo pelos companheiros. O sucesso da ação exigia uma sorte que nem o perfeitíssimo alinhamento de todos os planetas do céu propiciaria com certeza. E ele se sentia inútil. Os riscos não estavam sendo equitativamente divididos.

O curtidor já confiara sua ideia a Antonin: conseguir o escapulário do frade e impregnar seu capuz de tintura. A obtenção do escapulário era a parte mais delicada. Nenhum frade dominicano possuía outro para troca, e cada um conservava o seu como relíquia preciosa. Só havia duas soluções: pedir-lhe emprestado o seu escapulário, o que era impossível, ou obrigá-lo a trocá-lo. Então veio à mente de Antonin uma lembrança do jardim dos símplices. Existia uma planta com propriedades temidas pelos doentes, que não faltava em nenhum alforje de boticário. Tinha sido fácil encontrá-la na enfermaria da casa Seilhan, aberta aos frades.

— Você tem aí? — perguntou o curtidor.

— Tenho — respondeu Antonin, tornando visível uma raiz arredondada na mão.

Ele lhes entregou o bulbo acinzentado com reflexos amarelos que exalava um cheiro de estrume.

Todos o examinaram com expressão de nojo.

Antonin conhecia melhor que ninguém as propriedades do heléboro-branco. Administrara-o bastante aos frades, para fazê-los expelir humores biliosos em excesso. Era o mais violento vomitivo do códex.

— Quer envenenar o frade de guarda? — perguntou o sacristão.

— Ele não... Eu — respondeu Antonin.

O sacristão o olhou com incredulidade.

— Você vai dar uma dentada nisso aí?

— Não vai ficar muito tempo no estômago dele — afirmou o curtidor com confiança.

— Não estou entendendo — disse o sacristão.

Antonin explicou os detalhes da operação. Sua voz tranquilizadora não dissipou as preocupações do velho frade.

— É o único meio de conseguir o escapulário. E eu não tenho medo do heléboro, as plantas sempre foram benevolentes comigo.

— Benevolência das plantas... — resmungou o sacristão, afastando-se.

Zanzaram até a noite. Antonin e o sacristão respeitaram as horas de prece e sentiram-se como se estivessem no convento de Verfeil. O curtidor, em sua cela, repassava incansavelmente cada etapa do plano.

Às seis horas, o noviço reapareceu entre eles sem nenhum ruído. Merecia o apelido que tinha: seus pés roçavam o chão como patas de gato. A viagem até o curtume transcorrera sem problemas. Por alguns escudos, os turcos lhe haviam dado o saco de tintura. Sua passagem pelo corredor subterrâneo das latrinas não tinha expulsado o cheiro penetrante do curtume. Ele recendia a couro descarnado, e esse perfume fez o coração do jovem curtidor bater um pouco mais depressa.

Antonin tentava expulsar da memória as imagens de frades melancólicos vomitando as tripas e jurando por Deus que seus humores iam clarear, desde que parassem de tratá-los. Mas os dias de Robert entre os muros de seu calabouço tinham um peso bem maior em carga de sofrimento.

O plano estava traçado. Faltava o essencial: identificar o frade de guarda.

O noviço encarregou-se disso, exigindo forte contrapartida. Antes, o curtidor devia lhe ensinar a chave de todas as operações, a santa soma dos números. A transação foi concluída. E, como o tempo urgia, decidiu-se começar de imediato. O noviço recebeu seu derradeiro ensinamento com o mesmo arrebatamento de um alquimista a quem fosse revelado o segredo da pedra filosofal. O curtidor mostrou-lhe a operação com paciência na poeira do quintalzinho.

Antonin acompanhava a aula ao lado do sacristão, que ouvia na sombra, contando nos dedos.

O jovem aluno sumiu depois, indo para seu território com a promessa de que voltaria antes da completa* com o nome do frade de guarda.

Tudo poderia se decidir no dia seguinte, se a chuva não impossibilitasse o acesso ao corredor das latrinas. O alçapão se abria num canto não vigiado, perto do muro externo, no norte da casa. O corredor se prolongava mais, em direção ao subsolo da cidade, até um poço seco na entrada de uma rua calçada.

Estava na hora de preparar a tintura.

O curtidor aqueceu as folhas de coriária na lareira, sobre um tapete de brasas. Picou-as numa panela de barro cheia de água, acrescentou um punhado de cinzas misturadas a vinagre, depois, sem cerimônia, levantou as abas da camisa e mijou no meio.

— É o mordente — disse, divertido —, fixa os pigmentos.

Pôs a mistura para ferver e completou com a cal raspada das paredes, para branquear. Antonin, a seu lado, arrancava dos caules as folhas que o curtidor assava na brasa ou esmagava numa pedra, antes de diluir seu pó cinzento no preparado.

— Pode trazer seu hábito — acabou por declarar, depois de verificar a tonalidade do líquido.

Antonin desvestiu o escapulário. Verificou a resistência do capuz e a boa firmeza da costura. O perfume de coisa apodrecida da coriária espalhava-se pela cela e estonteava.

— Depressa — disse o curtidor.

---

* Última prece do dia.

Ele mergulhou o capuz na mistura. A tintura penetrou nas malhas do tecido e, graças às cinzas e à urina, mordeu profundamente a lã. O curtidor ordenou que os companheiros saíssem, e eles voltaram a respirar o ar puro do quintalzinho, enquanto esperavam o fim da operação.

— Isso fede a porco morto — soltou o sacristão ao voltarem.

— Precisa deixar descansar — disse o curtidor. — Quando a tintura pega, o tecido expulsa o cheiro.

Faltava fazer o tempo passar. As horas avançavam penosamente no ar pesado da casa de hóspedes. O escapulário de Antonin secava devagar. O curtidor o virava, com as mãos protegidas por trapos. Nenhuma pele devia mais tocar o tecido. Ele não aceitava nenhuma ajuda. O sacristão, no quintalzinho, com uma vara na mão, estudava os números que marcavam o chão, tentando descobrir o segredo das somas que ele não tinha aprendido a fazer. Antonin estava preocupado. Tinha precisado esperar o fim das últimas preces do dia para saber o nome do frade. O noviço depois desaparecera sem ninguém perceber. Muita confiança posta nos ombros de um gato... Mas uma questão mais séria ocupava sua mente. Ele não acreditava inteiramente no poder da coriária. Nenhum boticário a usava. A essência de papoula e o meimendro-negro eram os únicos sedativos em que ele confiava. Mas eram caros e difíceis de achar.

— Tem certeza de que isso basta? — perguntou mais uma vez ao curtidor.

— Usei folhas suficientes para adormecer dez turcos — respondeu o companheiro com irritação.

Naquela noite, ninguém conseguiu dormir. Tinham surgido nuvens de tempestade. Ao amanhecer, o dia hesitou por trás de sua nebulosidade, e um sol pálido finalmente apareceu pelos lados das florestas de Verfeil. Os três homens o contemplavam com um aperto no coração. Todos se diziam que tinha chegado a hora e que o astro que nascia talvez se pusesse sem eles.

Antonin pensava em Robert e na rameira também, em todas as rameiras que seus olhos não tocariam mais; o sacristão pensava em Guillaume e no peso do comando que lhe coubera; o curtidor, numa lembrança ruim que havia escondido dos companheiros: a dolorida surra recebida de um turco que a coriária não tinha conseguido pôr para dormir.

O noviço surgiu do nada com frutas, ovos e pão surrupiados das reservas dos oblatos. O sacristão contemplou o maná com estupefação.

— Como você pode...?

— Eu posso — soltou o jovem frade com um sorriso largo.

Capítulo 46

Ação

Eles esperaram a hora do passeio dos frades pelo claustro. O noviço indicou o frade de guarda, que desfiava o rosário no meio dos outros. Era uma cabeça mais alto que os outros.

— Tem ombros largos — murmurou Antonin.

"Não faz mal", pensou o curtidor; "os escapulários cabem em todo mundo, até nos bois, pois são chamados de 'jugo de Cristo'."

O ar estava pesado, mas o céu continuava limpo.

— Se a tempestade não voltar, vai ser para hoje à noite — declarou em tom sério.

O dia se espichava. O curtidor passou o tempo jogando dados sozinho; o noviço, somando números na poeira; o sacristão, rezando; e Antonin, abanando o escapulário para fazê-lo perder o fedor de coriária. Todos vigiavam as nuvens do horizonte, que o vento empurrava para o oeste.

Soaram as vésperas finalmente. O céu estava claro. O som do sino pareceu ao sacristão tão sinistro quanto o dobre de Verfeil. Ecoou na casa de hóspedes e, no mesmo instante, o crucifixo de sua cela se desprendeu da parede.

"Mau agouro", pensou ele.

Antonin vestia-se, com o coração apaziguado, habitado pela certeza de reencontrar Robert. A voz do curtidor soou:

— Está na hora.

Ele tirou o heléboro do bolso da batina. O sacristão lhe entregou a jarrinha que havia preparado, com uma sopa morna, colorida por beterraba. Ele a engoliu com uma careta.

— Mais um pouco — encorajou o velho frade, derramando mais um copo de sopa avermelhada. — Acrescentei sal para descer melhor.

O curtidor dava as últimas instruções ao noviço.

Antonin bebia de olhos fechados, pensando no suplício da água que os prisioneiros da Inquisição aguentavam nos porões de tortura. A sopa do sacristão subia de volta até o gorgomilo.

— Isso deve bastar — admitiu.

O mais duro ainda estava por fazer. Corajosamente, Antonin mordeu o bulbo de heléboro e mastigou a polpa insossa.

Os três se reencontraram no pátio. O curtidor desejou boa sorte a Antonin e ao sacristão, que apressaram o passo em direção à capela, onde os frades estavam reunidos.

Oravam. Antonin se ajoelhou atrás daquele que o noviço tinha indicado e esperou o efeito do heléboro. Não demorou. No fim de sua primeira ave-maria, sentiu o estômago se contrair. Um calafrio percorreu todo o seu corpo, acompanhado por uma tontura que o fez temer um desmaio. Apertou os punhos e deixou que a náusea aumentasse. Teve o primeiro engulho, depois o segundo. Pelos lados do coro, um frade agitava um incensório. O perfume pesado invadia a capela. A coisa vinha. Ele fixou o olhar nos ombros do frade de guarda à sua frente, inclinou-se para aproximar a boca da altura do capuz e deixou que a última contração do estômago realizasse sua obra.

Um líquido avermelhado brotou de sua garganta e cobriu a batina do frade. Antes que este reagisse, um segundo jato se espalhou por seu capuz, e Antonin desabou no chão, com as mãos na barriga. Os frades correram em sua direção, enquanto ele continuava vomitando e gemendo. Tentaram levantá-lo, mas cada movimento desencadeava um engulho.

Deitaram-no de lado, sem ousar tocá-lo. Como ele tiritava, um frade trouxe um cobertor, e ele foi aspergido com algumas gotas de água benta.

Pouco depois, foi tirado da capela. O sacristão o amparou pelo caminho da casa de hóspedes.

— Tudo bem? — murmurou atravessando o claustro.

Antonin acenou que sim, sem conseguir proferir nenhuma palavra. Foram para o quintalzinho, onde o curtidor esperava. Antonin cambaleava, branco como uma vela. O curtidor lhe deu uma toalha e disse, sorrindo:

— Ainda sobrou um pouco de sopa, se quiser.

O destino deles agora estava nas mãos do noviço.

A espera pareceu eterna. O estômago de Antonin palpitava como um segundo coração. Uma saliva misturada a bile subia-lhe à boca quando as contrações se tornavam mais dolorosas. Mas ele estava orgulhoso, seu papel tinha sido cumprido.

O noviço finalmente veio ao encontro deles.

— O frade Simon precisaria de um novo escapulário para fazer a guarda — declarou com voz teatral. — Eu lhe garanti que entre os senhores encontraria uma boa alma para lhe emprestar o seu.

O curtidor lhe deu luvas e apontou o escapulário impregnado de tintura, estendido perto da lareira. Agora os oblatos precisavam respeitar o atraso diário. O tempo da ação seria curto.

Ao saírem da capela, os frades tinham tomado o caminho do refeitório.

A ceia deles se realizou em absoluto silêncio. Era hora de voltar às celas. Exceto para frei Simon, de guarda espiritual nos calabouços dos prisioneiros da Inquisição.

Era bem raro algum acusado recorrer a ele. A maioria orava religiosamente na masmorra sem pedir ajuda de ninguém, muito menos a um frade dominicano, pertencente à ordem responsável por sua punição.

Frei Simon passou por sua cela, onde um noviço tinha deixado seu novo escapulário, fraternalmente emprestado pelos hóspedes do inquisidor. O dele estava na rouparia. Como sinal de humildade, ele de início desejara ficar com o tecido sujo, depois de uma enxaguada, mas o noviço lhe lembrara o dever de asseio presente na regra de são Bento, e ele acabara por aceitar a troca.

Quando vestiu o novo escapulário, achou-o com um cheiro forte que o incomodou no começo, mas ele se acostumou. Frei Simon tinha gosto por provações. Deus lhe dera um corpo robusto para enfrentá-las. Atravessou o claustro para assumir seu posto na entrada da ala dos calabouços e abaixou o capuz sobre o rosto, ao entrar.

O curtidor e Antonin estavam prontos. O sacristão vigiava a porta do refeitório dos oblatos. Não ouvia vozes altas nem cantorias. "Mau sinal", pensou, "não corre vinho suficiente." Se o oblato assumisse a guarda na hora certa, a sorte deles estava selada.

— Vamos agora — disse Antonin.

— Espere um pouco — sussurrou o curtidor, que começava a duvidar do efeito da coriária.

Passaram-se longos minutos. Antonin puxou o companheiro pela manga, e eles percorreram a galeria do claustro até a parede que o separava da ala dos calabouços. Tudo estava em silêncio. Eles penetraram na área até o posto de entrada, pela passagem dos frades. A cela do frade de guarda estava iluminada. A chama brilhante da lanterna lhes pareceu cheia de uma vida hostil. Eles esperaram com as costas coladas na parede, segurando a respiração, observando quaisquer movimentos. O lugar parecia morto. O jovem curtidor estremeceu de súbito, e Antonin apertou seu braço: ambos acabavam de ouvir distintamente o ruído de uma página virando. Recuaram um passo, o ruído se repetiu outras vezes, de maneira regular. Frei Simon não dormia.

O curtidor dirigiu a Antonin um olhar desesperado. Das celas dos prisioneiros chegou-lhes o som de uma tosse que lhes pareceu forte como um grito. Os dois companheiros hesitavam. Com um sinal de cabeça, o curtidor indicou a porta de saída para se retirarem, mas Antonin tomou uma decisão. Avançou sozinho para o aposento de guarda, sem nada em mente. O frade estava sentado diante de uma mesinha, onde um livro aberto deixava que a corrente de ar da janela folheasse suas páginas. O capuz lhe cobria a cabeça inclinada, e seu sono era profundo e tranquilo.

Antonin agarrou o molho de chaves da mesa, e os dois enveredaram pelo corredor das celas. O prior havia indicado a de Robert: a mais próxima do posto de guarda. Com o menor ruído possível, abriram a porta, e Antonin entrou com o indicador sobre os lábios. Robert o viu aproximar-se como uma aparição divina.

Tocou sua mão para se certificar de que era real, reconheceu o jovem curtidor atrás dele e os seguiu sem dizer palavra.

O claustro estava deserto. O sacristão fez sinal para irem ao seu encontro. Os oblatos não tinham pressa de terminar a refeição e cumprir seus deveres. "Benditos sejam eles", pensou o velho frade. Escapuliram juntos para o pátio norte, onde o noviço os esperava. Ele ergueu o alçapão que dava acesso ao corredor das latrinas, e eles desceram com cuidado, cada um avançando como podia até o riacho que recolhia os dejetos. O ar fétido lhes pareceu puro como o ar de uma floresta na aurora. Seguiram o curso do riacho até uma cavidade que se abria num velho poço de pedras desconjuntadas. Escalaram sem dificuldade até a beirada e saíram, um após outro, para a rua deserta.

Capítulo 47

Fugitivos

Antonin e Robert andavam lado a lado como dois peregrinos. Nenhuma palavra havia sido trocada desde a fuga. Os dois tinham se limitado a acertar o passo.

Robert reconstruía sua memória de homem livre. Levantava frequentemente a cabeça para respirar os perfumes perdidos na noite do muro estreito. Antonin o observava. Às vezes indicava uma nesga de céu, árvores, luzes, bondades da natureza para ajudá-lo a reencontrar o caminho de si mesmo.

O sacristão tinha escolhido a direção de Albi. O bispo era amigo de Guillaume e os protegeria. Mas o inquisidor estava na pista deles.

Uma pequena tropa se pusera a caminho no alvorecer, quando a fuga foi descoberta. Cinco homens a pé, uma carroça para a intendência, conduzida por um barbeiro, e um cavalo para o oblato e outro para um soldado armado.

Os fugitivos tinham seis horas de vantagem, mas a escuridão da noite os transviara. O sacristão se perdera nos bosques de Lavaur, e eles tinham desperdiçado duas horas no matagal e em atoleiros antes de reencontrarem a rota do nordeste para Albi, a um dia de caminhada.

O velho frade puxava a perna nos caminhos lamacentos que as cheias dos rios inundados pela chuva tinham alagado. O curtidor sustentava seu braço, e ele ia resmungando a cada passo. Sabia que estava retardando o avanço e amaldiçoava aquele corpo que já não obedecia à sua vontade.

— Vamos parar um pouco — propôs o curtidor, percebendo seu cansaço.

— Deixe disso — respondeu o velho frade —, a gente vai parar quando eu decidir.

A tropa avançava mais depressa que eles. O oblato não tinha enveredado pelos caminhos de Lavaur, e os contornara pelo norte. Sabia onde encontrar os fugitivos. Assim que a direção deles foi transmitida ao inquisidor, este indicara Albi, a única cidade da diocese onde sua autoridade podia ser contestada por um bispo poderoso. O roteiro era simples. Ele não tinha dado nenhuma instrução ao oblato, em quem confiava.

"Não mate os frades", fora sua única recomendação.

O oblato se preparara com tranquilidade. Uma cruzada contra fujões de batina não lhe parecia merecer nenhuma paixão. Mas ele guardava na memória o tombo no pátio da casa Seilhan: não tinham sido acertadas as contas com o velho frade que o havia empurrado diante de seus soldados.

A algumas horas de Toulouse, os companheiros penavam. A última légua tinha sido dolorosa. Todos estavam esgotados. O sacristão apoiava-se pesadamente no estranho cajado envolto de trapos costurados que ele não abandonara desde a partida de Verfeil e não quisera deixar na casa dos hóspedes; o curtidor xingava os calçados em que entrava água. Robert demonstrava cansaço, ofegava de um modo anormal, como se os longos meses de calabouço tivessem ficado com uma parte de seus pulmões. Aceitou sem discutir o braço do companheiro, sinal de profundo desalento.

— Precisamos parar — disse Antonin.

O sacristão indicou a grande barreira verde para a qual avançavam.

— A floresta de Gaillac. Continua até Albi — disse. — Lá dentro, ninguém mais nos encontra.

Saíram da estrada. Um prado em ligeiro declive conduzia a um plano mais baixo, em direção aos campos que se estendiam por um quarto de légua até a beira das árvores.

O sacristão finalmente autorizou um breve descanso, e eles desabaram na relva espessa. Robert, de costas, pondo os olhos na imensidão do céu, abriu os braços em cruz, com as mãos na terra. Saboreou a carícia do vento e deixou o tempo deslizar com ele. Tudo poderia parar aí, pensava, e tudo estaria bem.

Antonin não olhava o céu, e sim o rosto do amigo, que participava de sua felicidade. Os lábios de Robert murmuravam palavras que ele reconhecia. Os louvores que elas continham eram os que vinham a seu coração:

"*Ó meu Deus, meu rei, eu vos glorificarei... Elas falam do brilho esplendoroso de vossa majestade, e publicam as vossas maravilhas.*"* Depois de tantas provações e dúvidas, Antonin reencontrava por fim o desejo de exaltar o Senhor.

O curtidor praguejou, contemplando um de seus calçados, cuja sola tinha um buraco enorme. O sacristão, ao lado, massageava os joelhos doloridos.

— Por que você cobre o cajado? — perguntou ao companheiro.

— Para ele não pegar friagem — respondeu o sacristão com bom humor.

E depois ficou em silêncio, com o olhar voltado para a orla da floresta, na extremidade dos campos.

— Vamos precisar nos apressar — murmurou, sisudo.

O curtidor se levantou para observar a grande extensão vazia que os separava das árvores. Pelo menos trinta minutos de marcha a descoberto, talvez mais, com as pernas do sacristão e os pulmões de Robert. Alguns corvos, que giravam em torno dos campos deixados em pousio, aproximaram-se do grupo e depois desapareceram de repente sem os sobrevoar. "Bom agouro", pensou o rapaz.

---

* Salmo 145.

Grandes nuvens de chuva cobriam o horizonte. O sacristão matutava que talvez fosse bom esperá-las, pois a chuva, misturada à noite nascente, cobriria a fuga. Mas o atraso não tinha sido compensado, e os cruzados do inquisidor estavam próximos, ele sentia na pele. Seu velho corpo de soldado de Cristo não lhe mentia. Esperar ou avançar... Buscou um sinal no céu e só encontrou o cinzento como resposta. Depois rolou entre os dedos um seixo com uma extremidade pontuda que podia mostrar uma direção e o lançou como um dado no chão. O seixo apontou para ele. Como nenhuma ordem chegava do mundo invisível, ele tomou a decisão.

— Vamos em frente — ordenou.

Desceram o leve declive do prado e enveredaram pelo campo.

Começou a soprar um vento úmido. Robert lançou um olhar para o leito de relva que conservava a marca de seu corpo. Alguma coisa boa repousava lá.

Avançaram sem se voltar, com os olhos fixos na orla da floresta.

Atrás, separada pela colina de Gaillac, a pequena tropa de homens armados se aproximava. O oblato abria a marcha, com as costas curvadas sobre a montaria, os ombros cobertos pelo espesso manto de campanha e o peito apertado numa cota de malha que lhe cortava a respiração. Tinha mandado à frente, como batedor, o segundo cavaleiro do grupo, seu velho escudeiro. Estava confiante. Acreditava ter ultrapassado os frades, contornando-os. Seria fácil detê-los antes da floresta.

Um pouco mais adiante, o escudeiro descia a colina até o caminho pedregoso que subia para o planalto acima do vale. Em alguns minutos chegou ao prado que dominava os campos. Os quatro homens lhe apareceram no meio como presa fácil. Sem pressa, impeliu o cavalo até a distância adequada, apeou e soltou a balestra presa na espenda da sela.

Robert tinha recobrado as forças e acompanhava sem dificuldade os passos de Antonin. A floresta se aproximava, irmã da outra, de Verfeil, cuja lembrança ainda era tão agradável. Tudo o que seu olhar tocava alegrava-o e reanimava nele a energia perdida.

O sacristão maldizia aquela linha verde marcada pelas árvores sob o horizonte, que não se aproximava. Seus dois frades tinham tomado a dianteira. O curtidor retardara o passo para esperá-lo, e ele foi invadido por grande emoção quando o jovem veio ao seu encontro. Não tinha imaginado outra amizade que não fosse a de Guillaume, mas seu velho coração descobria um novo afeto por aquele homem corajoso, que tinha três vezes menos idade que ele e lhe dispensava cuidados.

O vento tinha parado de soprar. Eles andavam com uma calma pesada. Nuvens espessas e escuras aproximavam-se pelo oeste. O mundo parecia reter a respiração antes da tempestade. A natureza silenciava. O velho frade, atrás do companheiro, seguia seus rastros frescos e neles pousava o pé. Seus pensamentos estavam cheios de uma afeição que desconcertava sua velhice, havia muito resignada ao ermo. Não prestou atenção ao breve sibilo que atravessou o ar, logo acima de seu ombro.

A seta perfurou a escápula do curtidor, que pendeu para a frente sob a força do golpe. Sentiu um contato duro sob a camisa, e sua mão encontrou a ponta triangular saliente no meio do peito, fincada entre as costelas.

Reergueu-se de joelhos, e o movimento deslocou imperceptivelmente o ferro.

Não teve tempo de sentir dor, seu coração parou de repente, e ele desabou de rosto no chão. O sacristão chegou correndo. Sacudiu o corpo inerte do rapaz e virou sua cabeça. Os olhos estavam abertos e apagados. O frade pôs a mão no seu pescoço, buscando em vão os batimentos do coração, e depois a desceu até o peito. O sangue jorrava em torno da seta, quente e vivo como o seu, atravessando seus dedos incapazes de contê-lo. Ele se sentiu invadido por uma raiva irreprimível e cuspiu no chão, como que para se livrar dela. Antonin e Robert voltavam para eles, correndo.

A tropa aparecia no flanco da colina, e o oblato esporeava a montaria. O escudeiro já tinha partido a galope, e seu cavalo descia pelo declive do prado.

— Fujam — gritou o sacristão.

Antonin hesitou um instante, depois agarrou o braço de Robert para arrastá-lo em direção à floresta. O escudeiro vinha a galope, fustigando a montaria para alcançá-los antes das primeiras árvores. O sacristão, ajoelhado perto do curtidor, traçou uma cruz na testa antes de se levantar.

Depois, com calma, desatou a correia que aprisionava a bainha de seu cajado. A velha espada do cerco de Kaffa retornava ao lugar. As mãos do frade se ajustaram naturalmente entre a maçã e o guarda-mão e fizeram a lâmina girar diante dele.

Os dois frades viram os jatos de lama levantados pelos cascos do cavalo que se precipitava para eles. O sacristão estava no meio do trajeto. O escudeiro esporeava e arremetia diretamente para ele, de pé no seu caminho.

O sacristão afundou os pés na terra úmida e avançou o ombro, pronto para receber o assalto. O cavalo chegava à sua altura. Sem se afastar, levantou a espada, armou-a na horizontal e, com um golpe poderoso, cortou a pata dianteira que se erguia sobre ele.

O animal caiu de costas com um relincho atroz. O soldado foi de cabeça ao chão, e o urro que soltou encobriu o estalo do ombro fraturado. O velho frade o deixou gemer e foi sentar-se junto ao corpo do curtidor. Olhou para a floresta. Agora, Antonin e Robert teriam vantagem suficiente.

A tropa descia pelo prado. Ele ficou observando sua aproximação, pensando em Guillaume. Poucos homens tinham dividido tantos anos de amizade. Poucos homens, pensava, tinham visto o que eles viram, sofrido o que sofreram e conservado a mesma fé em Deus e em si mesmos. A peste não tinha sobrepujado nada disso. O balanço da carroça dos cruzados, arfando sobre a relva do prado, lembrou-lhe os navios em que tinham embarcado juntos no mar Negro, o rio das missões. Sempre detestara o mar, terra derretida, mas precisava seguir aquele que ele sempre tinha seguido. No entanto, ia morrer antes dele. Guillaume nunca teria acreditado nisso. Um relâmpago abriu a grande nuvem que finalmente chegara ao céu do campo. Descia uma escuridão sinistra. "Melhor", pensou, "seria menos fácil morrer ao sol."

A tropa chegou pouco depois que os dois frades tinham alcançado a floresta. Os soldados cercaram o sacristão, e dois deles foram socorrer o ferido. O oblato se aproximou. Cumprimentou o velho frade com um sinal de cabeça, e um sorriso se desenhou em seus lábios quando seu olhar percorreu o pequeno campo de batalha em que o cavalo de seu escudeiro se retorcia numa poça de sangue. O cavaleiro, de bruços, berrava enquanto os homens tentavam tirar sua armadura. O oblato aspirou o bom fedor da guerra que dali ressudava, depois apeou. Tirou o elmo, que o sufocava, e deixou seu manto escorregar até o chão. O sacristão levantou-se para enfrentá-lo, apoiando-se em sua arma.

— Tem muita garra para um frade — disse o oblato, desembainhando a espada devagar.

Uma cruz de prata estava gravada na lâmina. Ele ordenou a seus soldados que se afastassem, mas o sacristão jogou a espada de Kaffa a seus pés.

— Um homem de sua têmpera negando um duelo?

— Um frade não duela.

— Mas cavalo você mata.

— Homens não.

— Para mim — lançou o oblato levantando a espada —, cavalo vale mais que homem.

O sacristão não tinha medo da morte, mas não queria acabar sacrificado como um cordeiro. Esperou o adversário com os punhos à frente, decidido a lutar. Seu gesto fez o oblato rir.

— Vi sarracenos se defendendo como você, diante dos muros de Jerusalém.

— Eles continuam lá — replicou o velho frade.

Os homens da tropa formavam um círculo em torno deles. O escudeiro tinha sido levado à carroça para receber cuidados. O cheiro do cavalo agonizante agitava as mulas atreladas ao veículo, e suas patadas arrancavam gritos de sofrimento do ferido.

— Barbeiro! — gritou de repente o oblato.

Uma cabeça calva emergiu da carroça.

— Seu ferro está incandescente?

O barbeiro aquiesceu e fincou suas lâminas mais fundo nas brasas que ele precisava manter sempre vivas no braseiro de campanha. O sacristão olhava a cena sem entender.

O oblato avançou para ele. O punho do frade esmurrou sua têmpora, sem o fazer recuar. O cruzado o repeliu com um pontapé. O sacristão voltou à carga, dessa vez contra o peito. Seus punhos se rasgaram na cota de malha. Ele se agarrou a ela em busca da garganta do adversário. O oblato se livrou e deu violenta pancada em seu rosto com a maça da espada. A órbita do velho combatente estalou com o choque, e ele, cego e vendo estrelas, lançou os punhos, que esmurraram o vazio. A maça da espada abateu-se sobre sua mandíbula, e seus joelhos se dobraram com a dor. Um pontapé no baixo-ventre mandou-o para o chão. Uma pedra fendeu a pele de seu crânio.

— Amém — gritavam os soldados a cada novo ferimento.

O oblato girava lentamente dentro do círculo deles. O frade se levantou, com o rosto coberto de sangue, pronto para outro assalto. Ergueu os punhos e caminhou para a silhueta que seus olhos machucados mal distinguiam. O cruzado então recuou um passo e rodopiou a espada. A lâmina caiu com toda a força na perna do sacristão e a decepou de um golpe só abaixo do joelho. O velho desabou, petrificado pela violência da dor.

O oblato limpou o ferro na túnica e chamou o barbeiro.

— Cauterize — ordenou.

O barbeiro correu para o ferido que se retorcia no chão. Meteu em sua boca um trapo impregnado de beladona e, sem esperar os primeiros efeitos, aproximou as lâminas em brasa. Apoiou o pé no peito do frade para imobilizá-lo e, com destreza, afundou o ferro incandescente no coto.

A ação durou alguns segundos. O barbeiro contemplou sua obra com satisfação, sem dar atenção aos gritos. Sua velha experiência nos campos de batalha da Terra Santa continuava viva. Deixou o sacristão meio desmaiado nas mãos dos soldados.

Capítulo 48

Expulso

— Você me traiu, Guillaume.
— Digamos que aprendi a falar sua língua.
O inquisidor já não controlava a raiva. Deu um soco na mesa.
— Eu poderia mandá-lo para a tortura.
— Estou pronto — respondeu Guillaume calmamente.
— Não me tente.
Os dois homens se desafiavam com o olhar.
— Você espera que seu coração seja suficientemente forte para resistir às tenazes? — caçoou o gordo inquisidor.
— Não, eu espero que meu coração seja suficientemente forte para parar de bater quando for preciso. Você terá matado um prior dominicano, sua eleição estará garantida — ironizou Guillaume.
— Esta noite eu recupero seus frades, e é você que vai mandá-los para o muro estreito. O consistório é daqui a sete semanas, não vou esperar mais.
— Eu nunca vou lhe dar o velino se você os incriminar.
Guillaume saiu da sala e voltou ao apartamento que o inquisidor reservava para os hóspedes de categoria. Dois grandes aposentos com aquecedores e um sudatório pessoal que um noviço enchia de água limpa. Conforto inútil para sua alma curtida numa vida de privações.

Ele voltou à sua cadeira. Quer dizer que eles conseguiram... Mas sua alegria não resistira por muito tempo às novas apreensões.

Pela janela, ele observava o horizonte. Os fugitivos deviam estar chegando lá. O que teria acontecido com eles?

Relembrava Antonin escrevendo no pergaminho com capricho de iluminador e as horas de viagem juntos no passado. Sentia por ele uma afeição paternal. A mesma que poderia ter dedicado ao filho que nunca teria. Mas o mundo merecia que lhe déssemos filhos? Para vê-los sofrer e morrer, para oferecê-los em sacrifício à peste, à miséria, à espada... ou ao amor, emendou, para que todo esse desespero tenha sentido.

Mil vezes havia duvidado de Deus, de Sua justiça, de Sua clarividência, de Sua presença... mas nunca duvidara de Seu amor. No entanto, nem sempre o sentira na escuridão de suas celas, na luz estreita dos círios e nos desalentos de sua vida de frade. Mas o caminho era simples: era preciso desistir de combater as dúvidas de sua fé, deixá-las viver em si e crer nas palavras do venerável santo Agostinho, que curavam todas as chagas espirituais: *"Se amas teu irmão, amas o amor. Se amas o amor, amas a Deus."** Quando Deus estava perdido, era possível reencontrá-lo nos corações que batessem por outrem, e não por si mesmos. E o aperto que sentia na garganta quando pensava no destino de seus companheiros era a prova de que algo de céu ainda existia nele.

Voltou ao quarto para esticar as pernas, que inchavam de novo. Sua respiração estava curta, e cada passo apertava mais o torniquete em seu peito. Perto do sudatório, notou um objeto descabido que lhe escapara. Um espelhinho arredondado introduzido na pedra. Nenhum convento autorizava a posse de tal símbolo de vaidade. Os frades nunca viam seu reflexo. Guillaume deu com o seu.

Lançou um olhar zombeteiro à própria imagem, descobrindo a triste forma que ela havia assumido. Não restava nada do jovem Guillaume. Ele se contemplou sem sentir a menor afeição por si mesmo. Em seu

---

* Comentário à Epístola de João V, 7.

rosto vincado de sombras, lia-se o fim próximo. Ele pensou na pergunta que os frades do convento fariam um ao outro quando esse dia chegasse: de que o prior morreu? Foi deitar-se na cama e fechou os olhos. Em sua memória soava o dobre de suas lembranças. As rajadas de vento cobriam as vozes delas, mas a de um homem que o perseguia havia anos resistia aos ruídos do mundo. Ressoava nele e cumpria sua tarefa de destruição.

Nunca deveríamos nos perguntar de que vamos morrer, pensou, e sim de quem. Sempre alguém nos mata.

Guillaume sentia-se sozinho. Seu passado parecia um deserto que ele já não queria atravessar. Não tinha mais forças para isso. Apenas o pergaminho no qual ele deitara sua verdade de homem resistia àquela fraqueza que só aspirava ao repouso mortal. O velino... Faltavam somente algumas páginas para terminá-lo. Algumas linhas sobre o mestre e sua maldição.

O inquisidor não sabia tudo, e, como havia pressentido, a vida de Eckhart não se acabara na comendadoria de Acoyeu. Continuara por muito tempo mais, para terminar além dos mares, no Oriente.

Era preciso recuar muito e voltar para lá. Havia muitos dias que Guillaume não fazia essa viagem, impedindo sua memória de conduzir as lembranças àqueles lugares.

O caminho dele e o de Eckhart haviam se cruzado pela última vez no ano de 1349, mais de vinte depois da separação. O mundo inteiro acreditava que ele estava morto. Seus sermões proibidos circulavam em segredo pelas beguinarias e entre eruditos que possuíam cópias deles nos fundos falsos de suas bibliotecas, mas ele já não era ensinado em lugar nenhum. A universidade rejeitara suas obras.

Guillaume não se esquecera daquele dia de inverno de 1328, quando o mestre o expulsara como um lacaio. Mas Eckhart já não era o mesmo. Só restava um reflexo disforme do homem que ele havia conhecido.

Interrogado sobre o desaparecimento do mestre, Guillaume decidira proteger sua memória e deixá-lo morrer em paz. Dizia-se que o Reno não devolvia os corpos que afogava, e ele o escolhera como falsa sepultura para que cessassem os processos e os inquéritos. O mestre tinha direito ao silêncio.

Ele havia rezado muito pelo descanso de sua alma durante todos aqueles anos. Nunca teria pensado que Eckhart pudesse ter sobrevivido. A voragem de melancolia que o afogara com a morte da menina não devia ter largado seu corpo. Ou será que ele tinha voltado do inferno por meio de uma daquelas alquimias tenebrosas cujos segredos possuía? Guillaume não sabia, mas Eckhart tinha sobrevivido.

Espichou-se na cama, diante do crucifixo de ferro no meio da parede do quarto do apartamento do inquisidor. O mesmo metal servia para forjar a espada dos soldados. Ele lembrava aos dominicanos que sua fé devia combater e que eles deviam saber manejar o ferro espiritual. Guillaume estava cansado dos combates e tinha frio. Nunca mais reencontraria o delicioso calor que conhecera em Kaffa, quando ainda estava cheio de vigor.

Kaffa... 1347. Guillaume ia zarpar para Marselha, após o cerco da cidade. O mar ainda estava coberto de cadáveres de tártaros pestilentos. Ele tinha parado com Jean, seu irmão de missão, numa hospedaria do porto, cheia de viajantes de partida, soldados e marinheiros. Os dois ouviram o falatório. Corria o boato de que um eremita vivia escondido nas montanhas. Dizia-se que tinha poderes e era temido. Os fiéis que o visitavam deixavam esmolas longe da casa, persignando-se como se estivessem diante do antro de um feiticeiro.

Naquela época, haviam sido criados numerosos eremitérios perto dos caminhos da Crimeia. Os peregrinos, mercadores que percorriam a Rota da Seda, eram generosos e pouco atentos a certificados de santidade daqueles falsos frades que lhes garantiam a proteção de Deus. Desse modo, muitos bandidos haviam descoberto que tinham vocação religiosa. Os missionários os expulsavam, mas eles voltavam como abutres atrás das caravanas.

Guillaume não tinha prestado atenção à história, no início. O velho que impressionava tanto os que se aproximavam sem dúvida não passava de um falso devoto a mais ou de um visionário. Ouvindo a descrição de um genovês, os presentes estremeceram: era um feiticeiro que recebera do diabo o segredo da eternidade; magro e descarnado, tinha um olhar capaz de inflamar os corpos a distância. Outro, que dizia tê-lo encontrado em seu antro, afirmava, ao contrário, que ele não passava de um velho demente cercado de ratos, que nada de prodigioso devia ser buscado lá, mas — e as palavras seguintes perturbaram profundamente a alma de Guillaume — ele se lembrava de um fenômeno curioso: as mãos dele brilhavam à noite. Outras testemunhas, que o tinham observado, confirmaram o que ele dizia.

Impossível, dissera várias vezes Guillaume, Eckhart estava morto. Ele tinha certeza disso. Deixara-o agonizante na comendadoria de Acoyeu e, naquele ano de 1347, ele estaria com mais de 80 anos. Mas havia as mãos, aqueles brilhos pálidos como os fogos que se acendiam nas cruzes dos cemitérios, que ele tinha visto pessoalmente luzir nos dedos de Eckhart. Fábulas... Em outros tempos, ele teria partido na hora para ir comprovar o absurdo dessas histórias e também arrancar a ponta de dúvida plantada em sua mente, mas o cerco acabava de se encerrar e, depois de tantos sofrimentos, a volta à Europa atraía todos os sobreviventes. O eremitério ficava a três dias de caminhada a partir de Kaffa, e a galera genovesa que o levaria a Marselha levantaria âncoras no dia seguinte. Guillaume tinha sonhado muito com aquela partida durante aqueles vinte meses de combate, e os miasmas dos tártaros invadiam a cidade. Ele não podia esperar mais. Portanto, voltou à França, deixando para trás aquele misterioso eremita de mãos luminosas.

Assim que chegara a Marselha, a ordem o nomeara prior de um convento do Languedoc, perto da aldeia de Verfeil, e ele fizera de frei Jean seu sacristão. Algumas semanas depois, a peste se propagava pela terra.

Durante dois anos, a morte atacou com uma raiva que a humanidade nunca tinha visto. A terra se abria para fazê-la desaparecer. Os seres humanos pareciam estranhos ao mundo. As valas estavam cheias, os cadáveres deixados ao ar livre e cobertos de cal formavam colinas brancas no meio dos campos. Havia aldeias de cadáveres aonde ninguém ousava ir, um banquete para corvos e parasitas. Os cães e os cavalos não escapavam. Morriam pelas estradas desertas, e suas carcaças abrigavam vidas efervescentes. A vida diminuía de tamanho, involuía para o que tinha de mais primitivo, recuando para os tempos antigos, quando nenhum ser humano havia sido engendrado. Deus não punia a vida, mas os pecadores. E as flechas da peste talvez preparassem um mundo purificado, oferecido a santos vermes que resgatariam os pecados de todos os filhos de Adão.

Guillaume, por sua vez, adoeceu. A pestilência o pegou na primavera de 1348. Ele se lembrava daquela febre terrível em Verfeil, que pusera em fuga todos os frades, exceto Jean, que cuidara dele. E ele não sabia se tinham sido as mãos daquele companheiro ou as de Deus que o arrancaram das garras da doença. Talvez simplesmente fossem as mesmas. Mas tinha sobrevivido.

Atendendo a um pedido seu, o sacristão o levara à beguinaria de Ville-Dieu, à margem do Reno, onde se dizia que uma fonte curava os pestíferos. O ar era o mesmo da beguinaria de Ruhl, mais a Virgem Maria, que naquele lugar aparecia aos doentes. Lá, ele encontrara a cura, mas só a sombra de Eckhart lhe aparecera. Não se passara um único dia sem que a visão das mãos luminosas viesse atormentá-lo.

No fim do ano de 1349, quando a epidemia começava a refluir, ele obtete autorização de voltar a Kaffa com a missão de expulsar os falsos frades que atrapalhavam as evangelizações na Rota da Seda. Deixou a direção do convento por conta de Jean e partiu para o Oriente.

A viagem até Marselha mostrou-lhe o rebuliço da peste e o que de bom ela deixava para o mundo: estradas desertas, aldeias silenciosas, ruas e praças deterioradas. Os seres humanos se evitavam e se mascaravam. Os olhares só expressavam terror e desalento. Todos se encolhiam atrás de suas paredes. O horizonte parava nas barreiras das casas. A sociedade humana tinha se estilhaçado. Feiras, festas e cerimônias já não misturavam os humanos. Os corações tinham se fechado. Sobravam apenas clãs defendendo suas famílias e seus territórios. Os homens se assemelhavam a lobos, que a pestilência tinha tornado mais numerosos e mais temíveis. A fome e o frio tinham recolhido a foice que a doença abandonara e agora matavam tanto quanto ela. Os bandidos assassinavam por um naco de carne, ninguém mais ousava viajar, e a vida de Guillaume só foi salva por seu hábito de dominicano, pois as pessoas respeitavam Deus desde que tinham visto o diabo.

A travessia foi tranquila, e as portas da Ásia se abriram para um mundo vivo. Quando Guillaume chegou ao porto de Kaffa, a cidade era nova. Teve a impressão de que todas as casas tinham sido reconstruídas, e as muralhas lhe pareceram mais altas e majestosas. A vida era ardente; as feiras, coloridas e barulhentas; o ar, puro; os cais, floridos. O berço da peste agora se parecia a um jardim do Éden. Ele subiu nas muralhas, exatamente onde o exército tártaro tinha levantado sua nuvem de areia e sangue. O deserto tocava calmamente o horizonte. O sangue dos pestíferos não marcava o chão, a areia era virgem de seus rastros. A natureza lavava facilmente as mãos.

— Escute, Antonin — murmurou Guillaume. — Escute e escreva.

A silhueta do jovem frade ausente misturava-se às que os círios do quarto desenhavam na parede. Guillaume começou seu relato, como se a pena de Antonin estivesse lá para registrá-lo. Fechou os olhos e ditou em voz baixa.

"Finalmente andei em direção às montanhas, até o eremitério, ao encontro do feiticeiro de que os homens da hospedaria tinham falado. Foi lá que o vi pela última vez. Eckhart era um velho. Tinha perdido o movimento das pernas. Já não saía da cama, sua casa fervilhava de ratos. Eram eles que comiam as esmolas. Ele tinha deixado as portas escancaradas para permitir que eles entrassem e saíssem. E estava morrendo. Penetrei naquele aposento atravessando a poeira que o vento levantava. Lá entrava o deserto. Camadas de areia cobriam o chão e formavam montículos ao pé das paredes. A cama ficava no fundo, longe da janela, numa pequena alcova escura. O fedor era sufocante. Eckhart estava deitado, nu, de costas. As costelas sobressaíam da pele, adivinhavam-se os ossos de seus membros, esqueleto humano, imóvel no meio dos ratos. Quando ele virou a cabeça para mim, fiquei impressionado. Seu rosto estava devastado por vincos de sarna, e a tonsura desenhava uma cruz no meio do crânio calvo, como a dos doentes que eram internados nas torres de loucos. O sulfeto luminoso havia devorado suas mãos cobertas de crostas purulentas. Só das unhas ainda emanava a estranha luminosidade azulada.

"Seus olhos se fixaram em mim.

"'Guillaume', disse com voz espantosamente clara, 'como você ficou velho...'

"Eu era incapaz de proferir qualquer palavra. Ainda não acreditava na realidade do que via. Aquele homem voltava da morte. Minha memória o enterrara, sepultara fazia vinte anos. Seu corpo tinha retornado ao nada e eis que reaparecia, diante de meus olhos, em sua horrível ressurreição.

"A loucura de sua mente tivera a força de reter aquela carne já apodrecida e de se encarnar nela de novo para rechaçar sua destruição. Mas aquela força era insuficiente para impedir que a morte continuasse, lentamente, seu trabalho. Ele só inspirava repulsa e pavor, mas, mesmo assim, tocou meu coração. Sua deterioração era tão infinita.

"Nenhum homem atingira tal profundidade de desolação. Na mesma medida daquela que subira o monte do Calvário sob chicotadas e cusparadas. Sim, Antonin, a cruz de Cristo carregava Eckhart."

Guillaume continuava seu relato para a pena de Antonin, mas era sua própria mão que rabiscava linhas num pergaminho. Se não se perdessem, aquelas palavras encontrariam lugar no velino. Ele rememorava aquela cena tão viva, tão próxima... A atroz solidão que ele sentira então voltou à tona para estreitá-lo, com força suficiente para retornar ao presente sem nada perder de toda a sua crueldade.

Sim, a cruz de Cristo carregava Eckhart, e a bondade que a peste não havia arrancado do coração de seu discípulo levou-o de novo à cabeceira do mestre. Mas, aproximando-se para cuidar dele, Guillaume foi detido por uma voz seca. "Eu te expulsei."

Outrora aquelas palavras teriam tocado dolorosamente sua alma, mas a idade tinha passado. Naquele dia, elas só despertaram piedade.

"Eu também o expulsei, mestre", murmurou Guillaume com voz triste.

Capítulo 49

Por muito tempo

O tumulto tirou Guillaume da meditação. Ele reconheceu a voz do oblato, encoberta pela do inquisidor. Os passos se aproximavam de sua porta. Ela se abriu bruscamente, e o inquisidor entrou, com o rosto convulso de raiva.

— Seus frades escaparam, mas tenho o seu sacristão que não pagou toda a sua dívida! — esbravejou.

Suas mãos estavam estendidas à frente, com os dedos crispados.

— Se você não me der o velino, vou mandar saquear o seu convento. Meus soldados vão dar um jeito de achar o seu maldito pergaminho.

— Você não tem esse poder, Louis. A cúria não se abrirá para um clérigo que saqueia conventos.

— Vou até o fim, e, se você se atravessar no meu caminho...

Guillaume refletia. Robert estava livre. O curtidor e seus frades tinham conseguido o impossível. Agora era preciso decidir depressa e fazer o que devia ser feito para garantir a segurança dos seus.

— Acalme essa cólera — declarou pausadamente. — Decidi lhe entregar o velino. Tem minha palavra. Vou levá-lo até ele. Com a condição de que você pare de perseguir aqueles que escaparam e poupe a vida de Jean.

Essa resposta deixou o inquisidor sem ação. Ele ficou em pé sem uma palavra, perto do oblato impassível. Pela primeira vez, não se sentia dono da situação. Sem a arma do velino e o relato da caravana da peste, nunca seria cardeal e a Nova Inquisição não nasceria. Aquilo não significava o malogro de um projeto, mas a total destruição do sentido do pouco tempo de vida que lhe restava. E ele já não tinha idade para humilhações. Sua alma de inquisidor estava vigilante e nunca deixaria impune o mais imperdoável de todos os pecados: o crime contra seu orgulho. Fez o prior jurar de novo. Guillaume reafirmou seu juramento de levá-lo ao velino e concluiu com frieza:

— Mas você vai assinar a graça de Robert.

O inquisidor não respondeu e retirou-se do aposento batendo a porta.

Um pouco depois, Guillaume foi à cabeceira do sacristão.

O velho frade tinha sido colocado na enfermaria, separado dos outros doentes e sob a guarda de um soldado. Estava com febre, mas se mantinha dignamente em sua cama. Ao ver aquele que vinha visitá-lo, ergueu-se um pouco mais. Guillaume tomou sua mão e sentou-se na beirada da cama.

Os dois amigos deixaram o tempo descansar.

— Você ainda tinha a espada?

— Tinha.

— Serviu?

— Digamos que ela não pecou mortalmente.

Guillaume sentia a emoção de seu velho companheiro.

— E os outros? — perguntou.

— O curtidor... — respondeu o sacristão, sem poder continuar.

Limpou com irritação a lágrima que lhe escorria pela face e desviou o olhar para a janela.

— Os frades estão salvos — murmurou.

— Albi?

— Sim.

Guillaume levantou o cobertor. O coto tinha sido enfaixado num pano quase limpo. Através dele apareciam filetes de sangue coagulado.

— Tudo bem?

— Tudo bem — respondeu o sacristão. — O barbeiro disse que, de cada dois que ele trata, só morre um.

— Eles nunca teriam chegado sem você, Jean.

— Não, nunca sem a coragem deles. Todos foram valentes.

O sacristão fechou os olhos. O prior enxugou sua testa coberta de suor e levantou-se para deixá-lo descansar.

— Você está aí, Guillaume? — murmurou o velho frade, quando ele ia saindo.

— Por muito tempo, frei Jean — respondeu o prior.

Guillaume já não esperava o sono. Pensava no velino. Sua obra de verdade não estava destinada a servir à ambição de um homem. Àquela hora, a destruição de suas páginas avançava sob a cal virgem do convento de Verfeil, tal como ordenado, mas ele não queria levar o segredo da peste para o túmulo. Nem o da morte de Eckhart, que ele ainda não tivera tempo de confiar à memória de Antonin. Nenhum segredo devia pesar na alma para o encontro com Deus. E a sombra daquele homem maléfico ainda acompanhava a sua. O prior não queria comparecer com ela diante de seu juiz.

Tinha feito o que lhe parecera justo, mas esperava em vão o apaziguamento. As vozes dos mortos ainda ressoavam. Os mortos não paravam de falar. Era por nunca ficarem em silêncio que se podia acreditar que estavam calados. Já não se reconhecia o início daquela falação nem o fim; era como um ruído de fundo que, de tanto ser ouvido, já não se escutava.

A voz de Eckhart atravessava de novo as noites de Guillaume. Vinha de Kaffa, carregada dos fedores do eremitério e de seu piso movediço de ratos. Ele a ouvia claramente e revivia aquelas horas com uma impressão perturbadora de realidade. Os círios em torno da cama não tinham sido trocados, e o quarto parecia assombrado por suas silhuetas mortiças de bordas rasgadas. Eckhart aparecia com facilidade nos lugares escuros e solitários onde o prior se recolhia. E os ratos acompanhavam.

— Não tenha medo, Guillaume, as esmolas alimentam meus companheiros. Se não tiverem fome, não lhe farão nenhum mal.

Eckhart deixava que os animais subissem por seu corpo sem os espantar. Aquele antro estava vazio, provavelmente pilhado pelos mendigos da estrada. Sobrava apenas o manto dele, enrolado num canto, roído demais pelas traças para despertar cobiça. Guillaume se lembrava de tê-lo recolhido e apalpado seu forro. O desgaste do tecido e os rasgos tinham feito seu trabalho. Nada mais restava das cruzes de cinza.

Os ratos passavam por cima de seus sapatos; ele recuou, com um pano na boca.

— Pode respirar livremente — disse Eckhart. — Se os ratos vivem, os homens também.

— A peste está nos miasmas deles.

— Não, os ratos são as naves da peste, ela navega com eles. Enquanto eles estão vivos, ela fica a bordo deles e nos ignora. Quando eles morrem, ela os abandona e vai em busca dos humanos que possam embarcá-la para continuar a viagem. Não há peste para os humanos quando os ratos estão vivos.

Guillaume lembrava-se de tudo. A areia de Kaffa entrava no quarto do inquisidor com o vento do deserto, e Eckhart estava lá, a alguns passos dele.

— Escondi tudo isso dos frades da caravana.

— A caravana?

— Sim, Guillaume, os seus frades dominicanos formaram uma caravana atendendo a meu pedido. Eu conhecia cada um daqueles missionários. Tinham ficado abrigados no meu eremitério. Ainda respeitavam meu nome e não tinham medo de pronunciá-lo. Para eles, eu continuava sendo mestre Eckhart de Hochheim e tinha autoridade sobre seus atos.

E repetiu seu nome com exaltação.

— Eckhart... O maior intelecto que já reinou sobre a ordem miserável dos dominicanos. Esses cães que ladram para o mundo, essa matilha que quer congregar os filhos de Cristo, mas só têm dentes para dilacerar o coração deles.

A voz de Eckhart parecia tão próxima. O prior sabia que as visões da mente podiam ganhar carne, mas nunca com tanta verdade, a não ser que o diabo fosse seu senhor.

— Por que veio, Guillaume?

Por quê...? Antes, a resposta teria sido simples. Porque Eckhart era meu mestre, porque ele me fizera ter esperança num grande destino e porque eu o amava. Essa chama deveria ter-se apagado quando sua loucura nos separou. Mas a peste tinha extinguido todos o que atendiam por meu sobrenome. Já não existia no mundo nenhum integrante de minha família, e eu havia intercambiado meu sangue com o dele, o que fazia daquele homem meu último irmão perante a natureza. Como explicar isso ao estranho que estava diante de mim?

— Veio investigar a mando de sua ordem — recomeçou Eckhart —, como um inquisidorzinho.

— Eu não me esqueci dos anos juntos...

— Esqueceu. Assim como esqueceu a menina.

— Não esqueci.

— Esqueceu sim! — berrou Eckhart, erguendo o tronco, com os punhos crispados, o rosto lívido. — Esqueceu! Esqueceu tudo! Esqueceu como ele a tomou de mim, como ele se recusou a devolvê-la.

Eu não entendia. Achava que o alvo do ódio do mestre ainda fosse Kanssel, que a morte havia levado fazia muito tempo.

— Não estou falando do franciscano — gritou. — Estou falando de Deus. O seu franciscano só era capaz de destruir como todos os homens, mas Ele...

Apontava para o céu.

— Ele... — repetiu, com a voz entrecortada. — Eu segurei o corpo dela nas mãos, Guillaume — disse articulando as palavras. — Acredite ou não, toquei a mão dela na morte. Eu a vi reaparecer. Não era ilusão.

Por suas faces corriam lágrimas.

— Em mim, ela começava a renascer. E minha vida se escoava para ela. E, quanto mais se escoava, mais a forma dela se tornava precisa. Seu rosto saiu do nada. Vi sua pele, você se lembra da brancura perfeita de sua pele, vi sua pele se estender de novo sobre o que restava dela, voltar no tempo, entende? E os olhos... Eu os vi preencher o vazio de suas órbitas e recobrar o olhar. O corpo dela estava se reconstruindo, mas...

O peito dele foi agitado por soluços.

— Mas Ele mandou você, e você me curou. Você me curou, Guillaume, sem saber o que fazia, sem saber o que Ele o obrigava a fazer. Você me deu seu sangue e, ao me devolver a vida, retirou a dela. Seu sangue, Guillaume, com que Ele fez o ácido que a queimou para a eternidade.

E apontou de novo para o céu, com raiva.

— Foi Ele que a mandou de volta à destruição quando eu a segurava nos braços!

Seu olhar se imobilizou, e seu rosto foi invadido por uma palidez mortal. Todo o seu corpo teve um sobressalto, e ele afundou na inconsciência.

Ficou muito tempo sem sentidos. Seus membros se agitavam, seus músculos se contraíam, como se ele estivesse lutando contra si mesmo. Eu o vigiava.

Quando acordou, sua voz estava mais doce, e as palavras lhe vinham com clareza aos lábios.

— Chegue mais perto, Guillaume, vou lhe contar minha história, que é também a sua e a deste mundo que você atravessou para vir ao meu encontro. Vai ver que a presença de Eckhart na terra da peste não deve nada ao acaso.

Capítulo 50

Os ratos

"'Vim para Kaffa no final do ano em que você foi embora. Desapareci. Segui os caminhos do Oriente, buscando os territórios mais recuados do império tártaro. Subi pela Rota da Seda até os confins das estepes. Até o maior lago da Ásia Central, Issyk-Kul, o lago Quente, em forma de olho gigante no meio das montanhas. Lá, vivi dez anos entre nossos frades nestorianos que acolhiam peregrinos e mercadores. Uma visão me mostrara esse lugar, o olho azul do lago, como o de um titã zarolho deitado, contemplando e desafiando eternamente o céu. Eu sabia que a encontraria lá.'

"'Encontraria o quê?'

"'A arma, Guillaume. A arma de minha vingança, a única que pode lutar contra Deus: a peste. A visão não tinha mentido. No fim da primavera, vários anos depois de minha chegada, em 1338, alguns frades começavam a morrer de uma doença dos pulmões. Ela se parecia com aquela que atacava os caçadores de tarbagans, umas marmotas cinzentas que pululam naquelas regiões. A enfermaria os recebia, sempre agonizantes. Os homens cuspiam sangue, e o pescoço inchava. Eu estava no berço da peste, Guillaume, e todos a ignoravam.'

"O rosto de Eckhart se iluminava, sua voz se elevava. Eu revia a exaltação que permeava seus sermões quando ele os proferia diante de assembleias enfeitiçadas. O sermão da peste coroava sua obra. A doença se infundia em suas palavras, seus gestos, tomava posse dele.

"'As caravanas tártaras cruzavam com as genovesas. Uma multidão de todas as raças misturava-se nas margens do lago. Os nestorianos tinham deixado a enfermaria sob meus cuidados. Afirmavam ter descoberto poderes de cura em mim. A pestilência crescia aos poucos. Eu passava o tempo a estudá-la.

"'Um dia, um caçador morreu a algumas léguas do lago. O companheiro dele enterrou o corpo e veio trazer o casaco dele como herança para o filho, que vivia entre nós. O jovem sucumbiu seis dias depois com a febre dos pulmões. Os médicos incompetentes do Ocidente acham que as doenças infectam o ar por meio de vapores carregados de podridão inerte. Mas como esses vapores poderiam transpor distâncias tão grandes e fazer uma única vítima, se todos os respiram?

"'Não são os miasmas que transmitem a peste, Guillaume, são criaturas vivas e invisíveis que as roupas podem transportar. Para comprovar, escondi ao acaso roupas sujas de doentes nas carroças das caravanas. E esperei.

"'Quando os mercadores retornaram, fiquei sabendo que vários deles haviam morrido nas estradas da Índia. Como tinham atravessado lugares de miséria e lepra, acharam que a febre dos lazaretos os matara. Mas essa febre mata devagar, descarnando o corpo, e os mercadores morriam em alguns dias, embora estivessem com boa saúde.

"'Desse modo, minhas roupas davam sobrevida à peste, e eu podia mandá-la para o fim do mundo. Uma das caravanas infectadas perdeu vários dos seus para lá de Samarcanda e de Caxegar.'

"O relato de Eckhart me petrificava. Ele contava seus crimes com perfeita insensibilidade. Sua humanidade estava morta.

"'Em vez de esconder roupas no fundo das carroças, decidi oferecê-las em plena luz do dia. Cortava retalhos quadrados no meio do tecido e com eles embrulhava o pão que distribuía. Todos aceitavam o pão de Eckhart.

O pão dado, o pão de Deus. A peste se insinuava em suas migalhas e viajava. Os rumores de uma "doença das caravanas" se propagavam. Alguns doentes abandonados voltavam para morrer na enfermaria do lago. Eu mergulhava meus panos nos seus humores.

"'Quando o exército tártaro atravessou nossas terras em sua marcha contra Kaffa, distribuí aquele maná a seus guerreiros. Meus panos juntavam-se às armas temíveis que eles levavam na bagagem. A orgulhosa horda de ouro, que nenhum poder humano conseguia abater, carregava sua destruição num pedaço de tecido pendurado numa sela.

"'O senhor ficou louco', murmurei.

"Eckhart já não me ouvia.

"'Fui eu que levei a peste para a caravana dos dominicanos, no fim do cerco de Kaffa. Saí do grande lago para ir ao meu eremitério, como fazia todo inverno, e introduzi nos baús os panos sujos dos doentes. Fui eu que lhes desaconselhei voltar de navio, onde poderiam ficar presos pelas quarentenas. Dei-lhes orientações sobre o caminho do Danúbio. Os missionários tinham fé na minha palavra. Coloquei um cofre cheio de ratos no fundo da carroça, para o caso de os panos não serem suficientes. Escondi o cofre, mas poderia tê-los convencido de que os ratos os protegeriam. E, vendo que eu vivia entre eles, quando a peste estava em toda parte, teriam acreditado.'

"'A peste não precisava da caravana, todos os portos italianos e franceses foram infectados.'

"'Sim', prosseguiu Eckhart, 'porque meus panos também viajaram por mar. Os corpos dos tártaros jogados por cima de vossos muros, em Kaffa, levaram minha mensagem para todo o mundo.'

"'Então por que a caravana?'

"A pergunta pareceu alegrá-lo, e um sorriso malvado deformou sua boca.

"'A peste, Guillaume, eu queria que fosse propalada por homens de Deus. Eles a levaram ao coração das terras, eles plantaram suas sementes. Elas ainda dormem em algum lugar no caminho dos dominicanos, num lugar recuado, longe da agitação dos portos e das cidades. Lá, elas se deixam esquecer. Um dia ou outro, o mundo as verá germinar. E, se ele escapar das guerras ou das areias da paz, a peste despertará para devastá-lo.'

"Eu não queria ouvir mais. Tinha unido as mãos e rezava em pé, diante de Eckhart, deixando que a voz de minhas preces cobrisse a de suas maldições.

"'Engula suas preces, elas não encontrarão ouvidos em ninguém.'

"Eu abria os braços para a graça do Altíssimo. Esse gesto desencadeou a cólera dele. Quis me agarrar, mas seu corpo não lhe obedecia. Então disse:

"'Lancei a caravana com um único objetivo: deixar Deus sozinho. Para que sua terra de união seja uma terra estéril. E que Ele se torne um errante. Quando você era jovem, Guillaume, sempre me perguntava o que era desprendimento. Tornar-se deserto, lembra? Deus quer uma alma inabitada para aparecer. Pois bem, vou desabitar o mundo. Quando a peste terminar sua obra, Deus estará sozinho. Que Ele se manifeste então para os ares, as águas estagnadas e os vermes. Que só apareça para a peste e se una a ela.'

"Eckhart apertou os punhos e, num último arroubo, gritou:

"'Se o homem estiver ausente, Guillaume, qual filho seu Deus pregará na cruz?'

"Foram suas últimas palavras."

Guillaume lembrava-se da visão que teve então, de um abismo aberto sob seus pés, mergulhando até o inferno, e essa voragem lhe reaparecia. A casa da Inquisição de repente lhe pareceu um refúgio. Ele tocou as paredes geladas de seu quarto, e o som do sino que chamava para o ofício da noite acalmou sua agitação. Tudo aquilo precisava ser escrito.

— Essas são as últimas páginas do livro, Antonin — murmurou, como se o jovem frade nunca tivesse ido embora.

Ele pegou uma extremidade do pergaminho que sua mão trêmula já havia traçado e continuou.

— Fiquei de joelhos naquele aposento, junto à cabeceira do diabo. O abismo não se fechava e teria me engolido se eu mesmo não o tivesse rechaçado. E sabe que força em mim vencia aquele abismo? A fé? Não, Antonin, a fé não, mas o ódio. Ódio infinito daquele homem que não tinha nada mais que o mal em si. Nenhuma prece tinha poder, e eu sabia que nenhuma confissão poderia perdoar esse ódio. A ele eu sacrificava todas as graças que tinha recebido e minha fé impotente. Eu já não via Deus em lugar algum. Eu já não via nada, exceto aquelas criaturas em movimento, correndo por todos os cantos da casa de Eckhart. Eu já não via Deus, Antonin, eu via os ratos.

As esmolas tinham sido devoradas, e eles tinham fome. Seus olhinhos brilhavam na noite como pontos de brasa amarela. E eles giravam em torno da cama de Eckhart. Então, recuei. Deixei aquele lugar maldito. E, ao sair, tranquei a porta.

— O senhor trancafiou o mestre? — perguntou a sombra de Antonin.

— Não, trancafiei os ratos.

Capítulo 51

A cal

Antonin e Robert olhavam para o oeste. O ponto onde o sol ia desaparecer. Dizia-se aqui que o sol se punha sobre a catedral de Toulouse e se erguia sobre a de Albi. O destino deles seguia o mesmo caminho.

O bispo os recebera com benevolência. Assim que o nome de Guillaume foi pronunciado, ele lhes assegurou sua proteção. Os dois frades tinham recobrado a amizade de outrora. O convento dominicano de Albi os abrigara, e o relato de suas vicissitudes havia angariado a simpatia dos frades e o respeito do prior. Robert aproveitava as generosidades culinárias que lhe concediam e estava mais roliço.

— Você só pensa em comer — repetia Antonin.

— Eu só penso em viver — respondia Robert.

Antonin passava o tempo no *scriptorium*, exercitando a pena e sonhando com o velino. Os dois se preocupavam com Guillaume e com o sacristão, que os defendera com sua espada. Robert nutria uma admiração infinita pelo velho frade e achava que o mais bravo dos templários não chegava aos pés dele.

Entre os ofícios, vagavam pela cidade vermelha e zanzavam em torno da catedral de tijolos, ainda em construção. Os arquitetos queriam que ela parecesse uma cidadela. Desde que a heresia cátara se destroçara em suas torres, eles continuavam reforçando suas paredes como muralhas.

— Parece um forno de padeiro — declarou Robert, para quem uma catedral merecia ser feita de pedra.

Entediavam-se, mas com satisfação. A alegria de estarem juntos se infundia por entre a rotina dos dias, a preocupação com seus confrades e a saudade do convento de Verfeil.

Antonin tinha escondido a medalha do curtidor sob a cruz sem nome de um frade enterrado no pequeno cemitério anexo ao claustro. Robert e ele iam todas as manhãs recolher-se sobre aquele túmulo, com a certeza de que a sombra de seu jovem companheiro saberia encontrá-la nas brumas de sua viagem, para lá repousar.

Dois meses haviam transcorrido. Nenhuma notícia. O futuro parecia cada vez mais incerto.

No entanto, algumas preces deles tinham sido ouvidas.

A umas quinze léguas, no coração de Toulouse, o portal da casa da Inquisição se abria. Duas mulas conduzidas por noviços puxavam uma carroça na qual um velho corrigia a postura à medida que as grades se aproximavam. Seu hábito de frade se elevava sobre algo parecido com uma bota estranha, talhada em madeira clara e fixada ao joelho direito com correias. O barbeiro tinha feito um santo trabalho. Dois pregos reforçavam a massa no centro. A perna parecia uma cruz sem braço.

O oblato o esperara no pátio.

Quando o sacristão subia na carroça, recusando a ajuda de um frade, ele o cumprimentara e, diante de seus soldados, declarara alto e bom som:

— Se quiser mudar de profissão, frade, haverá lugar para você na minha guarda.

O sacristão sempre tinha prevenido seus noviços contra o perigo das lisonjas, mas, no recesso do coração, deixava que as palavras do oblato volteassem com um sentimento de orgulho pecaminoso. No caminho de Albi, segurava com firmeza a maça da espada de Kaffa, que havia recobrado sua bainha de pano.

Guillaume tinha saído de lá um dia antes, com o cortejo do inquisidor, a caminho de Avignon. Na véspera da partida, fora à capela transformada em tribunal, onde seu hóspede o esperava. O inquisidor tinha vestido o hábito de gala, longo, de veludo verde bordado de ouro, cuja gola de pele lhe estreitava a garganta. Seu rosto estava maquiado. Um pó branco cobria a rosácea de suas faces. Sua massa de carne se espalhava na poltrona de juiz, os braços volumosos formavam pregas em torno dos pulsos e engoliam as mãos. Parecia um fantoche gordo que os saltimbancos perduravam em seus teatros de feira. O suor traçara sulcos sobre o pó do rosto. Ele arquejava naquele traje apertado.

— Você é um homem triste — dissera Guillaume, contemplando-o.

Dentro de um mês, o novo cardeal se apresentaria vestido daquele modo diante do consistório, depois de ter obtido a consagração oficial do papa: o decreto de sua "criação", como se dizia daqueles que ganhavam essa honra. Das mãos do Santo Padre ele receberia a púrpura e o galero vermelho da cor do sangue de Cristo e de todos os condenados que ele enviara à morte. Em seguida, seria posto em seu dedo o anel de safira que substituiria o anel de ferro.

Estava confiante. Mas o tempo urgia. O retorno do papado a Roma era iminente, e o Conselho dos Dominicanos devia ser desmantelado antes. O inquisidor tinha recebido uma carta assinada pelo papa em que este lhe assegurava sua fraterna afeição no presente e no futuro. Esta última palavra havia sido sublinhada e o conclamava a pôr-se a caminho assim que possível.

O papa não trairia o acordo. Urbano era um beneditino que não tinha sido bispo nem cardeal. Dizia-se que nascera disforme e que um milagre ocorrido alguns dias depois de sua vinda ao mundo lhe devolvera uma aparência normal. Para o inquisidor, eles eram irmãos em deformidade. Esse vínculo não podia ser quebrado.

Contra o parecer de seus cardeais e apesar das conturbações políticas reinantes, Urbano tinha decidido retomar o caminho da Itália. O inquisidor o alertara contra o retorno à Cidade Eterna. Assim que ele saísse de Avignon, o rei da França tentaria tomar a Provença, mas que lhe importavam as questões da França? Seu sonho de Nova Inquisição passava por Roma, era lá que seu tribunal ditaria suas sentenças, ao abrigo da influência dos príncipes e das facções das ordens mendicantes, apenas sob a arbitragem do papa e de Deus.

O consistório estava previsto para 12 de setembro de 1367. Apenas a decisão do papa deveria ter bastado para a sua consagração, mas os integrantes do conselho deviam antes aprová-la e exigiam uma eleição por unanimidade de votos. Era por esse voto que o inquisidor tinha suado tanto.

Sem o velino, a tarefa era impossível. Seu emissário em Avignon confirmara: os dominicanos não confiavam nele. Ele sabia que, aos olhos deles, os inquisidores não passavam de cães de guarda da obra que eles tinham criado. Essa não era sua única fragilidade. Ele não era bispo e tinha a amizade do papa. Cardeal, tornava-se uma personalidade poderosa, ou seja, um adversário. Louis de Charnes era lúcido. Sem a arma da caravana nas mãos do papa, ele seria rejeitado como um noviço vulgar, e isso era inconcebível.

Estava mesmo na hora, pois Urbano, acometido pela doença das pedras na urina, tinha saúde instável. Alguns meses antes, os médicos haviam anunciado sua morte, após uma crise que ele, afinal, conseguiu vencer. Guillaume deveria cumprir a palavra. Assim que estivesse de posse do velino, ele o deixaria ir morrer em seu convento, cercado de fiéis. Com aquele homem, ele não tinha alma de assassino. O que, aliás, o surpreendia, pois ninguém lhe parecia digno de sua graça.

Na capela da casa Seilhan, antes da partida do cortejo, eles ainda se defrontaram. O inquisidor não tinha assinado a graça de Robert. O velino deveria antes estar em suas mãos. Guillaume declarara que não sairia de lá sem a graça. Chegara até a provocar a irritação do outro, ao lhe entregar um rolo desgastado, que estava escondido em seu peito.

— Sem a graça de Robert, é com este pergaminho que você vai defender sua causa em Avignon.

O inquisidor tinha lido, sem compreender, a palavra incansavelmente repetida, que escurecia a folha, rabiscada em letras minúsculas. "Aflição". Mandara voltá-lo para a luz, buscando nele alguma escrita secreta que Guillaume saberia decifrar. Mas não havia nada.

— Que pergaminho é esse? — perguntara.

— O testamento de Eckhart — respondera Guillaume. — Achei que poderia lhe interessar. Nenhum dominicano jamais o leu. Ele deveria comover o coração do conselho.

O inquisidor tinha amassado a folha com raiva antes de jogá-la no chão.

— Vamos pegar o caminho de Verfeil — dissera Guillaume. — Você quer o velino, vou levá-lo ao lugar onde ele está, mas não sem a graça de Robert.

O prior olhava para ele com desprezo. Nunca o inquisidor deveria permitir que alguém o olhasse daquele jeito. Ele bem que queria demolir aquela arrogância, mas mudara de ideia. Não dava tempo. Um frade trouxera a certidão, e seu punho havia aplicado com brutalidade o selo do tribunal. O choque da vitória ainda vibrava no coração de Guillaume.

O cortejo deixara a casa Seilhan ao amanhecer, debaixo de uma chuva fria. A grandeza da escolta significava que uma grande personalidade lá se encontrava. Os soldados armados abriam a marcha, precedendo uma carruagem com cortinas brancas, que o inquisidor utilizava para as grandes cerimônias da ordem. O cortejo tinha o dever de celebrar o poder da Santa Inquisição. Os transeuntes cuspiam quando ele passava.

Duas carroças levavam os baús, e as provisões seguiam atrás. Cinco frades, entre os mais fiéis, fechavam o cortejo, salmodiando. Na saída de Toulouse, a chuva ficara mais forte, encharcando os estandartes e calando os frades.

Durante toda a viagem, o inquisidor olhava aqueles que se afastavam de seu caminho, o povo de sua jurisdição. Nenhum daqueles rostos deixaria o menor vestígio. E o dele, preparado com tanto apuro, tampouco. A terra que os homens pisavam era como água. Fechava-se de novo sobre seus passos, tal como as ondas insensíveis, e o barco deles não fazia espuma.

O cortejo chegou a Verfeil.

Os soldados prepararam o acampamento e deixaram os animais descansar. Frei Bruno recebeu seu prior com emoção. Tinha dado aos outros frades a ordem de ficarem em suas celas; Guillaume aprovou e pediu-lhe que preparasse as celas dos hóspedes.

Estava com o inquisidor no meio do convento deserto, cercado por velhas muralhas. O ar de Verfeil fazia-lhe bem. Trazia da floresta as essências que lhe eram familiares e o perfume das mentas que subia do jardim dos símplices.

— Está no *scriptorium*? — perguntou o inquisidor.

— Não, siga-me — respondeu serenamente Guillaume.

Conduziu-o para o pequeno cemitério, atrás do claustro. Lá, pararam diante da placa de bronze que fechava o depósito de cal.

— Está aqui — disse Guillaume, abrindo.

O inquisidor inclinou-se e descobriu, no meio, a encadernação de couro de um livro que a cal havia devorado quase por inteiro. Ficou lívido. Seu olhar desviou-se da cal para se fixar, incrédulo, no prior. E ouviu:

— Está vendo? Seu segredo será bem guardado. Nada guarda melhor os segredos do que a cal.

— O velino! — urrou o inquisidor, mas a raiva apertou-lhe com tanta violência a garganta que sua voz foi cortada.

Quis agarrar Guillaume para jogá-lo na fossa, mas este se afastou sossegadamente para ir seguir com o olhar a linha nova de uma pequena paliçada que fechava o jardim dos símplices, montada pelos frades em sua ausência.

O inquisidor sentiu, de repente, uma canseira infinita, e a imagem de seus anos de juventude nos corredores da Sorbonne retornou. O homem que o acompanhava fazia parte dela. O rosto dele ganhara as marcas do tempo, assim como o seu. E, apesar de suas traições, não conseguia odiá-lo.

— Você tinha prometido, Guillaume.

— Eu lhe disse que o traria ao velino e foi o que fiz. Ele está a seus pés. Mas vou cumprir outra palavra, Louis. Vou continuar a viagem e testemunhar a seu favor em Avignon.

Capítulo 52

Sulfeto luminoso

As quadrilhas de estrada percorriam os campos. Atacavam os cortejos, e o de um grande inquisidor, mesmo defendido por uma escolta, não os assustava.

Voltavam do Oriente, das cruzadas perdidas. Havia mercenários e bandidos aliados a estes, ladrões, homens perigosos que não tinham medo de nada. A peste havia aberto todos os caminhos de ódio e miséria para aqueles que nada tinham a perder, senão a vida. Enveredavam por tais caminhos com a selvageria de homens descivilizados, e nada mais os detinha. Os soldados do rei tinham medo deles, e os nobres preferiam pagá-los a ter de enfrentá-los. Os camponeses que tinham conhecido epidemia, fome, frio e nuvens de gafanhotos não se deixavam abater por uma praga a mais. Lavravam com fatalismo campos que não lhes pertenciam e cujas colheitas ficariam à mercê de pilhagens.

Do lado de Nîmes, anunciou-se um movimento de tropas a algumas léguas, e o cortejo desviou para o norte. Foi preciso subir em direção às Cevenas e tomar uma rota oblíqua muito mais elevada para atingir o Ródano. A continuação da viagem seria feita pelo rio.

Não havia parado de chover. Guillaume e o inquisidor estavam na mesma carruagem, que, com a lama, assemelhava-se mais a uma vulgar carroça coberta. Dois bravos cavalos a puxavam como podiam pelos caminhos intransitáveis. O inquisidor meditava nas longas horas que passaria no palácio de Avignon. Seria preciso reunir os dominicanos depois de visitar o papa. O apoio do pontífice não devia enfraquecer, ele deveria dar provas de autoridade sobre o conselho, como se nada tivesse mudado. O destino da Nova Inquisição estava em jogo lá.

Apesar da amizade entre eles, seria difícil convencê-lo sem o velino. O prestígio de Guillaume ia pesar. Ele o faria prometer uma confissão escrita, um ato registrado no couro de um novo pergaminho em que seu testemunho seria gravado. Forçaria Guillaume por todos os meios. Ele tinha o poder de arrasar o convento de Verfeil e levar ao tribunal todos os que o povoavam com base numa simples denúncia. Na França, a delação era santa e retribuída com indulgências. Era só erguer o anel de ferro para que Verfeil se tornasse um ninho de heresia que deveria ser aniquilado nas chamas.

Pensou na viagem da caravana, imaginando o retorno dos missionários de Kaffa, com seu irmão à frente e as sementes da peste plantadas pelo caminho. Pensou na travessia das cidades, dos campos, das feiras, dos mercados e nos miasmas invisíveis das bênçãos, dos sinais da cruz, dos beijos de Deus. A peste com hábito de pregador.

Os frades do conselho não poderiam negligenciar uma ameaça tão prodigiosa para sua ordem. Mas ele chegava de mãos vazias. E todos os pensamentos tranquilizadores vergavam diante dessa verdade.

Guillaume, ao lado, estava em silêncio, ocupado em misturar os pós medicinais levados em seu cofre de viagem. O inquisidor olhava. Um deles atraiu seu olhar. Ele difundia uma luminosidade azul-clara.

— O que é isso? — perguntou.

— Sulfeto luminoso. Os alquimistas o retiram da urina dos homens, aquecida no forno. De qualquer homem, é isso que lhe dá valor. A pior expressão do corpo do pior dos humanos é capaz de dar origem ao sulfeto luminoso. Dizem que ele cura o incurável. Você também o produz, Louis, assim como eu.

O caminho do norte estava livre, e eles atingiram o Ródano sem obstáculos. Fretaram barcas para descer o rio. Duas partiram na frente, com o equipamento. Guillaume ficou com seu cofre, e eles embarcaram numa chata quando o sol começava a declinar. O barqueiro recomendara que esperassem o dia nascer, mas o inquisidor não queria perder mais tempo. Afastaram-se da margem no crepúsculo. A escolta ficou para trás, porque os cavalos relutavam em subir nas chatas. A chuva diminuía, mas o vento era gelado. Os dois homens se enrolaram em cobertores.

A noite ia alargando lentamente o rio. Guillaume pensava na beguinaria de Ruhl, diante das imagens difusas dos taludes. Todos os fantasmas de seu passado vinham navegar com ele naquelas águas tumultuosas. O inquisidor, com as mãos agarradas ao alcatrate, oscilava, com o rosto contraído. Perguntava-se a que profundidade seu corpanzil poderia descer como uma âncora liberta da corda e em que banco de areia seu cadáver acabaria por encalhar. Não temia a morte, mas achava que o afogamento era uma maneira injusta de deixar esta terra onde ele havia acendido tantas fogueiras férteis.

— Continue — ordenou ao barqueiro que aconselhava atracar.

Guillaume reencontrava na memória as palavras do livro sagrado das beguinas, que Mathilde citava com frequência. *"Desentulhe"*, dizia *O espelho*.* *"Desentulhe essa alma de obras, o falar a estraga, o pensamento a ensombra."*

Desentulhe-se, Guillaume, desensombre-se...

O horizonte tornava-se claro em torno de uma lua meio cheia. Ele respirou o ar fechando os olhos, sonhando com as poucas nesgas de azul que ainda pairavam no alto. O azul não desparecia com a noite, diluía-se como um pó nos fluxos que alimentavam os pulmões dos homens. Um pouco de céu atravessava, portanto, seu corpo cansado, sem nele parar por muito tempo; mas a ideia de sua passagem era suficiente.

Ele abriu a bolsa de couro que continha os preparados alquímicos. O único bem do mestre que lhe restava, que ele lhe havia tirado antes de

---

* Livro condenado da beguina Marguerite Porete.

fechar a porta do eremitério de Kaffa, prendendo os ratos que tinham devorado a carne dele. A porta de Kaffa ou a do céu, que condenava seu crime para sempre. Ele pediu perdão a Deus por suas culpas. E, com mais ardor ainda, pediu perdão a Eckhart.

Aqueceu os pés entre as mãos e os comprimiu para dissociar os grãos. Acrescentou os fragmentos preciosos dos metais puros e das ligas. Depois, despejou a mistura num copinho cheio de água e engoliu de um só gole o pó de ouro com todo o sulfeto luminoso que possuía.

Os lábios e os dentes iluminaram-se. O barqueiro acreditou ver o diabo devorando brasas. Aterrorizado, mergulhou no rio para voltar à margem. A correnteza o afastou da esteira da barca, e a noite o apagou.

Eles derivaram. O sulfeto luminoso se espalhava pelas veias de Guillaume, queimando-as por dentro e arrancando-lhe queixas surdas.

O inquisidor, dominado pelo pavor, não ousava se mexer. O mais fraco de seus movimentos fazia a embarcação balançar.

— Guillaume... Guillaume... — repetia.

O prior arquejava baixinho, curvado.

O inquisidor procurava socorro. Seus olhos sondavam a escuridão em todas as direções. Mas a escolta estava longe. O rio deserto estendia-se, indiferente, em torno deles, e a noite o tornava vasto como uma floresta. O inquisidor estava tomado pela angústia. Com cuidado, inclinou seu corpo enorme em direção ao de Guillaume e ergueu a cabeça dele. Seus olhos estavam vidrados, e um filete de baba cintilante corria entre seus lábios. Quis lhe dar de beber, mas a água escorria sobre a boca sem vida.

Um safanão de vento bateu-lhe no rosto e pôs a barca a oscilar. Aos gritos, ele pediu ajuda a todas as falsas claridades que seu medo acendia na noite. A voz acabou por lhe faltar, e um doloroso acesso de tosse lhe arrancou um engulho. Ele vomitou miseravelmente sobre os pés.

— Socorro — gemeu, e suas bochechas espessas ficaram cobertas de lágrimas.

Não havia vivalma. Ninguém para aliviar o peso de solidão que esmagava seus membros como os torniquetes das salas de tortura onde seu nome tinha sido tantas vezes amaldiçoado. Ninguém. Em lugar nenhum.

No entanto, ele não estava sozinho.

Um jovem contemplava com tristeza o espetáculo grotesco de seu corpanzil agitado pela angústia, implorando ajuda ao nada. Aquele jovem que o encarava era parecido com ele. Quando deu com aquele olhar de piedade, o medo abandonou bruscamente seu coração.

Ele levantou a cabeça, surpreso com aquela calma descabida que passara a sentir de repente. Lembrava-se de alguns homens que, em seu tribunal, haviam demonstrado a mesma serenidade estranha diante do anúncio de suas severíssimas sentenças. Eram os culpados "elegantes", cuja arrogância ele fustigava. Talvez fosse mesmo tempo de, como eles, tomar o caminho da hora derradeira e terminar com um ato de coragem, cumprido em terra de dignidade.

Imaginou-se chegando a Avignon com o corpo de Guillaume e a história de uma caravana de frades desaparecidos que teria semeado a peste e cuja existência ninguém mais podia provar. O papa não poderia impedir nada. Todos os rostos dos cardeais que o esperavam teriam a mesma máscara de zombaria e condescendência. Isso não aconteceria. Ele nunca vestiria a púrpura, mas, pelo menos, não carregaria o estigma de desprezo deles.

A água escura do rio não refletia mais nada, e Guillaume tinha deixado de respirar. O sulfeto luminoso havia dilacerado suas entranhas como ácido, e sua luz azulada se propagava através de seu corpo. O inquisidor nunca acreditaria que ele fosse capaz de tal ato. O suicídio era um pecado mortal imperdoável. Nada de funerais, de cruz ou de bênção na sepultura; cemitérios proibidos e uma cova afastada, em terra maldita. Todos os frades conheciam o preço desse pecado, e nenhum teria sido suficientemente louco para correr o risco de eterna danação nos fogos do inferno, mas o inferno já tinha sido prometido a Guillaume, coisa que o inquisidor ignorava.

A barca acelerava na correnteza.

O inquisidor abriu as vestes que lhe tolhiam o corpo. Despiu o manto e a batina, ficando só com a túnica branca de cisterciense, com a qual queria aparecer diante do tribunal de Deus.

Uma mulher que andava pela margem, com uma criança ao lado, viu-os passar. Então se ergueu um nevoeiro até o céu, apagando, uma a uma, a claridade das estrelas e a estranha luminosidade da barca no rio. Esta permaneceu mais tempo que a do último astro. Quando desapareceu, a criança indicou um ponto na noite, como se ainda houvesse alguma coisa para enxergar.

Epílogo

Quando encontrada, a barca do inquisidor estava vazia. Esquadrinhou-se o rio em vão.

Os cardeais de Avignon fizeram alguns minutos de silêncio após a bênção do papa à sua memória. O Conselho dos Dominicanos apresentou um nome para o novo inquisidor do Languedoc, e todos se perguntaram sobre a data da próxima cruzada.

O convento de Verfeil havia encontrado outro sacristão, que diziam ser bem mais impiedoso que o anterior. Era um frade famoso, que tinha escapado das masmorras da Inquisição, onde fora encerrado injustamente.

Robert submetia os noviços a uma disciplina de ferro e negociava com dureza as indulgências. O ofício das laudes despertava nele feridas dolorosas da juventude. Malditas laudes, que outrora o arrancavam da cama e o deixavam à mercê do cajado do sacristão, que ele recebera como herança. Agora confiava o encargo de soá-las a um frade muito digno, que o representava na capela, com o dever de não lhe perturbar o sono, ou melhor, a meditação noturna, como corrigia, necessária a seu progresso espiritual.

O novo prior de Verfeil, sucessor de Guillaume, era um velho frade que todos respeitavam. Chamava-se Jean. Tinha perdido uma perna num combate cujas circunstâncias não eram bem conhecidas, mas aquele feito de guerra lhe garantia um prestígio especial naquela comunidade pacata, que tinha crescido.

O bispo de Albi autorizara a construção de novos prédios para acolher os noviços e fundar uma escola monástica.

Passara-se só um ano desde o retorno deles.

Quando tinham visto o campanário de Verfeil aparecer, Antonin, Robert e o sacristão haviam rezado juntos pela memória de Guillaume e do jovem curtidor que sacrificara a vida para que aquele retorno fosse possível.

O verão começava, seco e abafado. Mas, no vale de Verfeil, a primavera arrepiava caminho. O ar estava fresco, e a floresta, úmida e nova. O sino, no coração do convento, batia em ritmo tranquilo. O canto dos frades era ouvido de longe. Tudo estava em seu devido lugar. O tempo só passara para eles.

Antonin reencontrou o jardim dos símplices e o gato das muralhas, que não quis reconhecê-lo. Sua vida de frade retomou o curso. Ele já não empurrava a porta do *scriptorium*, e todo dia o novo prior lhe perguntava por que ele não tinha mais nada para escrever.

Tantos sofrimentos tinham sido gerados pelo livro.

Chegando a Albi, o sacristão lhe entregara um pergaminho cuidadosamente escondido nos panos que cobriam sua espada. O último capítulo da vida de Eckhart, escrito de próprio punho por Guillaume, antes de sua partida para Avignon.

Desde que o abrira, quando a noite avançava, a sombra maléfica de mestre Eckhart vinha abraçá-lo. Ela se estendia por seus pesadelos, arrastando consigo um comboio infinito de carroças cheias dos cadáveres da peste. O tempo não apaziguava nada. A angústia de Antonin resistia aos símplices e às preces.

Robert se preocupava com o humor do confrade.

— Está definhando — dizia Jean.

Os dois companheiros não sabiam como ajudar o confrade, que, tal como os outros, vivia com a mesma carga de trabalho e de oração, mas sem gosto pela existência.

"Ele já não retém a vida", pensava Robert. "Ela passa através dele, como se fosse perfurado."

Um dia, Robert surpreendeu o amigo chorando ao lado do corpo de um pássaro caído do céu. Não o consolou. Ao contrário, encorajou suas lágrimas, lembrando-se do muro estreito onde haviam corrido as suas.

— A vida é seca, Antonin, por isso é que a gente precisa chorar. Para fazer alguma coisa brotar dela.

Todo domingo, Antonin ia à fossa. O velino ainda aparecia na superfície. A cal quase o devorara por inteiro, mas alguns farrapos de pele arrancados ao couro ainda escureciam o centro do reservatório. Os vapores irritavam a pele e os olhos de Antonin. Ele os deixava subir. Sua cabeça girava, e, por trás das pálpebras, ondulavam vagas de luz. A imagem daquela pele que a cal não consumia e seus eflúvios entorpecentes levavam-no sempre à mesma hora e ao mesmo lugar, acima da fossa. Ele não conseguia deixar de voltar lá.

Ele era a única pessoa no mundo a conhecer o segredo da peste. A memória de Jean enfraquecia, e em breve o esquecimento cavaria nele sua própria fossa para enterrar suas lembranças. Todas as lembranças estavam fadadas à cal.

No último domingo de junho, Robert chegara lá antes de Antonin. O dia nascia devagar atrás deles. Antonin olhava as sombras dos dois crescer sobre o reservatório.

— Eu não achava que ele resistiria tanto — murmurou Robert.

— Quem? — perguntou Antonin.

— O couro.

— É o que está gravado nele que impede o apodrecimento.

Robert esticou o braço. Seu cajado de sacristão remexeu a cal, para nela afundar os restos do velino, até que mais nada aparecesse através da camada branca.

— Pronto — declarou, enxugando os olhos avermelhados pelos vapores.

O velino tinha desaparecido. E, com ele, a memória de Guillaume e de seu pecado. O assassinato de Eckhart, trancafiado em seu eremitério com os ratos, condenara-o ao fogo eterno, e cem vezes Antonin rezara para que Deus lhe concedesse o perdão.

Diante da fossa que havia recuperado a brancura imaculada, ele se perguntava se o perdão dos atos existia de fato e se as promessas de castigo eram sempre cumpridas além de nossa vida terrena. Talvez nada da terra restasse no céu, e lá a cal fizesse justiça em cubas imensas, onde todos os homens, inocentes ou culpados, estariam condenados a desaparecer.

Os dois companheiros permaneciam lado a lado, com o olhar fixo na cavidade vazia que contivera o cofre do velino.

— Você precisa escrever para mim — disse Robert, de repente.
— Escrever o quê?
— Seu livro.
— Para contar o quê?
— O que quiser... De qualquer jeito, eu não sei ler mesmo.

O sorriso de Antonin aqueceu o coração de Robert, que pousou a mão fraternalmente no ombro do amigo.

Eles fecharam a tampa da fossa e se separaram.

Robert voltou para a cozinha, e Antonin tomou o caminho do *scriptorium*.

Bibliografia

MESTRE Eckhart. *Sermons*. Tradução francesa: Jeanne Ancelet-Hustache. Paris: Éditions du Seuil, 1974.

PORETE, Marguerite. *Le Miroir des âmes simples et anéanties*. Paris: Albin Michel, 2018.

BOLOGNE, Jean-Claude. *Les Sept vies de maître Eckhart*. Mônaco: Éditions du Rocher, 1997.

FUR, Didier le. *L'Inquisition*. Paris: Le Livre de Poche, 2012.

Agradecimentos

A
Chloé Deschamps
Isabelle d'Hauteville
Albert Moulonguet
Agnès Nivière
Olivier Nora
e Véronique

Este livro foi composto na tipografia Minion Pro,
em corpo 11,5/16, e impresso em
papel off-white no Sistema Cameron da
Divisão Gráfica da Distribuidora Record.